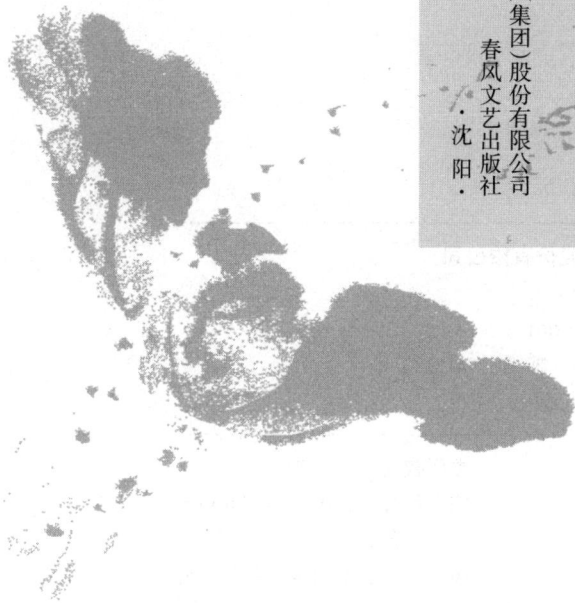

陈雅灵 著

# 旭日桐林

## ——迦南文苑

北方联合出版传媒（集团）股份有限公司
春风文艺出版社
·沈 阳·

图书在版编目（CIP）数据

旭日桐林：迦南文苑 / 陈雅灵著. — 沈阳：春风
文艺出版社，2018.2（2021.1重印）
ISBN 978 - 7 - 5313 - 5261 - 7

Ⅰ. ①旭… Ⅱ. ①陈… Ⅲ. ①中国文学 — 当代文学 —
作品综合集 Ⅳ. ①I217.2

中国版本图书馆CIP数据核字（2018）第018946号

北方联合出版传媒（集团）股份有限公司
春风文艺出版社出版发行
http://www.chunfengwenyi.com
沈阳市和平区十一纬路25号 邮编：110003
永清县晔盛亚胶印有限公司印刷

| | | | |
|---|---|---|---|
| 责任编辑：姚宏越 | | 责任校对：陈 杰 | |
| 封面设计：马寄萍 | | 幅面尺寸：170mm × 240mm | |
| 字　　数：360千字 | | 印　　张：22 | |
| 版　　次：2018年2月第1版 | | 印　　次：2021年1月第2次 | |
| 书　　号：ISBN 978-7-5313-5261-7 | | | |
| 定　　价：60.00元 | | | |

# 书里书外读迦南（代序）

康静城

　　迦南（陈雅灵）老师打算出版一本个人文集，我知悉后，为她感到高兴。迦南老师的作品非常多，在文艺协会的文学网站上可读到她的新作或以前发表的文稿、出版的文集篇章、学术专著等，可见她之前已经默默笔耕了多时。她在成为新加坡文艺协会会员之前，已是学者、作家，学问丰富，履历多彩。我是在文协网站上设了一个"诗歌接龙"栏目而接触了更多的作品，但也多数是诗歌，她的许多散文、小说、评论和儿童文学作品，说实在话，我并没有一一拜读，或因时间的关系，或因电脑上的长篇文章，细读通篇并不容易，因为看久了，反光容易造成眼睛疲劳，另外，我比较偏重诗歌作品，所以，可以说，她的诗歌我多数欣赏过，小说、散文和评论等却读得不多。

　　迦南老师从小喜欢写诗文，参加文协后更加喜爱诗歌创作，她尤其喜欢"诗歌接龙"这一栏目，几乎在接触后就积极参加，并且从中获得乐趣。当她得知接龙作品又在印尼《千岛日报》的"千岛诗页"发表后，很受鼓舞，还特意用古体诗"一七令"写了《桥——诗页千岛》，赞扬《千岛日报》这块园地为文友搭桥，让大家得到锻炼，共享笔耕的快乐。她的小说、散文、书评等也发表在周边国家的华文报刊上。在文协网站里，除了以上提到的作品，还可读到她的许多童话，其作品题材广泛，对本地文坛创作是很好的借鉴。如：描写底层生活的童话《猴子阿城》；写古越文化的《古越会稽峰》；写地震自救的思考及感想等的《废墟下的梦》；反应环境污染、核试、战乱、疫情、恶劣事件的前因后果与想象等，如：《企鹅岛与144同胞》《瓜洲燕屿》；讲述生态、人与动物等《猛犸那遥远的家》《小象阿为的乡愁》等。此外还有对异域文化的思考、汉字文化和汉字传播等，如：《逾越节羔羊》《仅兄傕弟》《出木》《銮的光环》等，后者包括以上《小象阿为……》中的"为"字的可推可演，可见其远古创字的"象"形、"象"义、人牵着象等形意。

中篇童话《猴子阿城》可以说是她的猴年大笔，貌似写猴，实乃写人，写底层人们的生活、生态、境遇、挣扎与艰辛等，以及蕴含其中的真善美与诚心或真情、向上、学好等。流浪街头的猴子阿城梦见自己衣锦还乡，醒来却依然流浪，"它嘲笑自己把人类的虚伪学到家。梦里阿城眼见就要到家了，还躲起来洗脏衣服一直等到晒干，它也为自己学到人类的一星半点儿文明而窃窃自喜与自我陶醉"。这猴子在饥肠辘辘、饥饿难忍时曾几度要偷拿卖蕉姆的香蕉，却总不得手，还是人家卖蕉姆赠它一束香蕉。这样温馨善意的关怀可说把猴子救赎了，这份香甜猴子不但永远铭记，连同原本令它讨厌的车水马龙，吵闹的街头也变美了，甚至还后悔自己起先要偷拿香蕉的行为，但一想到人类就被它碰见过有这样的行为，就觉得自己那样做算不了什么，可再想想，又觉得不对："为什么不学好的呢？人里也有好人啊，如这位很像亲娘的卖蕉姆，那饲养员茶姑，还有前主人寺院老住持，乃至自己第一个主人椰王老大等，那瓶瓶姆呢？"正如文友萧振老师对这篇童话的评语："《猴子阿城》我读出了作者的悲悯之心。阿城和几个代表性的城市下层人物，'瓶瓶姆''茶姑''假香客'等，反映了城市美丽繁华中的阴暗。在巧妙编排的童话故事里，寄托了作者对这个群体的关注，鞭挞了人间的丑陋。《猴子阿城》也被评为"具有浓浓的人间烟火的优美作品"（文友芳然老师评语）。

作者把猴子写活了，其中动物或人物呼之欲出，栩栩如生，及至题名、角色名字或诨号等，也很有创意。《猴子阿城》的情节与字里行间也融入汉语言文化情结，这与作者近年来对汉语的传承与传播的深入探讨有关。这猴子为什么叫"阿城"，它在马戏团爱演"城戏"，它还会写包括甲骨文的"城"字，还有它流浪的场景城市街头，及至街头人物，等等，可见作者的精心设计与安排。

在《废墟下的梦》里，现实与梦境忽隐忽现，其中有精彩的黄猫与小鼠的对话，那里的主要人物及这一童话的写作背景，在作者小说《旭日桐林》"小桐彤"对"老桐木"的讲述里有详细的叙述。同样以桐花为背景的，有她发表在《新加坡文艺》季刊的《桐花诗雨》，可与《远山》《天边的云》《竹叶青青》等小说相媲美。

《旭日桐林》字里行间总充满温情，但却不做无谓的夸张。读迦南老师的作品后，留给我深刻印象，最少有下列几点：

1. 题材独特，内容新鲜，引人入胜。

有许多篇章所写的题材内容是很少有其他作者写过的，这和她的生活经历、人生体验不同、背景有异，是息息相关的。如诗作《圆与圈、叉之释义》《杖与竿的随想》《邻人的黑布鞋》等。

2. 创作态度认真严谨。

每篇作品都细加琢磨，精彩到位，显示出对文学创作的认真与执着。如童话故事《猴子阿城》里的一段表达："'那是冬瓜歌手的假养父，指靠这个小人儿在街头卖艺过日子呢，整天不做事，躲在屋子里，喝酒吃肉的，连他家小狗都吃得肥肥的，就苦他一个不知从哪里弄来的小不点儿。'流浪狗扬着脖子、探着头、耷拉着耳朵，发连珠炮似的对树上的猴子阿城说。"

3. 重视人文关怀，主题爱憎分明，场景鲜活、呼之欲出。

如作者文集《梦影》里的《蚂蚱峒上采花》："韦家没有电灯，兄妹写作业是蹲在炉火边写的，这里是韦妈妈做饭的地方，又亮，又温暖。公鸡'阿花'是韦家的闹钟，除了'阿花'韦家再也没有别的家禽或牲口。鸡笼的上边，墙上是一张熏黑了的奖状，那是韦家唯一的点缀品，它与鸡笼组成一道'风景'，它又似乎与笼里的花公鸡有密切的联系……"

或新作里的《小象阿为的乡愁》："……那月夜下的惊恐成为小象阿为脑海里永远抹不去的阴影，它在明明亮亮的月光下被暗器夹住脚整整一夜，母象在旁边泪流满面……"小象的心思和忧虑用小象自己的独白说出，更耐人寻味，如："美你们的'小诗童'，还以为我真有你们人类的奇思妙想与花花曲肠啊，我不吃那么多那样快只是不想让尔等轻易得吾之象牙罢了！"这半文半白的话，也牵出了此小象家族非一般的经历，可说是深入故事的伏笔。

可见对学识的探讨和积累或不平坦的人生生活经历，给作者带来不同的体验，让作品更有深度，更有现实意义。

4. 丰富有趣的童话作品，演绎出许多不平凡的故事，极富吸引力。

如科幻童话篇《猛犸那遥远的家》："科学家小后生们相互挤眼，顿时鸦雀无声，只在心里嘀咕：'回地球！''回地球！'回去不被当作怪物，不被关起来做实验样品才怪……"

童话《猴子阿城》里也有很精彩的描述。如："猴子阿城窃窃暗笑，边笑边用左手揉着嘴角，它笑自己昨夜的梦，它梦见自己衣锦还乡……"

我在网站里留下了这样一小段读后点评：《猴子阿城》是一篇充实、精彩的童话故事，把猴子阿城的生活经历，生动有趣地铺展了出来，那拟人法写活了猴子阿城，可见作者的功夫与匠心！"

5. 融景入情，展示在小说篇章里。

"'遘岩枫叶真好！'说这话的是一个被叫作若水先生的人……"

"不知什么时候藤绳上走了蜂鸟，来了一对燕子。若水先生想象着把燕子换成人……"

这是小说《枫叶飘飞》里的开篇描述。将景融入情节，细细描绘，营造了小说的气氛，而读者必须心平气和，慢慢品读，不能求速读速览，想在短时间里轻易揭晓故事的大结局。这是迦南老师小说其中一大特点。

6. 丰富的学问和知识，常在作品里流露出来。

不管是描写自然山水，还是风土民情，丰富的学问和知识，都将提高作品的素质与内涵，增加文章的吸引力，如游记《走楠溪》："竹排当地人叫作竹筏，也称裁排，是用一年生的13棵大毛竹，经火烤去皮，用'排带'并联起来的。竹排是翘首的，看起来像大公鸡的尾巴，这翘首也是'烤'出来的。这样的竹筏与舴艋舟，是楠溪江上古老的交通运输工具……"

或《中原之旅——走读贺州客家堂第》："现代农舍堂第现象，是古老官堂第院文化的延续。在一个古建筑群宅第大院里，不同屋子还分作不同名称的堂或第、厅等，如……可见，"堂"也是房屋的名号。……而这宅与厅同名的堂号，也完全可以作为同宗之名称。"

7. 描写细腻，刻画生动，读来有韵，朗朗上口。

如童话《古越会稽峰》："一阵小风细雨拖着云朵将会稽山头点点缀缀涂涂抹抹，抹得只露山顶尖尖，涂得云雾弥弥漫漫、树梢点点斑斑……"

"又是一阵此起彼伏的 'Nhatu，nhatu，nhatu-nhatu，nhatututu'。"

细腻生动可说是作品的一大特点，在《废墟下的梦》里有更多的展现，如其中主人公小凯与同学之间的对话和场景等。

迦南老师的文思如清泉，涓涓涌现，关于这一点，或许与她对语言与文学的探究及其对周边事物、现象等的仔细观察与思考有关。而她的这本多种文体的合集，作品多且优秀，远不止所举的这些例子，因篇幅关系，在此无法一一列出，还是让读者们细细品读，看到她的精心创作，相信能打开一扇扇不同的生活画面，发觉其中的经典与美好，并且见识到她的创作手法，收获各自的惊喜。

自文艺协会文学网站启动以来，来自国外的作家原本不少，但能持续参与耕耘的已为数不多，而迦南老师就是其中的一位。在网站上发表文学作品，费力费神却无利可图，如果不是对文学有深度爱好，是很难坚持下去的。迦南老师曾经在2015年来到我国一游，文友福义兄、曦林兄和我与她相聚，交流、切磋笔艺，分享她童年的苦难与自学经历；得知她小时候"没有学生时代""不知学堂啥样"等。她说："这叫'凡事互相效力'！"她得益于昔日苦难的磨炼，磨出坚强，练就笔尖，没有气馁，不随波逐流，小小年纪就拿起笔杆记记写写，甚至涂涂画画，自写自画；写岁月、记苦难、描万象，等等，长年累月竟结成硕果，也使人生有着不凡的意义，她的创作，将为自己的祖国和海外文坛留下难得的文学财富，丰富了人们的精神食粮。

祝愿她的新书能顺利出版，并早日与读者见面！

（本文作者：康静城，狮城作家、诗人。）

# 目 录

# 水塔的记忆

再见，水塔；厝边；乜也区；红空白砥桥；花工"非典"；新生；哑哥；Joy 的卧底学业；多味竹与童年小屋；那门那路那水那树；布涅瓦

# 再见，水塔

蔓今天第二次来拍水塔，大清早来拍过，中午又来拍。

阳光暖融融的，蔓那有块块、圈圈、条条的外套就搭在车筐上，盖住了草黄色挎包的大半角。蔓很专注，似乎在跟这座从来没人搭理的水塔对话。对着水塔，她一边取景，一边注视塔身上那一个个深幽幽、暗乎乎的窗口，她觉得这些窗口都是水塔的眼睛，水塔在用奇特的眼光看她。"我今天很怪是吗？""你感到受宠若惊了吧，突然有人给你拍照！""我是为女儿写的那篇文章《塔》配插图才来拍照的。""怎么样！你荣幸得飘飘然了吧！有人写你、拍摄你的。"蔓对水塔努努嘴。

"再见，水塔！"她跨上有斑点的刚刚买来的"新老牛"，不紧不慢地蹬起来。她看到路面在车轮底下倒退着，路边的木菠萝树、水葡萄树，还有她身后的水塔都倒退着。她停住车，下来推着车子转身走到水塘边，她想看看水塔的远景，可是她什么也看不到，楼和树把塔挡住了，确切地说是塔区的楼和树挡住了塔的视线、视野。

没有看到塔的远景似乎缺了什么，她又绕道骑到自家楼底下，把车锁进铁皮小库房，她要在阳台上看塔。"真是绿油油、黄灿灿一大片啊！"她看着楼下路边两排枝叶茂密的水葡萄树心里赞叹着。有些树的枝头还开出了水嫩嫩的、像细玻璃丝做成的花绒球，树们排着队似的，一直站在水塔身边，犹如一条小小的充满绿意的树河。塔边的树像一棵棵西蓝花，挤挤挨挨地簇拥着这位水塔王子。

天很蓝，蓝蓝的天空衬着灰乎乎的、有着一道道水锈印子的宽檐塔顶，那上面边沿围着一圈锈迹斑斑的铁栏杆，那是这座水塔的平台，还有同样锈迹斑斑的铁梯子连着铁栏杆。塔后面，左边是有两根烟囱的小白屋，塔的背面也是树，那里的树像一座座小山头，近的墨绿，远的灰蒙蒙。塔与树组成的美景让她陶醉。楼道斜对面的远处就是这个塔，每上一层楼梯，她都从楼道这边的阳台观望，一直看到下数第二层。

水葡萄树这时候只是零零星星地开几朵，过完年之后就要使劲开花了，每年花多的时候，整条路面都铺满了花针、花球、小花骨朵儿，踩上去软绵绵的，甚至还踩出了水印，也踩出了满地的泥泞，特别是在楼房南边那坑坑洼洼的旧路上。清洁工从早到晚不停地扫，可花儿们落得比清扫还要快。人们走过时，头上、衣服上不免要捎带一些水葡萄的花穗穗儿。不只是花，有时可能是一个熟透了的、小核桃那么大的、绿里发白泛黄的水葡萄果子，咚的一声从谁的头顶砸下来。那些都是头一年开花结出来的初熟果实，熟透了的果子一落地就碎了，不碎的，小孩们都抢着吃，塔区的大人们也喜欢吃水葡萄，好多人做了打果子的工具——网兜、带钩的长竹竿，等等。

打水葡萄的旺季从四月份开始，一直到五六月份。水葡萄树每天都在长，蔓刚搬来时这些树还没有高到二楼，到她女儿上小学时，树们已高过二三层楼了。在电视里，这有水葡萄树的、在他们家及附近那几排楼房一前一后的两条路格外美丽，那天电视台来人拍她女儿的专集《我与书的故事》，从他们家阳台、房间，一直拍到楼下、地面。镜头里的小女孩，头上两束"马尾"梳得高高的，顶上还扎着两朵鲜红的皱皱花，她蹦蹦跳跳地在水葡萄树下走着。

为了准备那次拍摄，她整整忙了两天，把房间里里外外整理、布置一番，可在镜头里，只有她给女儿盖被子的一幕，想到这一点她总会难受，她觉得电视台的人小看她，特别是那个古德马倪小学书记"毗藤"。

"毗藤"或"笔吞"是越南语"书记"的谐音，每当想到或见到这位"人物"时，蔓会不由得想到这个越南词，她觉得"笔吞"的词义对这位老书记很合适，"笔都吞进去了，还会写什么文章呢？"蔓抿嘴一笑，"这词太有创意了！"蔓觉得过瘾也解恨。这位老书记被蔓叫作"笔吞"也是自找的，因为她太看不起蔓，当得知蔓刚刚发表了一篇佳作时，说"她还会写文章啊"这样过分的话。可这话偏偏传到她那里，连同人家说的那句原话："我都写不了这么好呢，你看看去吧！"意思是让这位自大的"老支"向这位后起之秀学习。笔吞的话让蔓有点不舒服，"她才不会写呢！"蔓还看过那笔吞写的那些所谓稿件，连退回来、没有修改又送回去的事，她都知道。

　　塔区里的事一幕一幕地在她眼前回放，其实这座水塔是围墙外的，它不应该算作区内的景物，可它看起来就像是区内的，它与古德马倪小学共同组成大学城宿舍区里的"金三角"。古德马倪小学也叫古阿福小学，它有好听的正名，它的偏名来自近两年它门口那两排值日小先生与值日小小姐们迎候老师进门时的那两句刺耳的洋味喊话，首先是震耳欲聋的"耳疼训（Attention）"，接着又是"古德马倪（Good morning）"或者"古德阿福特侬（Good afternoon）"。值日小先生、小小姐们一律斜佩红条带，像宾馆门口的公关先生、公关小姐那样。"耳疼训"一喊出口，这些小公关便个个站成僵僵直直的活塑像。个子小或年级低的学生，那红佩带都差不多拖地，又配着一身深蓝色的肥大校服，路人看着觉得很滑稽。除了这些活塑像之外，古阿福小学门口还有一个洋味招牌，可写的却是汉语拼音充当洋文，那是：jiā zhǎng qǐng liú bù, xué shēng néng zì lǐ. 意思是：家长请留步，学生能自理。

　　"金三角"地带的院门边也是贩卖"三无"产品的地方，零食啦、玩具啦、酸嘢啦、烧烤啦，脏兮兮的，门里门外摆满，甚至封了这扇边门还有人在小学围墙边的铁皮小屋里摆。那小贩婆子走路一拐一扭的，听说还很有来头，谁都不敢取缔她这样的摊点。在塔区做大买卖的是收"烂嘢"的，据说那也是有来头的。他们家前面是加工点，后边是装配作坊，人家屋前房后的旧车子缺座的、暂时不用的，总会被"扫荡"进那个作坊里，然后改头换面再拉出去卖。蔓那用了19年的旧自行车就是不明不白丢的，她不知哪儿来的胆量去认领，结果还捅了马蜂窝。

　　蔓的上班地点就在大学城的公共区，与其说是上班，还不如说是在煎熬。被煎熬的不只是她，蔓把她的单位比作大煎锅，谁都有被炒的可能。火候大的时候，就呛得人喘不过气来。不只是"油烟"大或"锅与铲子"的碰撞声猛烈。"这不是炒鱿鱼，是煎活泥鳅呢！"听着被炒员工的哭声，蔓这么比喻着。那是从办公三楼传出的哭声，它震撼着整栋大楼，就像谁家死了亲人一样。"下回不知轮到谁呢！"一位员工听了心寒地说。"是啊！就要过年了，还有这么多苦难……"蔓只是心里说说而已。蔓还记得有一次炒鱿鱼时，一条小章鱼跑到天花板上去就抓不到了。"小章鱼能躲开剖洗，又能逃生，还不错嘛！"蔓一路上想着、比较着。

　　"我炒你鱿鱼，我炒你……"蔓久不久地要买一次鱿鱼来炒，一边炒一边想象炒与被炒的感觉。炒与被炒也就是这么回事，蔓是永远"炒"不熟的生藤，所以没有被"吃掉"，而且还反炒了一下。"解气啊！"蔓一边给锅里的鱿鱼加水，一边想着与"大厨"的一次谈话。

　　在南面的阳台上是看不到塔的，但不远处那些新起的高楼却尽收眼底，它们林立在塔区外围，白白黄黄、陌陌生生的，与西边更高的楼群相呼应。窗外的花草还是八年前的，那盆上过电视的海棠还开着花，只是花朵更小了。"海棠老矣，当然喽……"蔓望着身边已与她一样高的女儿，眼里写满了笑意。三角梅那被蔓盘整过的曲曲扭扭的枝杈上，零零散散地冒出一个个三片一组的红花苞，水葡萄树枝叶们三三两两地在四楼人家的阳台边摩挲、摇曳……

　　阳台底下的水葡萄已挂满枝头。"怎么一晃又是这个时候了？"蔓以为今年还可以感受一段走水葡萄"绒花毯"的时日，可不知不觉地已经到了果熟的旺季了，蔓不由得再看一眼自家阳台底下那绿油油、黄灿灿的一大片，绿绿的水葡萄叶子衬托着一个个黄里透白、发亮的水葡萄果。

# 厝 边

　　蔓现在的厝边是水塔与塔区内外的一整片楼林与树丛，包括古阿福小学及新西城那一大片通天厝。"厝边"在闽语里专指邻居，"厝"主要指屋子，也表示家，蔓把厝边扩大到自家厝外周边，乃至更久更远……

　　厝边是一片竹林和一堵长长高高的墙体，厝边又是几组邻居及其屋宇，厝边也是一条有小岔道的通往南北大街的石板路，那是蔓记忆里最早的厝边。那砖砌的高墙粉刷过，半新不旧的，墙顶头插着玻璃碎片。墙直直的，从路头到路尾。蔓家最近的厝边是一口四方水井，蔓把这井看作这片高墙边居民区里的眼睛，它与斜对面、路尽头高墙底下那口井正好是一双具有超强记忆的亮眼，因为只有它们才能把"高边"里外的风风雨雨、凄凄切切尽收眼底。

　　高墙区的作息时间从凌晨三四点钟开始，因为路尾那口井边是豆芽间，那里制作豆芽，也做豆腐，人们大黑早起来凭豆芽票在那里排队买豆芽、豆制品什么的，一直到天亮之后。赶巧、赶早的，还可以买到不用票的三分钱一斤的叫作"疵头"的第一层最长的豆芽。豆芽间与高墙相连，也是高墙的尽头，那里井边有高墙的小门，买豆芽的人散了之后，便是高墙里的人出来挑水的时段。此时，那小门大开，有扛大枪的警卫站在门边守着，从里面走出一个个瘦兮兮的不知是被划作"四类分子"还是归作啥名目的男子，都理一样的三分之一寸头，穿一样的黑衣，挑一样长长的木水桶……

　　蔓家对面那排有阁楼的叫作"高边"的地方，午后大人们上班的、干活的、听戏的，都出去了之后，是邻里半大孩子们开闹的时间，这时的小厝边们在自家屋边、巷头的笑骂、故意大喊大叫等嘈杂声还时而盖过北边木厝人家褴褛中的"长年幼仔"那对他老母亲的一句句低沉、有气无力的呼唤。那里的晚间一片漆黑，只有路头一盏路灯不明不暗地照着路面与路边那错错落落的两层厝、阁楼厝和低矮屋子等。阁楼厝是高边的哭楼，那里夜晚，甚至整夜都有哭哭啼啼的悲切哀泣声。那是开修车铺的人家，也只是补个板车胎、换一两颗轱辘铁弹子什么的，那时全城几乎看不到自行车，除了邮递员用公家自行车送信。有一回这家人也悄悄做蛋卷摆在门口卖，但因"税吏"总上门讨税不做了。男当家的挣不到钱时，只会打女人，妻子、女儿都是他的出气筒，或者把女儿们当"猪仔"卖，谁财礼银多就许给谁，不愿意就往死里打，所以天天哭哭啼啼的。

"长年幼"永远长不大，已经30多岁了，还躺在小竹笼椅里，他只会叫妈妈，即一声声"阿乃、阿乃"地叫。这个长不大的小不点儿有个早已成家的姐姐叫阿哚，他的阿乃，大人们叫她阿哚乃，孩子们都叫她阿哚婆，梳着髻，总穿黑布衫，五六十岁的样子，一脸的凄苦，逢人便说"罪过啊"！那时大人们也差不多是这个样子，都沉沉默默，脸紧紧绷绷的。

蔓家对面的女主人是台湾人，不知是台湾哪个族的，她把"你"叫作"凯"，她孩子叫她"阿卡n"，听起来像"阿看"，周围大人、小孩都叫她阿卡儿（n）。阿看不识字，却是个曲艺迷，每天下午都准时出去听"词"。阿看总请蔓的妈妈给她读信、写信，每当这时候，阿看会把眼睛笑成两道细线，特别是写完信又从头至尾给她读一遍的时候，她会笑着一边点头一边说："凯洗（写）上（信）洗he（好）xyi（显）！"意思是：你信写得好极了！信是写给她大女儿的，有时是回信，有时只是告诉收到钱什么的。

阿看家的二女儿跟蔓的大姐差不多大，也是被同一场流行病夺走的。那惨景，至今已几十年了，蔓还历历在目，每当梦到那里时总有阿看一家。现在阿看和阿哚婆都不在了，在时蔓也没有见着。最后一次蔓去到那里，阿看家的门紧闭着，那新邻居说阿看在里面休息，她耳背，任何人敲门都听不见，要等到中午她小女儿下班回家才开门。蔓家住过的那间小屋闭着门，空在那里，还是原样。蔓还看到旁边那口亲切的水井，只是它已成为"瞎子"，它被人用水泥封堵了泉眼，它的小妹妹——高墙尽头的那口井也枯竭了。豆芽间荒废在那里，连同高墙的一小堵废基、烂墙，那里长着野草，那些豆芽桶散散落落地歪倒一地。

············

厝边是门台里边那一片平平整整、长长方方的"泥当天"与门台外的园林芳草和小小的桥、弯弯的河，厝边是瓜叶上的螳螂和萤火虫，厝边是月夜下墙外的琴声，那是蔓记忆里的第二个厝边。

蔓家后来搬到一个有门台的院落，蔓把那里叫作"锡安后院"。门台不大，门台木门是年久了的木原色，表面一棱一棱、木纹线凸凸的，犹如浓缩的立体河山图。门台雨棚的瓦片上每隔几块就立着几株灰红或墨绿的瓦王，它们伴随着同样长在棚顶的那棵小叶榕向出来进去的住户们点头、行注目礼，或指着门台外的远方，或只是与"锡安城"的屋宇、院落相望……

"门台底"即院子里面，蔓家搬到这个门台底最后边的一个单独小间，有一条石块铺的小路直通门口，这里与另外一个院落的人家只隔一道矮墙。这石块、砖头垒的矮墙犹如一根粗壮的扁担，一头挑着蔓家最早的居所"锡安城"，一头挑着又一个院落的高隔墙。矮墙那边的邻居一家种着三种瓜，一种叫作"天罗瓜（丝瓜）"，一种叫作"猪猡蒲儿（葫芦瓜）"，此外就是被叫作金瓜的南瓜。那里满院子的瓜棚下坠了很多瓜，长的、圆的、肥的、瘦的。花也是好几种，开大白花的是猪猡蒲，开小黄花的是天罗瓜。瓜蔓苗头们水嫩嫩的伸着曲曲弯弯的淡绿须须，带着花儿、叶片，挤挤挨挨地从矮墙那边爬过来，越爬越多，那里的夜晚是萤火虫的世界，也是琴声汇聚的地方，琴声是从高隔墙那边的院子里传过来，好像是二胡、板胡等演奏出来的民乐，一两支曲子反反复复，没完没了，听得蔓至今还能唱出那旋律。

············

厝边是小山与山周围的白云、蓝天，厝边是四通八达的河流，这里是蔓家老厝和果园及篱笆的外边……

# 乜也区

蔓把新住地叫作"乜也区",水塔还是看得见,只是变小、变矮了,因为蔓住高了。水塔是医学院病区的,蔓从自家阳台向病区遥望时,总会看到它。文友花仙子离开人世都快一年了,蔓觉得她还在病区住着。

蔓的心情一落千丈,原因是她参加评比时被人狠狠压榨一番。蔓梦见自己被人往死里打,她大喊着,把自己喊醒了。蔓半年来做出了一大堆成果,不但不记功,反而像做错了事。成果不仅不得开发,还被滥用,蔓既痛心,又无奈。梦里的蔓总是工作无定着,前几天蔓梦见自己到了二十八年前那个厂子,想在那里打工。还是那个姓田的厂长,只是脸变窄、变歪了,蔓走上去打招呼:"兴荣老司,我是阿乜人(谁,哪位),你晓得呀?"老厂长想了半天只摇头。工友们热情地围了过来,断指阿铭说:"这里哪个工种都缺人!"那口气好像连厂长都要听他的似的。"喏,老总走来了,他才是真厂长,伢(读nga,我的)哥只是帮忙的!"田老厂长的小弟阿七说着,把小书生机修工梓建一把拉过来。

"怎地?干成和尚庙了!"蔓看着清一色的男工友说。

"司姑娘(尼姑)们都飞的飞,嫁工的嫁工去了,剩落的当然干是和尚喽!"一直站在阿七旁边的"田舅子"阿四说。

"枫兰,嘿(那)个'高知'你未走时就嫁工了!"大个儿阿集说。

"撑姐巧月,当娘娘(当奶奶)了!"

"'绣红旗'秀丫，还有'草原小姐妹'阿梅，其侬斡当娘娘哩！"

"连'花痴'一品红也嫁到工了！"阿七、阿四、梓建他们接二连三地说。

"嫁到工有阿倪用呢，还勿是斡下岗……还勿如阿建有个当官的阿爸……"默默站在最后边的"竿子"阿望看着地面，断断续续地说。

"斡阿乜年代吧，还是旧脑筋，还讲几勒，别人办厂斡办崴倭、开店开崴倭，吾勒斡阿乜也办崴倭，能格走够里凑闹热……（都什么年代了，还旧脑子，还讲这些，别人办厂子办腻了、开店开够了，我们也什么都办腻了，现在来这里凑热闹罢了……）"阿集扫视着哥儿们，说到这里，顿了一下，又看着蔓说，"你讲呢，你勿是也走来凑闹热啊？"

蔓觉得没面子，怎么到现在还回到这个"破庙"里，当初她是要考大学悄悄走了的，她还记得小工友子华说："考不上怎么办啊！"蔓却认定，那是她的唯一出路，无论怎样也要搏一搏，她需要的是时间。可蔓还是被言中了，后来她换了另一间"破庙"继续奋斗。

蔓不敢说自己不是凑热闹的，她转移话题说："其侬当娘娘，你侬勿是当爷爷啊？"

"是啊，斡当阿爷，孙儿、孙女也大兮呗！"阿四说着，伸手在哥儿们几个面前转一圈，又举到自己的脸边，挂着那大刀疤，然后来来回回地轻抚着。"阿四变得多愁善感了！"蔓说。

"还勿是嘿（那）场官司害的……"刨工老实平神秘兮兮地压低声音说。

"晓得，晓得，听讲罢（了）……"蔓赶紧摆手制止，她不但知道阿四打群架"吃牢狱"，连他姐夫田厂长"吃窝边草"蹲班房都听说了。

"连阿集都跑到这里了！阿集不是追随他师傅，留在老厂里吗？"蔓觉得不可思议。阿集的师傅王溥跟田兴荣本来是一起办厂的，后来田另起炉灶办了新厂，因此王、田就成为生意、业务上的竞争对手。蔓和枫兰是作为技术员来到新厂的，但待遇却不同，枫兰按月拿工资，蔓按工时计算，一天、半天，甚至一小时、两小时的，而其他时间无论开机器或做手工都按件计算。枫兰是高中生，在厂里算"高知"，是把握产品尺寸的，关键性的工序都要让她用卡钳量一量，好像只有她才看得准似的，虽然谁都会看。枫姐不仅量大小，也"号数"或"号工"，谁做了多少条数、件数、工时等都得让她记在本子上，哥儿们左一个"枫兰"、右一个"枫姐"，甜甜地叫着、追着、催着让她"号"。

蔓对老厂记忆犹新，阿集是王溥的得意门生，王溥最讨厌之处是爱介绍对象，那时枫兰和她妹妹阿英都在那里做工。阿英就被介绍给阿集，还有里面其他的，总要不断地被撮合着，但没有一个被撮合成的。枫兰是运输部门的子弟，她去到哪里都是按月拿工资的，所以到新厂也是一样。管理部门，有审批权的都把自己的子女塞进小厂子里当"行政"，也就是验收员、会计、出纳等管理人员，包括机修工。然而，所有在这些被所谓城区委管住或类似的小厂里干活、打工者们的自我感觉或旁人看来，这样的工作不叫作工作，按现在的话说，就是不算就业。男的等家里人退休顶替，女孩子们轮不到顶替的，只好"嫁工"。枫兰就是嫁工走的，她是作为夫家的儿媳妇被安排在公公单位当"家属工"的。那时有大单位的"家属工区"或工种、与正式工待遇不同的车间或家属厂什么的。家属工虽然不算正式工，但与那些在小厂子干活的比起来，那感觉还颇高高在上的。

阿建不知是哪个部门塞进来的，他也始终享受"行政"待遇，直到私企开始出现时厂子被他买了下来。好在阿建从来没有高高在上的架子，所以这些哥儿们都服他。阿铭算是老功臣了，主要是他那一节手指的"贡献"。阿铭还像一个十四五的小男孩，只是嘴边多了几根胡须。"这家伙还这样露着转啊！"梦里的蔓转身用手捂着怦怦直跳的心口，看着吱吱作响、没有一点防范措施的圆盘电锯啊。阿铭的一节左拇指就是被那家伙吃了的，蔓虽说不站锯台，可有急着要平整"团儿"什么时，也亲自动手。蔓一想那锯，头都快要缩到脖子里去，甚至听到电锯声也这样。与阿铭一样小的子华倒长高长帅了。"你勿是开高档服装店啊！咋怎亦走来？"蔓看着子华说。"兴荣老司和小书生把我硬拉来开发工艺品呢！"子华说着，用手指指车间最后边那一排坐在车机前那三个男女青年。

"你勿怕扶女孩子的手啊？"蔓说。

"你还记得啊！"子华斯文地咧一下嘴角说。

"差勿多30年了!"问的,答的,旁边听的,深思了许久之后,异口同声地说。都这么久了,蔓依然记得那个当子华第一个徒弟的胖女孩。当时子华死不肯收,说:"勿行啊,兴荣老司!其是女的,若是男的,做勿到位时,我也好用手挡一挡(扶),纠正手法、刀法……"后来还是别别扭扭地收了。

"那是困惑的年代、艰难的岁月啊!"每当想起那一段经历,蔓不由得感慨一番。除了梦里走进那里,蔓再也没有去过那个厂子,只有一次在故城逛街时偶然看到阿四在小街里摆衣摊,也看到子华在另一处开店。此外,还见到过成为正式工的枫兰。

枫兰是特意找蔓打听什么事的。成为国营毛纺厂正式职工的枫兰变得神采奕奕:"伢娘娘退休给(读ha)吾顶替……"当蔓问到她是否还做家属工时,枫兰自豪地拖长了"伢娘娘"三个字,言外之意是"不是占夫家的光",而是她奶奶退休给她顶替。按当时的观念,枫兰算是到顶了。蔓对那样的等级观念极其贬斥。"人以单位分等级是极不可取,也最没有道理的!"想起那种论单位排等级的年月,蔓会重复这句话。这种观念被后来遍地开花的私企厂家富商们打破了。

蔓还是挺想念枫兰的,有时还梦见她和她弟妹及她全家,蔓总想什么时候去看看他们。她还记得枫兰拜访她的情景及临走时说了这么一串话:"还是你最好!大家幹佩服你!吾早就听讲罢,嘿勒讲你的报纸吾幹看着罢!"

这些天,蔓满脑子是那厂子,她还记得文艺会演大游行时,断指阿铭还扮演了《十五贯》里的一个小白脸,但是什么角色却想不起来了,还有扮《西游记》里的唐僧、孙悟空、猪八戒等人物的,一共两套戏,都踩着高跷。此外还有年终厂内文艺节目里,秀丫唱的歌声、歌词:"……绣呀啊绣呦红旗……今天终于盼到了你,盼到了你!"还有秀丫给跳《草原英雄小姐妹》的阿梅伴唱的那几句"阳光啊阳光,多么灿烂!……"总在蔓的耳边响着。

文艺会演大游行那几天让人扬眉吐气,似乎谁都可以平起平坐了,因为谁都走上街头比艺。在那种没有色彩的年代,突然街上一阵阵花花绿绿、锣鼓喧天,着实让人新鲜一番。从那以后厂子里有过一次文艺活动,阿梅和一品红都跳了舞,她们没有穿什么花鲜衣服,就是在深蓝色大棉衣外面用细布条扎一道，收收腰，跳出来的舞姿却是那么纯美。

蔓已弄不清"阳光多么灿烂"是《草原儿女》里的歌词，还是《草原英雄小姐妹》里的歌句，蔓只记得阿梅和一品红都跳了有草原、有羊的舞，一品红的舞姿还征服了全厂的员工。

那可是那个时代少有的灿烂时刻，在这一时刻里连花痴"一品红"、那个干活最慢最笨的女孩子也变得灿烂了。

（写于2009年年初）

# 红空白砥桥

　　高架桥被赐了名，是大学城刚刚得的"寿礼"。两天前大学城里的学府、学校、学院赶在同一天做"大寿"，有做六六大顺岁的，有做50又1岁的，有做仅10周岁的，有最老的做奇发（78）华诞的。然而，不到两天，校城各区那些披红挂绿的装扮都不见了，一切恢复了原样，唯有这座横跨南北校城的无名高架桥却突然被"捐"了一个被蔓译读作"松茸"的县名。"嘿！再举办几次庆典活动，校城里几个区都要升格成省了，没准儿还成多国的飞地呢！"蔓看着那红底白字的刻着桥名的石碑调侃地说。蔓想把它直接叫作松茸桥，却又觉得不达意，人家花大把钱捐到一个桥名，是要吸引毕业生的。

　　"'红空'加'白砥'最合适了！"蔓似乎突然来了灵感，她觉得只有把它叫作"红空白砥桥"才能道出松茸县领导班子的心机和效用。"松茸"是该县名的邻国读法。"红空、白砥"是蔓熟悉的方言，"红空"是"无空"的变体，意思是：徒劳、平白无故。"白砥"或"白日"有"幸亏"的意思。这两个词加在一起，如果这样的捐赐桥名行动有一点效果，哪怕只有丁点效果，那么就不是"红空"捐，而是"白砥"捐了。

　　"大寿"那天，蔓被安排在工作室待命，还好，一个上午没有她的事，正好可以探究她的"乡音"。蔓打开映画厅里的电脑，在网上找出了家乡曲艺片，聚精会神地看起来，一边看一边做笔记，偌大一个映画厅里就她一人。屏幕很宽，占了五分之三墙面，底楼窗外不远处是临时搭建的庆典台，但不注意听还相当静。屏幕里唱的是《悉达多传》。蔓感兴趣的倒不是内容，而是唱腔与方言、口语等。自从离开家乡之后，那里的一切都让蔓感到亲切，本来她是不听这样的曲艺的，没想到竟对它探讨起来，甚至还成为她课题的一部分。蔓觉得主要是视野问题，有的东西一定要远看或比较着看，才看出端倪，瞧见美！

水塔也一样，适合远看，不宜近看。有了名之后的高架桥成为视觉亮点，它与塔区里的另一水塔"小白水"组成对角直线，与乜也区、机械厂、东伯利亚、民族宫及老教楼和新十一楼组成斜线和中三角地带。小白水才是塔区里的"主宰"水塔，它不仅管塔区，也管红白桥以南、整个南校城的供水。东伯利亚是校城里的"贫民窟"，那楼黑黄黑黄的，又老又旧，每户人家最多住两个9平方米的单间。蔓虽然没有在那里住过，却被派到那里进行过一次全校城的强行拆建行动，那些自搭厨房、理发店等，所有凸出楼外、暴出路边的自建屋棚在一个下午之内被蔓和她的同事们拆为平地，一块砖头都没拉下来，连杂草也没留一根。那些被拆的人家只是眼睁睁地站在门口看着，蔓觉得他们有些可怜，特别是那些厨房连土灶都被拆掉的住户，这样的行动让她联想到抄家或革麻雀、鸡禽的命的年代。都十几年、二十来年了，别的叫作"什么利亚"或"某某非"的平民楼都拆的拆、改的改，唯独这东伯利亚至今还躲在一堵后来特意修给它挡门面的"柏林墙"后边。

民族宫就是新桃李书院，外形像民族宫，是后起的，蔓经常去那里看书、借资料，包括它对面的老教楼也是蔓熟悉的地方，有一阵子蔓被安排在老教楼夜晚、周末加班，那真是被迫又无可奈何的"红空忙"。那可是无偿劳动，蔓明明知道自己被剥削了，却也不敢言，谁叫她在"苦瓜"婆手下做事呢！

蔓心里管所有上司不论男女都叫作"婆"，但苦瓜是最厉害的，厉害到蔓还不归其管的时候竟狠狠地"参"了蔓一本。唯有"老师太"跟苦瓜情同手足，甚至像同性恋夫妻那样凑成一对，手挽手，陪出差、陪散步。老师太不算老，但却几乎是所有这些上司"婆"的师母。老师太既是"师太"，又是"博太"，所以比单师太吃香得多。单师太也有她的办法，那就是拉帮结派及告御状，蔓就被她大参特参过一次，还差点被晾起来。单师太忌妒蔓在写作方面的成就，因为她看到了有关对蔓的作品的评论。蔓的成就确实让好些人对她另眼相看。单师太觉得，谁挤出时间都可以做好学问，她好像亏了一样，没有与蔓比赛，也没做出什么，除了工作也就那么空空的，于是极力鼓动上司来整蔓。

被参，被晾，在校城早就不算什么，大嗓门儿杏姐、小博太芳芳、老小姐珊珊、花工小忠都被参或被晾过。每当要塞什么关系户进来时，那些不会来事的员工总有被开刷的危险，蔓就与几位同事被刷过一次。那次是说有大专学历、会电脑的什么单位老总的千金要来应聘。那时谁的学历都不高，最高的是"大普"，也就是"工农兵学员"读3年毕业出来的，既不算本科，也不算大专。电脑也少得可怜，而且都是Dos平台，只有单师太这样的人才有机会被派去学习或参加培训什么的。单师太把操作手法学到家之后，同其家人还把两个学院的学生电脑课全包了，蔓读研时就听过单师太的电脑课，就讲那么两次基础知识和基本原理，还是照着课本念的。然后发习题，甚至期末考试也以作业的形式打发了，说是当作考查课，因为办毕业证时，这门课是凭全国一级证书的。换句话说，看成绩的课就管，其他的自己努力去，本科生也是一样，几乎都是靠打题海战，反复做模拟题、模拟操作等，去搏那等级证书的。

蔓读情报学的时候，听上网络课的老师大讲特讲国外的"Internet"，谁知他连碰都没有碰过电脑，等到大部分办公室都配电脑的时候，他也作为老领导退休了。他自己不学电脑，也不买电脑，所以也就成了一个电脑盲。像这样的电脑盲大学城里多得是，甚至蔓的同龄人或比她小的都有很多是电脑盲。蔓算肯钻研的，蔓不只一般地用，她还做网页等。蔓的电脑技术让她的上司都另眼相看，从那以后蔓还得过一次好评，说她干工作像做学问那样认真。评先进时，选来选去竟把蔓推上了，蔓感到很意外，平时连年终考核的"优秀"都是有名额的，评够数了之后，谁做得再好也只是"合格"，"先进"就更加轮不到她了。

研究生班的出现，只用读两年，让所有"大普"提升为"研究生"，蔓是

"三管齐下"，情况不同，但也算搭上顺风车。蔓可不是混学历，她几乎每门课都听得津津有味，可个别"大普"出身的"同窗"却觉得她有点"无空忙"、凑热闹或瞎折腾似的。连她的顶头上司都认为，不上课的有大专也就够了。蔓可不这么看。

谁都知道，"本"的分量比"研班"高，特别是"自本"。但对蔓来说，拿到一本证和三本证都一样，都还是干"牛"工，那些课题还是蔓争取到的。蔓开过一门课，却不得不以别人的名义上，连课酬都要以别人的名义领，明明自己领了，还要"代签"别人的名字。蔓忘不了，在那门课的支出单上，连印资料的都上了名字，唯独她不能上名字。蔓以为有了学历会不一样的，谁知她还要上课时，却被戗了一句："你自考本科考完了？"蔓憋了一肚子气，同样都拿了"研"了，怎么还追究她有没有拿了"本"呢？什么事轮到蔓似乎都不一样了，蔓才不把它当一回事，"那只是五斗米，管它有一搭没一搭的，无空忙，还是白砥忙了的……"蔓这样想，也就平静了。

蔓退一步看天地宽。蔓想到她钻研语言的时候，有人说"她在语言的风里舞"，蔓觉得这句话很有意境，特有诗意。到了她热衷于写作的今天，有时她还品味这句话。

蔓走她自己的路，任何困难、刁难、责难，都难不倒她，她不会因恶语而沮丧，也不因赞誉而陶醉。

# 花工"非典"

蔓的老同事、花工小忠"走了"好几年了，是"非典"那阵子走的。他那已有皱纹的消瘦脸及瘦小个子，蔓和几个老同事却总没有忘记。

看到讣告时，蔓想立刻到他家慰问，却被老同事的助手小薪劝住了，说他家女儿从"非典"区北京赶回来，恐怕是"非典"嫌疑患。那时北京和广州都被看作"非典"区，凡是从这两个地方回来或去过那里的都要被隔离起来观察。

"非典"隔离区就设在老桃李书院，门口围半圈红塑料绳，有人守着。那里离蔓的办公室只有一幢楼和一条路之隔，里边管吃管住，开饭时，人们站在红线里的平台上等着，有专人推着车子送饭，都穿着厚厚的、连帽的一身浅蓝色隔离服。家里人也趁这时来送日用品或书什么的，都是离得远远的，从红线外递过去。只有麻雀才能通行无阻，蔓有时还看到一只黑白花猫总是陪伴在一位准"非典"或即将成为准"非典"者身边。那猫不知是这位准"非典"带进去的，还是她收留的流浪猫。蔓担心的是被拉进去的人都将成为准"非典"，乃至被染为真正的非典病者。好在这些"非典"嫌疑患没有一个是SARS病毒携带者或被感染者，尽管被隔离了那么多天，但为了整个大学城的安全，大家还是无怨、无诉、无言。

花工临终前已不是花工，而是编外水电工，当红头文件下来，批准他为正式水电维修工时，他已不在人世了。"哪怕早几天下文也好！"花工嫂徐姐见到蔓时难过地说。蔓只是一个劲儿地安慰她。"好在半年前他游了一趟新马泰!"徐姐突然想起什么似的又说了一句,嘴角抽动一下,透出一丝略为欣慰的笑意。

在蔓的老单位里,花工小忠原先一直是采购兼水电工,开着单位小货车给伙房买菜,也买电器配件如灯管、开关什么的。伙房里有顶级厨师,忙时小忠也打下手帮厨,但那里不是天天开饭,主要办宴请,有重要的内、外宾来访大学城时就要忙几天,连吃带住都要管,直到把客人送到机场或车站。闲下来的小忠总不离烟,一支烟、一张报纸,坐着慢慢抽、慢慢看,听着使唤。一会儿有人喊:"小忠,空调不转了!"一会儿又是哪里水龙头坏了,或下水道堵了,等等。后来,大约过了五六年,连听使唤都轮不到他了,因为有别人弄进来当司机兼采购。

什么事都插不上手的小忠只好管管单位院子里那些没人打理的盆栽花草,一边学美术,还自考绘画专业大专。有了追求的小忠变得信心十足,尽管年龄越来越大,脸上皱纹越来越深,但气色却好了,脸也不那么黑黄了。路上见到蔓时滔滔不绝地讲他的学业、志趣、理想,他觉得拿到毕业证必定能改变命运。后来蔓听说他还当花工,"有什么用,拿大专能变成干部啊!还不是弄那些花!"老同事瞿科说着,把"用"字和"啊"字拖得长长的,言外之意似乎要说,人家妄想要高过她,却又白忙一场。

瞿科可算一个"中上司",小忠当然在她管辖之下,但下乡在农场时,他们几个种的是同一片田里的甘蔗,甚至刚进校城前几年还是平起平坐的"后勤工人",瞿有后台便提了干,另一"老下乡"自考得了大专之后,七弄八弄也转了干,唯有小忠始终是工人。聘任制之前,花工是没有岗位的,除非是美化校园、种树、种花、种草的花工,就是连单位里的采购或司机也只是口头上、内部自己定定而已。后来终于"抬出"岗位让员工竞聘,那以司机名义来,取代了小忠原先那一摊事的小黑仔怕下岗,干脆竞聘了花工。小忠报了司机,本想干回他原来的事,却什么也没得到。竞聘之后,谁都有了岗位,但原先做什么的还是做什么。小忠成为落聘工人,少了工资,没了奖金,还是管那些可管可不管的花草。同事们说他很专业,很钻研,还自己买了很多种花、养花的书。这期间，小忠已有病症预感，但谁也没有觉察到，从来不舍得花钱去旅游的他还在假期里与同事们一起去了一趟东南亚。后来他被安排到一个新开办的学院当水电工，总算摘了落聘的帽子，在新学院干了半年，那红头文件还迟迟下不来，等下来时他已不在人世了。

新办的学院越办越大，还开了分部。总部设在蔓旧单位的原先院落里，分部就在原"非典"隔离区的对面。蔓还看见跟小忠争岗位的那位，就在新学院总部坐台，吃得白白胖胖的，正在电话机旁边与老外"煲英语电话粥"，与以前的那个粗粗野野的黑小子判若两人。"没想到这小子还把英语学溜了！"蔓颇为惊奇地哼一声，因为"混"学历读成人高等教育自学考试时，那小子是靠相互串通才好不容易过了这一门的。这黑白仔在新单位管国外考试报名，也管出来进去的人及住在那里的外方人员，又好像什么都管，是那里的行政和后勤主管似的，因为选那里的工会主席时，很多人都选了他。"这小子很可能是与花工同时被安置在这个新单位的，难怪小忠走得那么快呢！"蔓好像终于明白了似的。

像花工这样的事在大学城里已见怪不怪，谁还把这样的事当一回事。蔓还记得另外一个花工，也是下乡回城的，是蔓住迷你楼时的邻居，蔓管她叫"不说话的小月琴"。那女花工剪20世纪五六十年代发型的短发，穿的衣服也几乎是那个年代的，一直独身，每天早出晚归，跟谁也不说话，下班之后，除了烧最简单的饭和吃饭，就是抱着她那"小月琴"，又弹又唱，甚至整夜弹唱个不停，好在那乐器小，唱的声音也不大，邻居们还是能忍受。那不知是什么乐器，既不像月琴，又不像三弦，又特别小，简直像玩具，一个圆木盘，中间一片木弦板，没有油漆，白乎乎旧兮兮的。

小月琴唱得有板有眼，除了革命歌曲，大多数是蔓没有听过的，既不是老歌，也不是现代歌曲，更不是外国的歌，十有八九是女花工自己编的。小月琴可说是所有受伤害、被抛弃、被遗忘女性中最有个性的代表，她有丰富的精神世界，尽管表面上看像个精神病患者，可她能用感人的歌声唱出她的不幸、哀思，以及美好的回忆、憧憬，乃至梦幻。小月琴当花工，风吹雨打太阳晒都不见老，而与她有类似遭遇的另一位在室内工作的独身女却比她老得多。

在迷你楼里，小月琴可算半个颇有思想的人，而那里真正的思想者是她隔壁的"小御厨"，可惜英年早逝。"小御厨"只是戏称罢了，因为他每顿饭都像厨师那样精切细做，听说他父亲就是厨师。小御厨的厨房也是他们家和整个迷你楼的英语角，那里每天做饭时间美国之音 VOA 总是开得大大的，还有小御厨父子的英语对话声，小御厨喊儿子"Ruidy"的拖长喊声，等等。小御厨搬来之后，迷你楼变得生气勃勃，小御厨不但在家说英语，他给学生上的专业课也用英语，连内容都是他自编的。这在大学城也算特有和先例，因为即使英语专业课也没有用全英语编写或上的。小御厨是个大忙人，在学校上课包教材，在家包做饭、包所有家务，他也读研，报职称，参加小语种培训班什么的。小御厨与别人不同的地方是他的思想和主见，他把什么都看得很透彻，讲得头头是道，什么政治、人物、经济、社会体制等等。很多人来找他谈古论今，觉得他很有预见，他也来者不拒，乐此不疲。小御厨最终还是累垮、得绝症走了，蔓记得他早一个月前说到一些名人的死法，没想到应验到他自己身上了。听过小御厨大论的人都感到很惋惜，都认为他以后很有可能成为思想家或顶级人物。

小御厨与花工小忠得的是同样的绝症，只是部位不同，也都动了手术，然而这样的病，动手术走得更快。小御厨是疼得受不了"自绝"的，花工则忍受更多的医疗折磨之后才走的。讲起医疗的事，花工嫂至今还愤愤不平，她认为那是骗钱，逮着一个病人，有什么医疗器械、疗法或药品倾其量统统往上使，以便收取更多的费用，甚至一些很贵的自费药，不管有没有作用都拼命塞进来。花工家里始终收着那一堆花了几千元的自费中成药，每当有人去看花工嫂，她都会拿出来给人家看。

在塔区，花工的家依然美丽，那里还住着他的家人，蔓偶然从那里走过，还看到花工嫂在门口晒被子。他们家那三角梅花门上伸出许多枝枝叶叶，上面开着花，红红的、一丛丛的，还是那么多、那样鲜艳，好像花工在里面住着似的。他家门前是一条小路，人们就从这枝叶下走来过去的。花门里还是花工种的那些花木、花草，还有那个圆圆的鱼池，还是花工以前养鱼用的。花工很会钓鱼，吃不完的就养在那圆池里，门外隔路就是水塘，蔓以前还带孩子、家人去那里钓过鱼。看了花工种出那么多好花，养了那么多肥肥的非洲鲫，谁都觉得花工的日子过得有滋有味。

花工确实很会过日子，单位里大搞卫生，大除草时他总能摘到大把野菜，有时还逮着叫作狙蜥什么的可泡酒的补药。花工完全可以继续过他有滋味的日子，管他有没有岗位、批文或受谁管制呢，只要有"五斗米"吃着，饿不着，就可以继续自己的追求，种花、练字、写生、描画的，乃至钓鱼，岂不是乐在其中！

# 新 生

姚新生每年至少进一次校城，看病友，探访帮助过的人，拜访师友等。塔区是她必去之地，那里住着她的班主任信子与恩师娜佳，及至师友们搬走之后，她还喜欢去那里走走。她喜欢走在水葡萄树荫下的感觉，那里有很多各种各样的树，路和教工楼都掩映在浓密的树荫里。17年前她作为商务日语专业新生来到这个大学城，班主任领着全班同学熟悉校园时，塔区那如诗如画的美景就深深地印在她的脑海里。那时她还不叫新生，班主任也不叫信子。

塔区也有新生不喜欢的地方，那就是大路口那个被她叫作"阎王殿"的校医院，因为那里曾判定她只能活三个月，害得她才入学几天就被勒令退学。而同样患恶性肿瘤的师姐不仅不用退学，而且还得到公费救治。只因那女生比她早一年进校，过了体检关之后发的病，所以学校会管。"谁说我那时就要与世永别，我不是活得好好的吗？"每当新生踏进校城，心里总重复这句话，她永远忘不了当时的悲愤与无奈，连班主任都帮不了她。新生更难过的是，她的求学愿望及作为大学生的权利被剥夺了。她希望作为病休，那样就可以保留学籍，但有关条例就是不允许。病愈后她启用了"新生"这个名字，以新名考取了省医科大学，有时她也"走读"这个校城，在她原来的班上旁听及开始组建"新生互助会"，搜寻需要鼓励或救助者，将重获新生的希望带给更多的人。

"能活几年并不重要，重要的是要活得有意义！"望着班主任住过的楼层窗口，新生自个儿说着，她记得班主任每次大病总要住院动手术。新生最后一次见到班主任，是在自己工作的医院，作为外科医生的助手，她参与了救治班主任的手术全过程。后来她们便失去了联系，多年以后新生在电视上偶然看见穿和服的班主任作为日籍工作者正在接受中方记者采访，才得知这位班主任已不叫原来的名字，她过着单身日子，写书，也做翻译。

班主任过的是另一种"新生"，但她那好好的温馨家不要，却让新生难以理解。"这些年也不知她动了多少次手术，以前她动手术总是她丈夫陪护着的。唉！什么事她都一个人扛着，听说她改名之前还回塔区与家人团聚过。"新生连猜带想，她不由自主地在塔区那几个熟悉的楼栋之间走了好几个来回，她很难想象，电视上那个盘头、涂厚厚白粉的日籍女子会是从前那个圆脸秀目、剪娃娃头的班主任。总之班主任变陌生了，以后碰到还要改称她为"信子老师"，就更不是滋味。"还是把她归入病友吧！"新生找到答案似的松一口气，她想到自己那场大病住院时的情景，她父母轮流陪着她，给她无微不至的照顾与鼓励。对面床那一位被白白挨了一刀，打开腹腔后见已经没有救治希望，只得原封不动地缝上，而她自己却一点也不知道，还以为端掉了病根，她不时地喝一种从家里带来的叫作红桃K的营养液，说是补血的，每次喝时她那瘦弱蜡黄的脸总会漾出一丝笑意。新生把她记作K姨，她只有老母亲陪护，瘦小的老人在跟前笑脸安慰、倒水、端盆子等忙乎着，背对着时也偷偷流泪，而她丈夫总不见露面。隔壁病房住的是几个女童、女中学生等，其中有来自校城的只上半个学期小学的小禾，有快要升高中的小葰，以及读完高三的小莎等，她们的求学愿望都不亚于新生。永远站不起来的小禾再也不能回学校上学了，她是在"五一"节假期里与家人出游时意外事故致伤变残的，她深信自己不久就能完好如初，医生和家人对她格外亲切和蔼。小禾把一年级课本学得滚瓜烂熟，她妈妈还给她弄来练习题及期末试卷等，说是老师给的，以便制造小禾还是在校生的假象，有的卷子还是她爸爸打草稿让打字室弄出来的。

住院时病友们的情景一幕一幕地在新生的脑屏上回放，连什么时候已拐进菲园都没有意识，直到那棵熟悉的鱼尾葵树挡住了她的视线才发现已经到了小禾家的路口。小禾一个人在家，已长成大姑娘的她推着轮椅给新生开了门，厅室的茶几上摆满了她画的人物和动物草图。小禾把新生大姐姐领进卧室，那里特制的矮桌上电脑开着，屏幕上正放映着小禾最新制作的动画片。小禾的动画连同她写的故事上网之后感动了很多人，小禾还让新生看了一些观后感与读后感等留言，新生推着小禾走出户外，在外教白楼与老红楼之间转悠。

"对面那与推着小老外的老师一起走的就是小莎，你还记得她吗？和我一起住院的那个高中生姐姐。"小禾目示着，看着两个女人推着一个黄头发白皮肤的小男孩拐进白楼，旁边还跟着一个四五岁的洋小男孩。已成为英国外教夫人的是小莎的老师，也是小莎从前的同事。小莎是在高中毕业、高考前的体检中被检出有致命的疑症，也说活不了多久，当时她同学等很多人给她捐钱，她流着泪一步一回头像永别似的告别那个高中母校，连毕业典礼都来不及参加，就住进医院。

第二年小莎考取了大学，毕业之后她就留在这个校城。小莎与她老师的故事深深地感动着新生。小莎的老师是为了女儿才把自己"弄"出去的，起先是留学，后来嫁给英国人导师。她女儿有点闷，书读得特别辛苦，她下苦心要把爱女弄去国外，自己拼命学英语，努力了好几年，终于如愿以偿。

新生把小禾送回家，脑子里还是那外教夫人的影子，黑黑的圆脸，有些雀斑，扎着粗马尾辫，两个洋儿子，一个在婴儿车里推着，一个跟着。"只要她们过得幸福、活得好好的就行了！"新生像下结论似的刹住想象，跨上一辆回家的大巴。

# 哑 哥

哑哥没工打时也到金水亭边的长廊水泥栏凳上坐坐，看看过往行人或车辆，偶尔也看站在一堆跳健身舞的老乐龄女们，其中就有他大姐。亭子旁边是公井大道的三岔路口，分别通往校城大门、西多门、塔区、北街菜市及古阿福小学等。路对面是水塘，往东还有大水塘及塘边的荷堤路，塘尾的荷堤中学旁边有哑哥熟悉的家"堤16栋"，那是他成长的地方。那里还住着他的老母亲，还有他兄弟老三也住在那里。

太阳从荷堤中学围墙后的杧果树边一点点爬上来，染红了周边的云层，哑哥站在亭子外看得出神，直到晨练的陆续来了他才退到长廊里闲坐。"要是老妈能到这里活动筋骨多好啊！"哑哥的目光在一群随着录音机播放的音乐扭动身子晨练的老乐龄女之间巡视着，他真希望能在这人堆里看到他母亲，可看来看去却总是看到他最不想看到的大姐。"都是这个黄毛仙姑使的坏……"哑哥气得闭上眼睛，他更不喜欢眼前这个头发从枯黄变斑白，又染得乌黑的、不仅不认他，还挑唆全家人排斥他的大姐。

跳健身舞的离去之前通常会来一班拨弄乐器的乐龄男，于是总拉不熟的带哭腔的二胡或弹不畅的扬琴等，便混成一锅八宝音乐粥，这器乐有时也给练唱地方戏的乐龄女们伴"杂和"混奏。哑哥听不见，不知道他们唱些什么，只是远远地看着，他把这些唱戏的和弄琴的叫作仙公仙婆，及至把跳健身舞的统称为仙姑们。生气的时候，也把对他使坏或对他不好的人称作男妖女妖，尤其是对情仔龙哥或那个骗过他的女友之类。眼前的仙姑或仙婆，乃至公井路边荔枝园左前方那高高的新教工红楼，都勾起他对女人的种种判定与猜想。新红楼成为公井大道远景的亮点，虽说不是中菲苑的最高点，那里至今还有哑哥住了20多年的单身楼"小九米"。新红楼没有哑哥的份儿，因为他不算教职工，虽然是拆了他后来住的同样"小九"楼盖起来的。

中菲苑的前身即"中非"，早年大学城里还有类似的芝麻楼屋或平房"西非""北非"及"西伯利亚"等。哑哥是被家人扫地出门，才流放"中非"的。住小九米的，除了单身，也有小家庭户及住校城外面的教工作为工作日的午间休息处。只有哑哥是做苦力的，他早出晚归，穿着防晒的厚衣服，总绷着脸。有一天哑哥领着一个短头发的胖脸女郎回来，他那粗里透黑的脸上漾出了从来没有过的笑意，一连几天都是那样，邻居们说哑哥有女友了，都为他高兴，没过几天，就见哑哥生闷气。问他是怎么回事，他咿咿呀呀地比画着，一个经常与哑哥打哑语的邻居终于领会了哑哥连比带画的陈述，原来是那女人骗走了他所有积蓄，却找不着了。

晨练的、唱戏的或拨弄乐器的，走了不知多少批，哑哥还在栏凳上坐着，阳光早已来到他的头顶，将长栏架上爬藤叶影写在他那洗不干净的不知是灰是白的短袖衫以及他那黑里夹白的短发上。直到看见放学的、下班的人从面前经过时，哑哥才想到该回单身屋热饭吃。有时在这里还会看到被他叫作小白蛇的妹妹或他妹的"男友"名厨黑许仙、情仔大普阿龙等。阿龙当哑哥他妹的情哥之前曾经是几名插队女的情郎。阿龙也是下乡插队的，因为巧得生产队长的"帮助"被推荐进高校，摇身变成大学城的"小中干"，在统领哑哥阿妹的小单位之前，也负责过接收与安排进校城干力气活的回城插队女们，甚至哑哥这些在校城打零工的，所以很多人都怕他。哑哥看到大普龙时，也只是背后骂骂罢了，每当对方开着小车或骑着摩托车迎头而来时，他总是远远地躲开。

又闲看了一个上午，但这一天却没有平时那么晚，因为是中元节，哑哥早两天就惦记着了，他要去北街菜市买活鸭祭他的亡父，一边想着祭拜的事，一边抬脚迈出亭园，正要过公井大道时，一个长发披肩的上年纪女子的身影在对面扁桃树底下晃动，定睛一看又是他的小妹，"这粉脸小蛇又穿这身红不棱登的裙子，还涂着这么艳的口红，以为自己还是18岁呢！"红衣女放慢了脚步，眼皮低垂着装作看不见他。路边停着大普龙的上海大众车，北面走来一对男女，活鸭、鲜鱼、蔬菜等大兜小袋地一大堆提着直奔那停着的"大众"，来的正是大普龙夫妇。"真是冤家路窄啊！"看到那僵着身子的妹仔及低着头只顾开车门的阿龙，还有那默默跟在其身后的大普同学兼"内人"的大普凤丫子，哑哥讽嘲地翘起嘴角，丢去一个白眼。

# Joy的卧底学业

　　"再也不能住在这个校城了。再见，木棉！再见，有水塔的校园！"Joy一步一个回头，望着身后那棵高过老文楼的木棉及远处的水塔，抿抿嘴，自个儿说着。"多事的记者，害得我继续不了学业。"他嘟嚷着，很不情愿地拖着沉重的步子走出校城大门，刺眼的烈日烧灼着他的左脸与左半身，将他后背鼓鼓的影子投向右边的路面，他背上绑着一个蛇皮大包，里边除了破被子，还有没处理完的"烂嘢"，被子里面裹着他自己做的课本、捡来的旧书及那些印有字的可读纸片等，包括外教老杰安送给他的那些英语电影文本。

　　"就这样从这个大学城消失？连自己的名字都还没有想好呢！"Joy无奈地摇晃着头。谁也不知道他姓什么。只有外教老杰安把他叫作Joy，与他有说有笑。"同窗"们当面没有理他的，背后指称他什么的都有，起先他还不知道，及至他快要被发现时才听到。那天他正在教室里与杰安说话，几个从教室门口经过的"同校"不由得停住脚步往门里边讲台处张望，有人说："谁在说英语，叽里呱啦这么溜啊？""这不是到处翻垃圾箱、捡烂嘢的荒仔吗？""原来是这个小垃圾啊！""这欹仔阿乔总到我们班听这杰安外教的课。""哇，校园里的高尔基噢！"围观者多了起来，大家你一言我一语的。有人甚至不知"高尔基"是什么人物，毕竟不是读《我的大学》或《钢铁是怎样炼成的》那个年代，更有人把"基噢"听成"鸡窝"。一个说了"这么一个人啊"的瞪大了眼睛，吃惊地张着嘴，将视线定格在他那只干枯的手掌上。

由于他的洋名，有人也把他叫作阿乔。这天教室里Joy旁边站着的那位头发斑白、中等个子的外国人就是杰安，他是来上第二大节公共英语口语大课的，来得早还没有到上课时间他们便聊了起来。阿乔虽说是个"编外"，却是老杰安的得意门生，因为他学得比谁都好，课前别的学生还没有到时，他们总是叽里呱啦天南地北地"倾计、嗑该（聊天）"，让那些迟迟才慢吞吞进来的或手提一袋袋食品从后门潜进教室的"同窗"们听得如坠入云雾，混混沌沌的。Joy除了课前或课堂上与杰安对英语之外，几乎不说一句话。课间里他忙于拾荒，地上的废纸、门边角落的矿泉水瓶或饮料包装纸盒等是他要捡的宝贝。谁也不知道他的来历或叫什么名字，不便知道或不想知道，只把他当作一个被老杰安特许听课的拾荒者。

阿乔总赶杰安的课，专业英语的或公外大学英语的，只要是杰安的课他都去听。有时他也悄悄地坐在大教室的后排座位上听别的外教的口语课或扒着窗口听中国老师的语法课。他把听同一堂课的学生们称作"同窗"，他不知道自己有多少"同窗"，每一大堂或大节课的面孔都不是一样的。他也只能把他们认作"同窗"，因为他不算学生，没有资格做人家的同学，甚至连进修学员或旁听生都不是，总之他不是学生，也没有交费、办过听课手续什么的。当然，这"同窗"也是在心里指称罢了，至于"同窗"们又怎么指称或看待他，就更无所谓了。

不知是什么时候开始迷上英语，阿乔自己也说不清楚，他总把自己比作高尔基。而这高尔基的名字也是他从一个镇中学教室的窗口听到的，那语文老师的讲解让他听得忘了时间，忘记了该趁早赶到另一垃圾堆捡拾他赖以生计的"宝贝"。那时他肩上挂一个脏兮兮的蛇皮袋，走村串镇地捡拾，后来越走越远，终于走到一个大城市，但城市里有先来者霸住地段，他争不过人家，最后来到这个有水塔、有高架桥、有很多生活区与教学区及好几个校园的大学城，总算立住了脚。校城内的老教学区是他的栖息地，那里一个堆放废弃杂物的楼顶棚屋成了他的住处，一住就是3年，直到他被媒体发现，成为记者笔下的"学生卧底"大新闻时，才打破了他的继续求学梦。当人家给他介绍工作时，他说自己还要读书。"不用再捡垃圾，简直登天了，还不快快抓住这个好机会!"校园里有人看过报道的,不解地说。学府领导们则觉得很没有面子,堂堂的大学城被一个拾荒的"卧底"了3年竟然没有人察觉,那滋味犹如特务在自己的眼皮底下活动了那么久,最后还是被外人发现。阿乔难过的是他不能再住回他那温馨的小棚屋,还有那亲切的楼道和四层楼梯"三十九级台阶"也不能再走了,尤其是偷偷住在那里像个"地下工作者"似的兴奋与恐惧兼而有之的感觉也不再有了。

在外教老杰安眼里,Joy永远是个阳光青年,那诗句"阳光斑斑驳驳,和和煦煦的"就出自这个青年之口,虽然他听不懂日常用语之外的汉文字句,却很欣赏眼前这个勤奋好学的小个子青年。"那是他快乐的内心独白,连同这朝霞,谁说不是一首美丽的诗呢?"老杰安赞赏地看着眼前这个站在朝霞里的、微黑的脸色里透出红光的小青年。顺着朝霞的方向,杰安发现那是从自己身后不远处那棵大木棉树梢上照过来的。接着,这青年又来了两句"Lovely sun.""How lovely you are!"一边念念有词一边伸出他那半枯的右手,吃力地摊开手掌。"He is recitting some verses. Or, he is meeting a lovely new day with joy.(他在朗诵诗句,或者他在喜迎新的美好的一天)"快要走到楼顶的杰安心里说着,便像急刹车似的将迈出的右脚收回不动,他欣赏地看着不远处棚屋门口这个半依半立的、左手拿着小本子的青年。"那本子是针线订的,参差不齐,好像是用好几样纸片做的。"老杰安心里说着,最后将目光停留在那青年的小本子上。小青年肩膀左高右低,口中念念有词,时而吃力地举起他那连肩带胳臂一起瘫垂而下、过了膝盖的细丝瓜似的右胳臂,用弯曲的手掌翻看着,或用铅笔头在其中的洋文句子、单词旁边圈圈点点。

背后的棚屋就是他栖身之处,那是大学城教学区苏式白楼顶堆放废旧木器及课桌等杂物的地方。这里可以悄悄用电,楼层有卫生间,还可以用水,对一个被叫作小荒或荒仔的拾荒者来说,已经是"上上等"了。自从住上这个棚屋,Joy便觉得生活安顿了下来,他开始了他的学业生涯,即在大学城里到处听课,起先只是在窗口听听,后来胆子大了就进教室里面听,尤其是大教室的大课。那天早上站着听的老杰安后来轻轻地走了上去,他们互用英语自我介绍,然后一起走到一楼教室。自从认识老杰安,得到他的鼓励与默许听课之后，阿乔的英语突飞猛进，3年之后在他被发现之前已远远超过专业英语大三学生的水平，无论是读、写或听、说。

出了校城的Joy不知道要去哪里，他没有走远就停在路边的一棵小叶榕下歇脚。"从木棉到大门口是3个39步，从大门口到这里刚好39步。"Joy心里叨念着，他总把自己的生活与"39"联系在一起。这个数字对他来说有神奇与历险的感觉，在校城时他总以这个数字记他走过的路的步数，乃至捡拾到的瓶瓶罐罐等"烂嘢"的个数。尤其是他的住处，更以此数辨记方位以及有关此数与其生活的神奇联想等。

"从木棉树到老文楼的楼梯口是39步，从楼梯到棚屋是39级台阶。"3年里每当走近老教区看到那棵高过楼顶的木棉时，Joy总在心里叨念这句话。有时他也用英文，边叨念边暗暗发笑，他觉得自己总怕被发现，担心被人赶走的生活，有点像《三十九级台阶》里一个叫作汉内的人物，虽说只是随时有被赶走的"风险"而不是像汉内那样在逃亡的险途中。

"再见，有木棉树影的棚屋！再见，有水塔的校城！"Joy站了起来，在抬脚迈步之前又扭头朝老文楼的方向深切一望。

# 多味竹与童年小屋

　　蔓把老桃李书院后面水塘边的那一片竹子叫作多味竹，那里以前有一排简易小屋颇似蔓心目中的童年小屋，特别是有竹林的，与别人屋子、围墙等连在一起的那间小屋，用蔓妈妈的话来说就叫作"大滚庙"，因为在蔓一家搬进去之前那里确实是作为小庙的，甚至被搬到那里都应验了《撒母耳·上》"约柜被掳到大滚庙"。

　　大滚庙那里的竹林长得很密很壮，竹竿直直绿绿的，一根根高得通天塔似的。竹林是小巷子的尽头，边边的屋子是邻居"对糖客"一家，紧挨过来的是阿凯与碎咪家，他们的对面是面坊的后院和蔓家的小屋。那小巷子特别窄，人站在一边伸手差不多可以够到对面人家的墙面。大人不在家时，那里是孩子们的天地，那些半大的女孩子聚在一起七说八道，或假心假意地交往，说着客套话，个个学得油腔滑调，见面彬彬有礼，背后却无缘无故地破口大骂别人，还伴随着那里特有的骂人手势"击掌骂"，其中就有蔓的大姐，蔓总感到特别痛心。

　　走出竹林是一条通往城外、山区的小街，蔓的大姐有时也往这条小街上跑，去帮一个做鞋帮的什么阿姨车鞋帮。人家又不管吃也不给工钱的，她还那么喜欢去白打工，只要大人不在家她总往那里跑，她把蔓留在家里，整天不得吃不得喝的，有一次她把一锅生红薯放在煤炉上就走了。蔓饿着肚子，眼看着那锅里红薯烧到烂，烧成黑炭，直到锅底烧成大窟窿也没办法处理，因为她实在太小，连够都够不到。蔓只是流流泪，躲在门里面不敢出声，又饿又怕坏人，眼看门缝外面的天越来越黑。那天她大姐帮工到半夜才回来，竟没有给蔓一点什么吃的，只是赶紧把锅藏到床底下，怕她们的妈妈第二天从奶奶家回来看见。

"对糖客"就是挑着自家熬的麦芽糖穿街走巷去换牙膏皮、破布头、柑、橘皮、碎铜、烂铁什么的，以这事谋生的在当地就叫"对糖客"。"对糖客"家有3个女儿，都很大，看起来像大人，没进学堂，更不识字，都在家里闲着，那一圈子里的女孩子几乎都是一副无聊样。蔓与其说喜欢那里什么人，还不如说喜欢那里的一片竹子。那竹林连地面都是干干净净的，踩在上面松松软软的，特舒服。那时小小的蔓就把是非分得清清楚楚，把善与恶看得分分明明，但她救不了大姐。大人都相信大孩子，不相信蔓那么小不点一个，再说如果被知道她告了状会被打死、整死的。蔓总是无缘无故地挨大姐用棍子或劈柴大打特打，就是每天让大姐梳一次头也要挨几梳子。蔓不能爱这样的大鳄似的姐姐，更不愿意假惺惺地去讨好她。蔓除了痛苦，就是仇恨，因为她受太多的往死里打的仇恨"教育"，有时她偷偷写日记，她相信报应，如果没有惩罚罪恶的天报，那就是她要无辜被整死。

蔓总是无缘无故地被整，她记得"手绢风波"时还给她弟弟写过信。"手绢风波"也是无风起浪，她妈妈买了两条同样花色的手绢，图案是一只高筒雨靴旁边蹲着一只系着绿丝巾的小兔子，蔓和她弟弟都分到一条。弟弟管那手绢叫作"兔兔修橡皮鞋的手巾"。后来她大姐硬是说蔓把弟弟那条好看些的换走了。这对小小的蔓来说是天大的诬陷，按照蔓的道德观是绝对不做这样的事的，可这事又造得像真的似的，让她委屈极了、难过透了，也让她大姐更不可饶恕。蔓那个时候还不会写"巾"字，她把"手巾"写作"手经"。那是一张小纸片，一封寄不出的信，后来被她妈妈看到了，她妈妈用诧异的眼光看了好几遍。后来又是"毛巾风波"，那毛巾明明是被老鼠咬的，她大姐死口咬定说看见蔓用剪子剪的。蔓被她妈妈狠狠打一顿，她妈妈要她认错，她就是被打死也不肯认，结果被打得更惨。对蔓来说，那是原则问题，没有错，为什么要认错？人家没有错，为什么要诬告人家？《十诫》里不是写着

'不可作假见证陷害人'吗？她怎么能这样做呢？她长大还了得，不是很多人要被她害啊！"蔓把大姐看透了，她觉得大姐到临死都没有悔改，因为她没有向蔓认错，也没有半句道歉的话，还让蔓吃她吃剩的粥，明明知道自己快要不行了，还把吃剩的东西让身边的小妹妹吃，不是想让她染上病吗？大姐让她吃，她不得不吃，还算蔓命大，没事。蔓吃完那半碗粥，她大姐就断气了，第二天她看到大姐被装在小枋子里抬出去，对面邻居家，还有后边一个21岁的大女孩子也是那几天因同样的流行病没了命被抬出去的。

蔓心目中的另一处小屋，是故居院子里那与大墙、小山连在一起的木板小屋子。对她小时候的弟弟来说，那里是一个很神秘的地方，因为大姐带他时，经常领他到那小屋门边的一个角落让喊什么"nhi nhi（阿姨）"，大姐自己也跟着喊，还有名有姓的，弄得神秘兮兮，好像那里真的住了一个什么人似的。后来蔓的大姐的遗骨就埋到这个角落，有时蔓还梦到那间小屋，还有那一屋顶的葡萄及旁边那一块块大石头垒起来的长满藤藤叶叶、连着山的、宽宽大大的高墙。蔓喜欢那一墙的藤蔓与高高的茅草和其间的荒草杂树。

校城里竹子很多，蔓最欣赏的是实心桥水边那一片未整修之前的"多味竹"与那一条掩映在竹枝竹叶下的不很畅通的泥坡路，以及老桃李书院里面那一片飘扬着毛茸茸白花花的狗尾草浪的、有小飞虫从草叶间蹦来跳去的"百草园"。蔓觉得那里颇有原野气息，那里的竹子有文气，有书生味，因为学子们读书、背书都爱去那里。蔓亦说不清竹有多少种味，但她知道笋有甜笋、苦笋、甜苦之间的笋或甜淡之间的笋，等等。蔓担心的是那一塘的污泥浊水，还有死鱼，让这片竹子沾上鱼腥、秽气。

# 那门那路那水那树

说起校城的大门，蔓还是喜欢那端庄古朴的"石门"，也就是如今屹立在大门广场内作为景观的那几个雕花大石柱，那是以前的大学城大门的门框。从石门到现在的一块绿"石峰"权作大门，已是第三代大门，或者叫作第二代新大门。

那时的大门掩映在四排绿树深处，当中是路，也可以称为"大门路"。路的两边是同样一高一低的两排树，两排树的外边同样有一道宽宽深深的水沟，像护城河一样沿着这条通向大门的小路。这四排粗叶和细叶的高矮绿树像四队卫士密密麻麻、整整齐齐排作四队，肩并肩地从大门一直站到通往郊外的公路边。细叶树不高，伸手够得到低垂的枝叶，从路边走，枝叶擦肩而过。高低两排树之间是人行道，那低矮树就像一把把大伞撑在水边，一半给行人遮阴，另一半盖过那可以称作"护路河"的水面，枝儿、叶片点入水中与树影相连。站在路口往里看，那感觉绝对不像现在：一排大楼横着，几幢大厦立着，炫耀着学校的门面，若不仔细看门牌、名称，还以为是别的单位呢，因为门面修得差不多的有的是，特别是翻修过的学府大致都这个样子。

树荫深处的石框大门让人有一种学府深深的感觉，你会有一种想了解它、想读懂它的强烈愿望。那两道"小护城河"除了下雨天水有点浑浊之外，平时水清见底，能看到游鱼、蹦蹦虾、水草、大花螺、小青蟹等，不用说走到校城里面，光在门外这水边走走就心旷神怡了。"大学府就是深奥，连水都修出这样的学问!"会品味的人都这么说。

大门路两边水沟外,一边是菜地,一边是几排不规则的高高直直的参天大树,那树林子与走进校门左边的"西非"地带的树木及西菲路边的密林成为一片绿色葱葱的林河、林带、林溪。

西菲路拓宽了,林子没有了,菜地建成新开发区,从门面看,校内校外是同样的高楼大厦。校城门也是校大门,它再次外移,几步作一步地踏出去,如今的校门与西菲路面近在咫尺。原来的大门路成为大门内的大门广场标志,护路河从上次改建第一代新大门时就被"吃掉"了。第一代新大门是贴闪闪发亮铝片的,它修起来没用多久又做成当今的第二代新大门,这次的新大门不过是一块刷成绿色的大石头,与一般石头不同的是,它被刻上大学城名字的4个草书大字,它大大咧咧地站在门口,孤零零地向行人、过往车辆行注目礼。后来,它身后终于多了几根陪衬它的圆柱子。

"西非"是离校城大门口最近的一个不算大的院落,里面有一排平房、一道围墙,屋边和围墙边有一圈平整的水泥过道,剩下的是一块方整的长满青草的低洼地,这样的荒芜院落在大学城里总会被叫作"什么非"或"某某利亚"的。院落里面没有树,院外才有。院落外边的树不只一两棵,那简直是"密林",密林里边是校城养鸡场。这一地带如都称作"西非"或分别冠以"西非",如:西非密林、西非养鸡场、西非宿舍或西非居民区还比较合适。与其说这个院落是"西非",还不如说它是建筑工地上的民工房,与民工房不同的只是它的内里,即它的住户不是民工,而是大学城的青年教工。

这"西非",也叫"西伯利亚",是青工们的集体宿舍,二人一间或三人一间,每间一样十来平方米,门窗大小,式样也相同,厨房连公用的都没有,公用卫生间与冲凉房倒是有连在一起的二三间。有一阵子西非多了一个叫作巍巍的异类居民,那是一只黑里带灰的花斑鹅。巍巍从小就常常被主人抱在怀里一直到大,主人抱着它就像亲妈妈抱孩宝宝。巍巍很乖,在主人怀里依偎着,一动不动地享受主人的爱抚,或只是躺在主人怀里瞧着主人看书或做别的事。它可能早已忘记鹅妈妈是什么样子,而把主人当作妈妈了。如别人问"你这鹅养多久了"?那回答可不是"养了多少个月或多少天",而是

"巍巍才半岁呢"！说完了总要低头亲一下那鹅宝宝。

鹅妈妈上班时巍巍就被关在筐里，妈妈一下班，巍巍就跟在身边，甚至连洗澡也跟着，只是让它站门外。每当这个时候特别有意思，巍巍在门外等得不耐烦时就猛叫，边叫边要进去。里边的主人也使劲儿喊："巍巍，不要进来！不要进来，巍巍！"冲凉房的门是不到底的，别说一只半大的鹅，就是一条大狗也能进去。这时，洗手的、打水的、排队等洗澡的都瞪眼看着，看它到底敢不敢进去。"巍巍到底是公的还是母的?"人们在不希望巍巍进去的同时也这样猜想着。如果它是公的，它要进去或者已经进去都是不可原谅的，因为里边的"妈妈"是女的啊！"巍巍！不能没有规矩！""巍巍！要尊重女性！""巍巍！不要犯错误！"在场的人心里嘀咕着，只是没有说出来，直到它妈妈洗完穿着睡裙出来，看热闹的和担心的才平心静气。

巍巍的入住似乎给冷冷清清的"西非"带来了意趣和生机，巍巍被关起来的时候就什么也不吃，它妈妈说："巍巍在抗议，它绝食呢！"说着赶紧把它放出来，那眼神、那口气俨然像亏待或委屈了自己孩子的母亲。

很多年过去了，巍巍的妈妈和所有的青工们早已搬出来了，"西非"后来成为进修生的宿舍直到近年校园大改建，整个"西非"或"西伯利亚"地带也就都不复存在了。

现在的大门与当年的大门真是不能比，那门、那路、那水、那树，再也没有了！

# 布 涅 瓦

"你好，布涅瓦！"一身素花长裙的蔓推着她的"老二牛"单车走在被她刚刚改名的布涅瓦广场，她举目望着一大堵横蹲眼前的宫殿形扁平大楼布涅瓦点头、微笑、来回瞅瞅照照楼中的方框天镜，最后她将视线定格在紧贴布涅瓦的右护卫老苏楼墙角一块写着两种文字的灰绿小碑牌上。蔓感到一阵欣喜，"那不是自己正在挖掘对比的文字吗？"只见碑上那些代表邻国文字的特殊符号开始上下左右跳跃起舞，好像有很多话要对她诉说，符号上的正反尖冠顶小帽儿高高甩起，起起落落，落下时总被张冠李戴，或不需要戴帽顶冠的反而被扣上，或者是表示调号的翎羽插错位置找错主儿。"怎么会是这样了呢？"蔓揪心抽足，这幻影不是无缘无故的，她更加意识到事态或态势的严重，这态势还影响了她的采风计划。

蔓眼前的幻影与思绪被从背后森沙那楼里走出来轻声喊她的好友兼同事阿雨打断。阿雨说："我早就看到你了，你在看什么啊？"蔓说："你还记得我写过这里吗？我看看，找找感觉，打算再写，看会怎么样。应该是另一种趣味吧。"两人说着话，相伴走进森沙那。她们坐在一起聊天，那里正好可以看到蔓在这个楼上班的第一个工作室齐齐舢，还有后来越搬越小的齐二舟三等。她们谈论被推来挪去的经历，也谈她们的第二任上司美女大厨与"苦瓜婆"，那时不止蔓，大家都有被"炒"感，敏感的蔓备感压抑，好像管人婆超多。好在后来美女大厨对她刮目相看，成为好友，还把她拉进总被一群人高高垄断的"科研"圈子，虽说已是"太晚，太晚"时。话题即刻转入学术界对蔓新成果专著的反应以及国内外畅销与收藏情况等，蔓也说她的学"声"之乐及"舞在语言风"里的感觉等，阿雨听得眼睛发亮。蔓怕耽误阿雨上班，赶紧告辞，走出森沙那。门外，布涅瓦广场早已沐浴在热辣辣的夏日炎阳里，对面同名的笨大楼布涅瓦拥着左右一对一模一样的同胞兄弟老苏小楼，那反光的墙面亮兮兮的，像在冲她憨笑。

这对老苏楼如同布涅瓦楼的门卫或小老弟或门口石狮，端端正正地蹲坐守护，尽管自己是前辈的老前辈。蔓不由得再对右老苏楼墙角多看几眼。碑上文字内容把蔓带进半个世纪前她还没有出生的年代，那时这对兄弟楼是校中校"小翰林"的图书馆。小翰林是专门为邻国山资、义务打造人才的特殊培育基地，校本部设在校园一个隐秘院落，学员享受贵宾待遇，有标准的伙食，那里有小灶食堂，吃住和学习都在里边。大学城老教师或老员工们很少有人知道有过这样的地方，除非在那里工作过。有几位在那个小灶间工作过的老阿姨每说起来总是满脸的笑意和甜美，她们很感激有这样的工作机会，因为可以吃到比院外人好得多的饭菜，甚至还可悄悄带剩菜残羹接济家人，在那物资奇缺的艰辛岁月里不至于因受饥忍饿少油星缺营养而满脸菜色。对于人脸菜色，蔓一点也不陌生，她自己就经历过，可见这样的年代深悠漫长。小翰林完成使命之后，更加成为一段鲜为人知的尘封历史，此后的老苏楼则成为大学城第一代图书馆，后来又做办公楼，其当今用途是与国外合作的一个国际学院，正面门口挂着几个比墙角那个小绿碑大很多的白底黑字双语木牌。

在大学城校园里，俄式宫殿与中式牌楼相结合的布涅瓦大楼是后起之秀，上班时的蔓总说它笨呆憨傻，更嫌它吃掉一整片原野式花园胃口大，唯独爱看它正中那个与多级台阶相连的、可取景框物、框一整框蓝天的方框框。布涅瓦楼还有其他名字，它一出现就统领了其周边楼群，它前后开阔地或花园也被蔓叫成相同的名字，尤其楼后边有很多教学楼的广场。布涅瓦也是教学楼，它的威慑力可从它墙脚路面延伸到涅瓦双湖路中的霍尔曼厅、老苏区、白鹭苑等。因为这布涅瓦楼高大，更因为它有一对一模一样的老苏楼翰林书斋"灰石狮"护卫在门口。实际上，布涅瓦大楼前后没有区别，都是一样的门或窗及其正中的大方框框，只是景致不同。

在布涅瓦广场，喧宾夺主的还是这对蹲在布涅瓦门口的灰石狮兄弟小楼，它们观足热闹，抢够风头，国内外大统领级别的大贵宾们有时也会来看它们，每当这时候，布涅瓦广场遍地摆满鲜花；被晾在一边的布涅瓦大笨楼拿它们没有办法，就连起布涅瓦的校级楼主也不能挪或拆它们，因为它们有一定岁数，还被指认为那翰林学校的图书馆原楼遗迹，可见证一段抹不去的历史旧事。布涅瓦成为蔓脑海里一道别样风景，也让她有不同的心情，那里有她工作十多年的森沙那楼。不再去森沙那上班的她有时会去布涅瓦广场走走，看看布涅瓦，瞧瞧森沙那及那里的同事朋友，照照布涅瓦方框"天镜"等，尽管知道再也看不到框内四四方方的蓝天或飘飞其中的云霞雨雾，明明晓得无论怎么调整视角也照不见往日的近树与学府外街的古旧远屋。

布涅瓦才不管它身外事，自从它被建起来就憨立在那里，与它那对门卫小老苏兄弟相拥、相依，连同小哥儿俩身上的斑斑驳驳沟沟壑壑牌牌匾匾与碑碑字字，不离不弃。

（完稿于2014年仲夏）

# 云海天边

# 天边的云

夜色灰蒙蒙的，星空背着双手、微弓着身子在沙滩上来来回回地走着。一弯新月似乎在跟他捉迷藏，一会儿躲在云层，一会儿又钻出来跑在他跟前。星空是他的网名，他觉得只有星空才能接近云儿，可有时候他却认为自己就是那雪白的云儿，被他叫作云儿的应该称作月儿。"云儿傍着月儿是天经地义的！"他总是这么想。

星空的博客叫作"天边的云"，他不知道是云儿写给月儿看还是月儿写给云儿看，抑或只是惦记他心目中的"诗芸"才偶尔写写。星空巴不得他的网页不要被人看到，他只想写给自己看，而他博客里的聊天室也从来不开不理。那时候还没有QQ聊天，更没有今天的多功能的微信；那博客里的"聊"也只是笔谈，他对与不认识的人聊天一点也不感兴趣。"大半天地与人家聊啊聊的，你知道对方是什么人！"每当星妻与别人聊过火了，他总会这么说。

凉风细细小小的，水中的波纹也是小小的。一条小舢板慢悠悠地划过，星空看到洁白的弯弯月儿与同样洁白的丝丝溜溜的薄云在水中荡漾起来。远处一盏灯塔忽明忽暗的，风儿送来了熟悉的鲜鱼味和干鱼味，有人背着筐打着手电在海滩上捡碎鱼小虾或收堤边的鱼干。

这水与其说是海，还不如说是湾，水边是沙滩与海堤，另一边是绿树成荫的几座大大小小的、小山坡一样的山头坡。那海堤只不过是一条高出地面的土路，跨过土路往北走还有通往中心城区的石板路心岚街。

"月儿蒸发了，云儿也散了！"起风了，洁白的云絮不是散了而是挤在深色的云里看不出来了，望着浑浊起来的低沉沉的天，星空无奈地摇着头自个儿说着。

星妻阿浈儿还在与一个叫作风笛的网友聊天，不过也差不多要"88"了，因为他开门进来时看到她正捂着嘴笑，星空瞅了一眼屏幕，看到对方打出的一行草书："你一定很漂亮很年轻，我能不能看看你的照片呢？"阿浈只是捂着嘴窃窃发笑，她关掉了所有窗口，还注销了这个才开了一个星期的新博客，聊到这个份儿上时她准会这样。

"这又得乐一整夜了，下一个'鱼仔'又会叫什么呢？"星空觉得阿浈有点好笑，特别是她那对八字眉，不画还好一点，画了更加夸张，还有她那副总要捂起来才敢笑的大突特突的大门牙。"亏得儿子没有像她，要不非把人龇死不可！"星空这么想着，朝屈着身子熟睡的阿浈儿抽动一下嘴角。窗外一道闪电把天划成两半，接着响起几声闷雷，雨点淅淅沥沥地打在桉树叶上、梧桐叶上，也打在阳台的月季上……

又是一个大清早，天刚蒙蒙亮星空就已走到屋外，晨风吹拂着他那纹丝不乱的烫过的鬈发，风儿吹拂着他那仍然有点秀气的偏小的脸，吹拂着他那穿薄了的淡蓝色T恤。天边一片红，海水的尽头也是一片红，红得分不出层次，红得分不出天与水。有人在海堤上跑步，海滩上三三五五的有人在晨练，星空也踢踢腿甩甩胳膊、做做扩胸动作。"又是一个大晴天！"望着层次分明起来的天，看着红日边那七彩斑斓的云，星空张嘴深深地吸进一口凉丝丝的带咸味的"海气"，他赶紧往回走。心岚街路灯还亮着，早餐店家家爆满，好在星空是老主顾，天天都在一家买，人家早已给他准备好了，油条、肉包、菜包，甜的、淡的，装了一大袋等着他了。"减一个人！"星空在店门口人群后伸出食指举手说。"这可是再生产资料啊！"星空瞅了一眼自己双手提着的两袋沉甸甸的早点，还有路边买的豆腐。这些，还有中餐、晚餐给工人们吃进去可以装搭多少电器产品出来，创造多少效益，他一路走一路计算着。他那作坊管吃管住，二十来人吃饭呢，买早点、买菜、端点心已成为他星空的专职。

　　阿浸儿已熬好了两大锅绿豆粥，煮了咸蛋，工人们早已洗漱完毕等着开饭，两张大桌围得满满的。星空拌了豆腐，切了咸蛋、油条，赶紧端出来。工人们急急忙忙地吃着，他们都是"计件工"，争分夺秒得来的时间都是自己的。星空是老板，是监工，也自个儿跑业务。

　　星空的作坊就开在心岚街，那是他家的老屋子，一面临街，一面近竹林山坡。竹林只是外围，里边还有许多各种各样的树，竹林不是很密，从空隙就能看到里边的树。星空小时候经常去那里"插"干树叶，一根长长的铁丝，一头磨尖，一头打个小圈圈，稍弯腰就可以往地面干叶上插，多了就往顶上推，直到插成满满实实的一大串。家里倒不稀罕他那点柴火，可星空总想为家里做点什么，甚至读中学了，有时候还去插叶。

　　诗芸家离星空家不远，两家人出来进去，低头不见抬头见，见面时两个孩子浅浅一笑算作打招呼。在邻居们的眼里星空比姑娘还腼腆，女孩子们甚至觉得他有点不正常，因为他从来不看她们一眼，可他偏偏不躲在家里，他很爱户外活动，喜欢在门口读书，一放学回来就躺在他自己做的躺椅里复习功课，或看或读，就连这把躺椅也是他在门口做起来的。他最后一次见到诗芸的时候已是很多年前的事了。那是很偶然的机会，诗芸来看星空妈妈，从他们后屋走出来往街上走，正好碰到星空端着点心回来。一小碗一小碗的红豆粥整整齐齐地排在托盘里，星空一手托着，擎得高高的，他看到诗芸时目光变得炯炯发亮，又有点不知所措，他连忙拿出两碗点心向诗芸递过去。诗芸没有伸手去接，星空的父亲走过来接着拿到屋里去。两个人僵僵地就那么站在路边，好大一会儿诗芸把身边的孩子往前推，"叫伯伯!"孩子稚嫩的声音叫了一声"伯伯好"! 星空蹲下来抱一下诗芸的孩子说："Xi nang xhi（好乖）!"星空终于问了一些"忙不忙"之类的话，诗芸似乎答非所问，她在回忆以前看到的那个躺在病榻上的星空，那时他在工厂高空作业摔伤了。看到那样，诗芸反反复复地说那么一句话："怎哪恁勿凑巧! 怎哪恁勿凑巧!"言外之意是"怎么把你摔成这样"! 那次星空躺在叠成三层的棉被长条上动弹不得，天很热，诗芸看着他难受的样子说："垫一张篾席会舒服些的!"星妻浸儿说："那样会弄坏席子的!"诗芸说："买一张小的不就用着（可以）了。"

可那叫作阿浼的女人更无动于衷。星空说："就用个（这）张！"他伸手要扯本来就在棉被底下的大席子。"大席子也不合适，铺在那么高的棉被上人躺上去还会溜来溜去，瞧那无动于衷的样子！"诗芸心里说着，赶紧退了出来。"星空多么不幸啊！"诗芸心里难过着，难怪星空妈不让她去看，可她却那么坚持要去。星空妈不让她去还有别的原因，诗芸想起有一次在街边小店站柜台时，因零钱不够向星空借了几块，去还时星空不在，她就交给了星妻阿浼。走开时，星妻在门口跟她扯了几句，扯来扯去就扯到"本来应该是你……"扯得诗芸不知怎么说好，后悔不该还给她，让她多出这些想法。

或许诗芸在星空心目中的位置太高了吧，阿浼总是没有把握似的，好在诗芸远在天边，十年八载，甚至几十年都见不到一次。诗芸的到来给病榻上的星空一个意想不到的惊喜，连忙按他孩子的称呼说："阿nhi（姨）走来！阿nhi走来！"星妻也觉得意外，不过她倒挺热情的，还给诗芸冲了一杯奶粉，诗芸接过来一看脏兮兮的玻璃杯子，她不敢喝，只是意思一下。诗芸出来时星妻一个劲儿往外送，最后又说了一句"本来是你的"，接着又说了一句没有底气的话。诗芸不知怎么回答才合适，她什么也没说，笑笑走了。

# 三 涂

星空有几年不开加工厂子了，他只做技术顾问，有时开着小车到几个厂转悠一下，他也开摩托车兜风，尤其去乡下三涂。"勿开工场的日子恁好，爱走狃宕（哪里）就走狃宕！"星空这么念叨着，他感觉飘飘美美地骑着那辆锈迹斑斑的红色本田旧摩托在田间小路上飞驰。白里透黄的阳光滑过他的大红头盔，紧贴着他的脖子，沿着他的发际爬到他的头顶，还透过他的黑外套与小花格羊毛衫照得他后背暖融融的，他轻轻慢慢地来回转着头，看到自己的身影连同车影在田垄、泥块、枯草与油菜花苗上跳跃……

"先走狃宕？先走阿键哥厂里，还是先会阿橘伯?"星空踌躇不定地自问，他右手扶着车把站在岔道上，左手托着下巴，食指不由自主地爬向黑里带白的鬓角，且上下不停地揉着，他已沿着油菜地绕了三四圈，还拿不定主意先去哪里，只好停下来想一想。星空想起早上打开博客，看到有人在他那篇《三涂——吾清清走其屋宕》旁边写了一句"三涂还是有勿变的地方啊"的留言。星空跨上摩托，一边心里说"晓罢，有数罢"，一边琢磨、猜测写留言的会是一个什么样的人，他重复喃叨着早上对自己说的那句"还有人恁晓得三涂……"星空已好久不写博客了，他这一趟去三涂，是专程会老棋友阿橘伯的，以便回来续写他的《三涂》，他觉得三涂的不变之处还可以深入挖掘，特别是阿橘伯的茶亭那一带。

　　三涂是星空的祖母及伯父们住的地方，那里不仅是星空"清清走其屋宕（常常去的地方）"，而且是他待过一年的场所。老阿橘是三涂的老棋手，他一有空总在田头、路边下象棋，星空从小就与他较量过。阿橘的棋艺横扫一片，唯独下不过这城里来的"小棋手"。自从第一次赢了当年还是壮年的阿橘之后，阿橘就把星空看作师傅，有时还进城登门向星空请教，这让小时候的星空有点飘飘然。然而，星空总是匆匆忙忙的，即使在三涂的一年里也没有多少时间与阿橘切磋棋艺，只有不开厂子、不跑业务的这几年才专程去会他。而三涂的不变之处就是老阿橘家附近那棵大榕树及树下阿橘姆开的茶亭，那里至今还是老样子。大榕树长在土路边，那里经常有人坐在树下的石条凳上喝茶或蹲在地上看阿橘与老人们下棋，这里是星空必经之地，起先去看他娘娘（奶奶），后来看他大伯、二伯等家人，再后来去斜对岸的滩头接业务揽"生活"。阿橘姆总是老远招呼他："你该日走来啊！坐坐先，茶吃碗爻（vuo），伯伯讲你亦有境冇走来爻罢！"碰到阿橘老伯正好从地里收工时，总非要星空与其"着"一盘才够意思。

　　星空总觉得三涂上空不清朗，他认为那是被烂仔"虾儿"们的秽气污染了，只有三涂界外那一江流淌的水映照着的那一片天才算清明。"生意场上也是一片污浊，包括那条渡江的船，难道勿是何七人斡载啊？连东头阿旬斡勿得勿讲一遍瞎话！"想到这里星空总是困惑。那时阿旬家也有人去滩头揽活，有一次他被迫说了假话，让家人捷足先登接到所谓的业务，以致合伙人白跑一趟，从而散伙，各自揽活。原先与对方还是不分彼此的朋友，谁揽到活都一起做的。对另一方来说，等于前功尽弃，又得从头开始寻业务，家里可能等着他开锅。为此，阿旬很难过，他永远忘不了那黑脸憨仔一双失望而无助的眼神。

　　会到了老阿橘，在他家吃了晚饭，还着了几盘棋，出来时，月亮早已爬到星空的头顶。"月亮走，我也走……"星空哼着老歌，满脑子是陈年旧事。回来没有走原路，看到路边的高楼，星空觉得他那《三涂》的结尾句"三涂越来越旧爻，迄个角落儿还是老样子"还要改一改，因为三涂毕竟不是被弃之村落，它在走向两个极端，贫富或新旧越来越明显。三涂的不变之处只有一些零星旧屋以及那些开发商看不上的咸涂田。不仅三涂，所有的郊外、城乡接合部等也都这样。当然，三涂还有更可贵的没变，那就是星空与阿橘老伯的这段淳朴友情没变。

# 斡灶间

星空在新装修的厨房里烧菜，他一边煎鱼一边哼着日本歌曲《誰もいない台所》，他觉得高桥优这首《无人的厨房》是为他写的，只要唱时把其中的"台所"改为当地对厨房的通称"斡灶间"就可以了。星空反反复复哼着、唱着，唱走了调，甚至唱改了音和词，唱出了丝丝泪花；唱得他的泪花都凝成泪珠且越聚越多，沿着他的眼睫毛滴落在唇间，他伸舌吮入嘴中品味着，感觉苦苦涩涩的，但一转味却有几丝淡淡的甜意。

两条半大的黄鱼在扁锅里用中火煎着，星空拿着锅铲子不时翻着，煎黄一边又翻翻个儿煎另一边。"这就是煎熬，煎了又熬。"星空喃喃自语着，一边将调好的作料加水浇在鱼上，盖上锅盖用慢火焖。他把对烧鱼的煎和焖的过程与生活对他的煎熬情形混成一碟菜羹加以想象、品味与咀嚼。灶间里弥漫着烹鱼的香气，星空不由自主地踏起碎步来回走着，每一个角落或停留片刻或放慢了脚步，他有点分不清是自己在自家厨房做菜还是站在诗芸家的斡灶间看诗芸烧鱼。"是显是，就是该个味道（对极了，就是这个味道)！"星空舀了一点鱼汤尝着，抿抿嘴自个儿说着，一边说一边从菜板上捡了两根葱叶，学着诗芸的手法，很不在意地一段段择进去，飘落在鱼汤及鱼身上，斑斑点点、青青翠翠的，将黄黄的鱼和汤都点缀了。"好眦显好眦（悦目极了)"，星空像欣赏杰作似的，左看右看，看了好几个来回才盖上锅盖。星空觉得，葱切与不切而择进去，除了手法或画面的不同，还有意境的区别。以前他每看到诗芸这样做时总说："葱应该用刀切！"想到这里，星空眼睛一亮，笑意从他嘴角漾开，布满了他那依然消瘦却变得过分红润的脸颊与灰白相间的鬓角，会聚在他眼角，将他的鱼尾皱纹大写特写一番。他觉得自己烧出了诗芸的厨艺或味道，可他根本没有尝过诗芸做的菜。

从灶台到柴仓不到三步，他却走成五六步。他那柴仓，与其说是柴仓，还不如说是他的书房与歇栖宝地，那里铺着毛毯、搁着被子，里边砖砌的落地小书架摆满了书，还有搁在柴仓凳尽头的旧电脑也成为其仓中之宝。他烧菜不哼歌时，就开着电脑听歌。当然，除了《台所》，几乎不听别的歌。对日语星空一窍不通，学过一点点皮毛，也早忘了；好在人家唱了日语又用汉语唱一遍。"都什么年代了，还砌这样的軒灶，还带柴仓呢！"看过他新居的都会不解地这样说，只有他家里人才明白，尤其是他父母。星空把新居的厨房做成诗芸家的軒灶间，甚至连軒灶（炉灶及灶台）都像诗芸家那时的，即砖砌的，横在厨房中间，一头顶在墙面；宽宽的、老式的、带灰槽及有烟囱台的传统炉灶，且配有柴仓的那种。及至透明天花板里边绘制的瓦片屋顶与假"瓦光（天窗）"以及木花窗等都模仿诗芸家当年的。邻居们不仅觉得星空的"仿古"厨房可笑，也对他这把年纪了还听年轻人听的歌而感到别扭。老街坊们都知道，星空是从来不听歌的，也没见他唱过歌。这首《台所》是星空逛厨具市场时在一间叫作"台所屋"的日本厨具店里偶尔听到之后拷贝来的。"管其是何乜人（什么人）听的，只要能唤起对美好的一切回忆就用着（可以），有何乜（什么）勿能够听的！"一想到别人的取笑，星空总这样在心里为自己辩解。歌声与回忆让星空的心态变得年轻，生活也似乎变得丰富或有意义起来，他后悔自己不该对诗芸说他"只是活着，而不是生活着"，而让她担心。

高压锅里在煮饭，呼呼哧哧地冒着气；抽油烟机开着，也在轰隆轰隆地响，与柴仓凳头那"大笨驴"电脑里的日本《台所》歌声此起彼伏地呼应着，絮絮叨叨的柔声细语歌声和词句与排烟的粗吼组成不太和谐的音符，跳跃、弥漫、回旋在星空那十多平方米大的厨房。"何乜人（谁）讲是无人的厨房，明明有人！"星空左手捏右手，右手又捏左手，双手来回捏着，巡视着，自个儿喃喃地说着。他觉得自己的手有点不一样……

　　饭熟了，菜也做好了。关了排风和抽油烟机，只有《台所》还响着，但声音开到最低。星空坐在柴仓凳头电脑主机边，双手拄着下巴听歌，开始打盹儿……

# 古街的追思

星空站在新居的阳台上遥望街角的一块旧石礅出神，那是心岚街得月桥的遗迹，也是往日老街留下的唯一标志，虽说早已没有了那街和桥，但那里要开人工河，还是留下这块桥栏柱的残节。街已被整得不成街，而被修为一节陌生的三角路段，但拆迁户们都庆幸自家搬回了心岚街。星空更庆幸自己找到了有关诗芸乃至老街的更多记忆。

"就是遘堂（这里）！就是遘堂……"星空一看到这块石礅，总是重复这句话，因为有一次在这里他与诗芸擦肩而过。那天晚上桥头老阿贵娶小湘妹，街上热闹非凡，星空和诗芸不约而同地看了一回，走了几遭。他们都把心岚街分成好几段来走；从得月桥到珩水桥，从家门到巍水码头，或游街的路、抬米的路段，乃至桥里桥外等。"那么好的河被糟蹋了，怎格亦要开何乜人工河，开出来也勿是老早的样子。"星空一边看一边心里说，一边来回踩蹭脚底下的花瓷砖与没有瓷砖的阳台栏杆边角，他想踩出当年走在心岚街青石板与泥石相间的小路上的感觉；踩着、蹭着，蹭着、踩着，渐渐地分不清是踩出的还是心弦上蹦出的……

星空家对面那一排临街房子的后边本来有一条源于窕河的支流小河"绣水"，得月桥就跨在街边的绣水上，从诗芸家的正门走出去就能看到这座石桥。往北，这条河与心岚街一样通往中心城区；往南也同样直通璋城。诗芸与星空乃至心岚街上所有的居民都把绣水看作母亲河，人们洗衣、洗菜都在那条不宽，但却四通八达且船只往来繁忙的小河里。搭船就在家门口，付一角、两角的纸钞票子就可以搭到要去的地方。很多人家的后门外都有"河埠头"，即可以走到水边的石阶，站在埠头边招招手，喊一声"小船儿"或"搭船"就有专门载人的小舟或也运一些货物的中小型船只过来。用河水时，有人也从窗口吊；倒水，则很少从窗口或后门泼出去的，怕溅到打（划）船与坐船的。尤其是，船家最忌讳"不净"或"晦气"，甚至晾晒衣服的地方也没人敢从底下过去。

早年水上还有"斥（刺）花党"，身上刺着花，光着膀子，划着船，专门去迎"不净"，只要被溅到一点泼出的水就上岸闹赔偿，直到满足才走。绣水干枯的时候可以走到对岸，甚至在某个特别干旱的夏季还可走到璋城，不过要走一天。"文革"武斗最激烈的时候，遇上少有的大旱，人们就把这条河道当作快捷通道，去哪里都用脚走"打路走"，因为那时一切交通都瘫痪了。而平时城区之间上班、走访亲友，一个小时左右的路程也都是"打路走"。那时人还比较会走路，诗芸家的亲戚运农产品来卖就是推板车走十几个小时翻山越岭来的，她家同样远路的女亲戚们则挑着小担走过来。那时全城都没有公交车，自行车也很少，中远途大巴开通之后，"打路走"也戏称为"开11路"，意为用两条腿走路。11路车是开往宛河以南到璋城的半路五岙的，那里人说话口音很不一样，把走叫"dhuo"，也就是千里迢迢的"迢"字的白读。

除了岚亭词园，心岚街上最热闹的地方就是得月桥头，开店、摆摊、织网、打绳，甚至有一阵子走私货地摊也都集中在那里。得月桥像一轮弯月横跨在绣水上，桥的街边一头是木板楼台，底下走人或躲雨。与桥楼台相连的是同样低矮的旧木楼阁，桥左两间、桥右一间，再过去就是高出很多也讲究很多的一排两层木楼。附近没有高楼，星空那一排街面除了正对桥头的鸠六与寿川家的两层楼之外其他都是单层平房。早上太阳从诗芸家屋后梅园尽头的小山坡后边爬过来，最先照到桥楼台，然后延伸到绣水边的街面。桥栏是磨得光光的石礅与石条，老人们爱坐在上面晒太阳或赏月或看来往船只或默默怀念、轻轻念叨"老亭长"。据说当年有一位正直又仁慈的保长被屈镇滥杀了，他生前就住在桥头矮木楼的一小间。老街坊们都怀念他，他被叫作亭长或出道前的刘邦，不是因为他有什么宏志，而是便于怀念。邻居们按年龄排辈分，亭长可算是桥头三大元老之一。其余两位元老是圣女鸠六娘娘与寿川婆，这两家都有儿女在"隔岸"，一个是儿子在台湾，一个是女儿在台湾，但都说是在香港，而且来往信件上的地址也都是香港，即把香港作为中转站，委托那里什么人代转，以遮耳目。后者不仅是"台属"，而且还有被关起来的"台特务"儿子，但桥头乃至整条街上的人都认为寿川婆的儿子寿川爸是蒙冤的。

寿川婆小巧玲珑，如果没有那一颗翘出唇外的虎牙还是挺秀气的，她能说会道，小道消息又特别多，被称为桥头的"小灵通"，尤其是有关两岸或美苏的，几乎每天都有令她振奋的消息。除了讲她听来的消息，也反复讲她自己的故事或儿女们的故事，不过只是对个别近邻好友讲，比如对诗芸的娘娘讲，但讲得最多的还是她嫁女的故事。寿川婆也被叫作寿川娘娘，即寿川的奶奶，因为她的宝贝孙子叫寿川。寿川婆讲话与当地人有点不同，她那在工厂的大儿子把她唤作阿穑，而她把孩子们都唤作阿呐。她小儿子早年去了香港，去那里做什么谁都不清楚，直到有一次回来被抓走，寿川就是这个儿子的唯一孩子，所以特别宝贝，尽管她大儿子一家有一大群子女，而且还住在同一屋檐下。谁都知道，寿川是楼屋的继承人，因为当年他爸从香港寄钱买了这房子，他奶奶把他妈妈娶进来，于是有了寿川，他大伯一大家只借住楼梯后边厨房上面楼顶的一小间。

寿川的妈妈当年是"楼台小姐"，她住了街边的楼上"正间"，寿川婆天天服侍她，甚至连饭都端到楼上给她吃，怕她想丈夫，怕她担心生活没着落，更不让她去工作或找活干，免得碰到别的男人而节外生枝。寿川婆希望儿子把妻儿带在身边，可那小子待在香港似乎不闻不问，三四年都回不了两三次，做长辈的寿川婆什么都自己扛着，织网、纺麻，一针一线地挣油、米、菜钱。好在有在台湾的女儿时常接济，但总有接不上的时候，还得东贷西借地过日子。然而最让老太太担心的事还是发生了，那就是寿川妈"红杏出墙"，与送加工活计的远邻悄悄好上了，直到怀上那人的孩子快要瞒不住时出去躲就再也没有回来。她编造了一个意外的故事写信告诉她丈夫，结果被

"休"了。寿川婆说儿媳寿川妈多此一举，为了保住这个家庭，她宁愿把它烂在肚子里也不想捅出去。她把孙子小寿川一手养大，还给他在他妈妈住过的房里娶了亲。

寿川公除了搓稻草绳，什么也干不了。稻草绳的加工费按分或厘计算，搓一天也就得两毛左右，再说心岚街上还有打绳专业户，桥对岸还有制绳工场，人家早已用手摇或脚踏，做出的绳子又快又均匀，打绳都半机械化了，谁还稀罕搓的绳，后来也就没有人要他搓了。有一天寿川婆半夜起来，发现老伴悬在房梁上已经冰凉了，那绳子还是他自己搓的稻草绳，不过这已是多年以后的事了，确切地说，是"文革"之后的事。对寿川婆来说，老伴与儿子都依靠不了，只有女儿才管用，唯一让她自豪与津津乐道的是她说自己选对了女婿。当年她对女儿也是看得很紧，从四五岁会织网一直跟着她织网，17岁那年有人来说媒。对方是个大户人家的浪荡公子，可当妈的她却很喜欢，因为她觉得那小子能改好回头成为"金不换"。至于女儿的反抗或怎样感受，她才不管，只要能生出一大群外孙，生活过得去，生意或事业兴隆，能知道孝敬她就很满意了。那女婿还果真变好了，而且还很孝敬她，民国末年女儿一家去了台湾，一年半载地总会从香港给她寄来一大笔生活费或一封问候信，且年年不断。寿川婆自己也从小织网，同样也是媒人上门给她说婆家，而且还是当填房，即续弦，过门成亲时还要拜她未来孩子的"大妈"的遗像。这样的事她都讲给寿川媳妇听，结果吵架时成为孙媳的笑柄。寿川婆出嫁时已有心目中的小青年，那小青年还送了一双绣花鞋给她做定情物，但她父亲执意要她去当填房。这双绣花鞋她一直收藏着，直到五六十年后被寿川公发现，当作有"亲家"的把柄，半夜里拿斧头给剁碎了。这样一闹让只隔一层板壁的圣女鸠六娘娘一家看笑话，都以为她真的有亲家，还对号入座地说那亲家就住在得月桥对岸往里走的某某地方。对于当奶奶的人来说，还被传这样的事，就很没有面子。人家是把"亲家"与青少年时相互爱慕者混为一谈了。当然，这"亲家"不是指两家结亲的双方长辈，而是该词在当地的另外一个意思，即指婚外情人。

鸠六娘娘的丈夫与大儿子是被日本人抓去没有了音信的，但她总觉得他们还活着，年轻的她就那么孤守着，她靠在台湾的小儿子接济把孙子鸠六养大，还给他娶了亲，直到把玄孙女、玄孙们一个个带大，因为她的苦守，也因为她没有什么传闻，所以她被看作是心岚街上的圣女。鸠六是桥头最老的孙子辈，三四十岁的时候还被邻居小孩们叫作大哥，包括诗芸同辈们也是这样称呼他，至于他的孩子们就再也不管什么辈分了，他的大女儿阿雪还是诗芸的朋友，两家还住得很近。更近的是鸠六的姑妈招弟一家，她家就住在诗芸家的正门对面。招弟与鸠六他们是不来往的，因为鸠六娘娘与这个女儿不知为什么闹翻了。那时房子只要不是一家人住都会成为公家的，招弟一家住的那排简陋的厢间原本是娘家的，因为给她住而被房管部门"金租"了，这厢间与鸠六娘娘及寿川婆的正屋楼房相连。厢间相当于大户人家的柴房或用人住的地方，一般都比较简陋、短浅，三间一排，建于院落的左右手，对着院落大门的才是正屋；没有院落的，通常只有一排厢间。招弟一家住的就属于后者，他们家住东头两间，西头一间是一个孤老太住。招弟是"光荣妈妈"，她凶巴巴的，是孩子们的母老虎与凶监工，她生了一屋的孩子；孩子们是她的小工，她领着他们纺麻、编席子，除了老大上有伙食费的高校而不用干活之外，上班的老二与上学的弟妹们都有定额，完成不了的就会挨木尺子。那尺子比招弟还高，一顿铺天盖地地打下去，儿女们只是缩着头，用手护着，连哭都不敢。

厢间后边是更破旧的简易屋，那里住着一家同样多孩子的家庭，孩子们与他们的妈妈是农村户口，只有当过兵的一家之父是居民。他们家乃至整条心岚街以北都编席子，当兵男最大的能耐是把儿子一个个弄去参军，从而使他们日后成为居民及转业后有正式工作，他另一个能耐是会楦房子，无论是房子周边的空地或别人家的篱笆院子，他都会一点点地侵占，先扩大鸡窝或鸭棚，然后变成屋边的厨房，再慢慢改建、扩建，一次比一次大，直到成为大棚屋，再过几年又成为小楼房。对于女儿们，他可以随意打发，为了家庭的利益他会把她们作为酬谢许出去，老大春花16岁时为了逃婚不得不去新疆支边，本来农业户是不用去的，她瞒着家人自愿报名悄悄走了，走时连信都不会写，到那里后来才学会的。春花成为心岚街第一批支边青年，那时逼着去支边的事还没有开始。

诗芸家的临街屋边是7间平房，再过去就是打绳弄。7平方米屋每间住一家，星空家住在南头、弄边那一间；北头是盲堂布衫一家，第三间住的是永生婆。盲堂一家不仅女主人盲堂布衫与其个别孩子视力有问题，而且全家都是文盲。然而在以大小地区或城域乃至工作单位划分等级的年代，盲眼一家还是有优势。边远山区女孩子们都想方设法嫁到城里，盲堂眼家的大儿子"电石灯"就成为主攻目标，先是在他们家门口摆烟摊，然后成为他们家的儿媳妇。盲堂布衫的儿媳妇被认为是桥头人家最合算的媳妇，就像捡来的一样，不用花一分钱。这嫁过来的卖烟女是盲眼家唯一认得字的，而且还读了高中。电石灯没有工作，帮媳妇做生意、卖早点等，他最有作为的事便是在家里鼓捣电石灯，弄得臭气熏天，熏到邻居家里，从他家窗口经过更要捂鼻子。永生婆是个孤寡婆子，儿子永生刚成年就病故了，后来又走了老伴，在她暮年时又来了一个叫阿七的黑脸侄孙。阿七是冲着她房子来的，明着是来照顾姑婆，实则是等着要继承租住那间公房。阿七娶进跛脚阿芹一年之后，永生婆也追她老伴与儿子到地府去了。阿芹走路像划小船，一脚高、一脚低的，身子摇摆着，因此人们背后叫她"小船儿"。阿七的辉煌年月是在心岚街有走私货卖的那一阵子。阿七领着人们冲锋陷阵，尤其对付抓捕者，总能在人家到来之前收起地摊货物逃之夭夭。然而阿七最出名的事，还是打群架，领着一伙人跟另一伙人打，动棍动刀的，后来闹出人命被关进死牢。他家里人拿出很多钱去疏通，还是没有买到活命，最后被处决了。卖走私货可算是心岚街一道风景，走私风被打下去之后，阿七与所有铤而走险到远海进走私货又在家门口销走私货的"哥儿们"几乎都无事可做，那阵子打群架特别多，与阿七同罪同时被处决的就有三四个人。

心岚街最热闹的时候还要追溯到"文革"时的游行与游街，这两种游法也就是疯狂的"游"与遭受不择手段或灭绝人性的折磨与侮辱的"被游"。

…………

一夜之间全城遍地是彩楼，竹竿搭的彩楼，像牌坊，如厂门，方形或拱形，上面绑着松枝、柏叶片或桉树枝叶等，扎着彩纸花，挂着庆祝"九大"

的红绸布横幅。

心岚街沸腾了，街头上站着一堆堆练红歌、试红舞的，人们跳忠字舞，唱着"天高地大……爹亲娘亲，不如……"也边唱边跳《红太阳》或《东方红》，等等。心岚街上最活跃的人物是棉纺厂女工，即永生婆隔壁的阿龙妈妈，她不仅在街上练，在后门外晾衣、洗衣或在厨房做饭时也哼着歌、比画着舞姿。而寿川婆过得却是没有寿枋的日子，寿川婆怎么也想不到，她辛苦一辈子，一针网眼接一针网眼地织着网，挣的钱积攒起来做成的枋子会被这场史无前例的革命革成一堆木板片躺在阁楼板上，她总希望有一天能拼凑成寿枋，然而大房（大儿子家）要结婚的孙子却盯着这堆好木料，想用来给自己做家具。

人活着时把寿枋或寿坟做起来，在当地是很平常的事，早年大户人家甚至在嫁女时就做了贵重木料枋子给带着上婆家的。招弟家住的破旧厢间被房管处推倒建起两层公房，"新厢间"之后的一楼里间新住户狐骨精的婆婆当年就是带着棺材枋子嫁过来的。新住户那从大西北教养回来的男主人因为懂医，被安排在近郊一个大队当赤脚医生，因此被称为先生；背后也叫作"弱不禁风"或"西北风"，乃至"北风先生"，因为他的遭遇，也由于他的瘦弱。而这家的女主人到底叫什么名字谁也不知道，只知道他们家夫妻天天半夜吵架，男的接二连三地大喊"狐骨精"，女的说"把你妈精到棺材里游街"，男的只好闭嘴，因为他母亲确实被红卫兵们拖到她那陪嫁过来的枋子里游了街，只不过没有游到心岚街罢了，但这么一喊，人们不由得想起当年轰动邻街的传闻，有人去那里打水还亲眼看见那老太太游街的场面。后来的游街都是小打小闹的"派游"，两派之间谁斗赢了就去抓对方的头头来游街、游斗。心岚街就有人被派游过，脖子上挂着大纸牌，黑墨写的大名字上打着大红叉，身上背着小木鼓，边敲边喊自己那派是反革命。游完街之后又被对方带到总部，进行毒打与"爬棺材"等非人的折磨。那派的人被打死，一般都装到棺材里，每具用两个长凳架起来摆放好多天，用以惩罚这一派人。爬棺材，就是钻这些凳子，从滴着臭水的棺材下面爬过去。派游与派斗成为革命方式，对民众来说是一种解脱，至少没有了瞎整，更没有工宣队的半夜"台风"。

工宣队是造反派的前身，原先他们只是步红卫兵们的后尘，凡是红卫兵抄过的家，工宣队总要进一步"挖掘"或骚扰到底。工宣队也是把当过红卫兵的所谓"三届生"统统追遣到边疆的命官。红卫兵抄诗芸家时，星空在背后骂他们都是"狗生的"。这话只有诗芸听到，要是被那些红卫兵听到，麻烦可大了。

…………

心岚街与得月桥或宛河的支流绣水及其所有故事早已被旧街坊们遗忘，或算不了什么，但对星空与诗芸却是不可磨灭的记忆。而这条古街的"被铲除"又似乎在诗芸的预料之中，那天晚上远方回来的她一进小巷子就感觉到了；邻居对她说的第一句话就是桥头特大新闻，街头人们比等待看新闻发布会还要积极，这情景不由得让她想到"所多玛"与"俄玛拉"的末日前夕。新邻居或老街坊们早已习惯了新观念或新的生活方式，乃至期待着更刺激或麻木得没有真正感觉的时代，只有北风先生家的儿子糖三拍还停留在革命时代，他家那新厢间一角的窗口依然飘出声音放到最大的红歌，从《我爱北京天安门》到《金色的太阳》，一遍一遍地重复放着他那张永远放不完的唱片；也不开灯，黑灯瞎火的。那是晚上八九点钟的街头，除了沸腾的桥头阿贵家娶亲的灯火耀眼之外，街上路灯还是暗暗稀稀的，看热闹的三三两两地站着，时而交头接耳叽叽喳喳。朝街的门边、窗口都扒满了人，尤其是圣女鸠六娘娘这一面的街边更是人山人海，是因为60来岁的阿贵太老，还是20岁刚出头的湘妹太嫩、太不合算，或者只是由于阿贵太有名？恐怕什么都有。星空在鸠娘楼前街边瞧热闹时，诗芸就在鸠娘楼窗口看对面桥头那所谓的新风光，一边看一边听鸠六的女儿阿雪絮叨那些街坊陈谷子烂芝麻旧逸事，尽管早已听过许多遍，还是耐心听完才出来。

多年没回故乡的诗芸碰巧目睹了心岚街这一回光返照的如虚似幻的夜晚。往日的绣水，即街边的小河早已不见踪影，而被不断向后延伸的房子及煤渣、碎石等垃圾几乎填满，只剩当中一条臭水沟。唯有阿贵家那与得月桥楼台相连的小木楼还是老样子，但更旧了，唯一不同的是屋主人翻新了。店榻板全卸下来，屋内灯火通明，有点发福的阿贵更显得红光满面，他笑嘻嘻地站在门口迎候新娘，昏黄的路灯与洁白的明月照着他那梳得油光锃亮、染得乌黑的中分头，这一回他可算是挣回了面子。"哼！那老尼算什么！"阿贵满心自豪、叨叨喃喃地将利剑般的视线从故意半垂半开的眼皮底下直刺向街斜对面的小阁楼及正对面鸠六隔壁的寿川家的楼窗。所谓的老尼，即本街那带着六七个女儿的寡妇，她与阿贵做了十几年的地下情人，到了可以公开的时机或这样的"好年头"，却被刑满释放的寿川爸给"挖"走了。

　　阿贵出够了风头，也开创了心岚街的拜金时代，他虽然没有多少财力，但经历了多年极端保守时代与无情的迷洋时代的他已经攒够了可以娶一异地山区小女子的钱。心岚街的迷洋时代，也包括迷港、澳、台等时代。出国的被公认为上层顶尖，人们千方百计、削尖脑袋把自己弄出去。去了中国港澳或台湾的也同样吃香，至于在外面做的是什么工作或活动，再也没有谁有兴趣追究。出狱的寿川爸就属于后者，他凭原来的身份到处招摇撞骗，说自己还是那里的什么老大，有人信以为真，甚至给他送钱，认他做干爹什么的，他身边总有一群干儿子、干女儿围着，不清不楚的，服侍他，听他派送、组合、赏赐等，他也打本街寡妇的主意，确切地说，是他带坏了街风。他把街对面得月桥边孤男打绳阿贵相爱多年的情人抢了过来，还霸占了那寡妇未成年的小女儿。有一天阿贵与寿川爸两个大孤男在街上大打起来，成为心岚街上的笑话。从那以后，阿贵再也没有真正爱过，及至十几年后娶了小湘女也不过"争一口气"罢了，他明明知道人家只是想从山沟里出来才暂时"屈就"。他痛恨迷洋时代扼杀了他心中的纯真情感，望着早已被寿川爸踢在一边却依然住在他斜对面的老尼，阿贵心里总不是滋味。心岚街的老男人们都以阿贵为荣，把他看作新时代的标兵，但他自己却觉得什么时代都没有跟上，在过分保守的年代里他又把所有的情感"本钱"全搭了进去，剩下的也只有躯壳而已。

　　…………

　　古街没有了，但拆迁户们被"优惠政策"分到一处，总能见着。阿贵又成为孤男，甚至是老掉牙的孤老头，小湘妹早"飞"了。寡妇老尼不好意思见阿贵，分到房子也不住，搬到养老院寄住去了。糖三拍依然坚守他那唯一的"革命"阵地，放的还是那些红歌，但早已不是放唱片，而是放碟或磁带、音频文件什么的。说他招魂或停留在革命年代，都有点欠妥，确切地说，是停留在他娶了比他还要糖（脑子有欠缺或过分）的糖四姐的年代，因为革命年代还顾不上发行什么经典红歌，且那时他还是一个孩子，还没有这项爱好。

人工河迟迟没有开出来，星空有时也到三角路段走走，抬脚用鞋底蹭蹭那块凹凹凸凸的桥栏残石……

# 指尖下的旋律

星空无意间在报摊上读到了诗芸的新作《指尖下的旋律》的开篇，一个盲人歌手阿彤的故事深深地打动着他，那笔调、那情景都让他惊叹、感动……

"原来树叶是可读的！"读到最后，看到"待续"两字时，星空大彻大悟似的眨眼抿嘴。星空是从不理会树叶的变化或其可触摸的脉理纹路的，小时候的星空只与干树叶打交道，即把它们收集到厨房当柴烧。星空还看过诗芸画的琵琶叶与果的特写，除了黄和绿的鲜艳色彩他还能想起来之外，别的什么都没有印象了；他也见过诗芸拿鲜树叶泡在水里待做书签，不知要泡多久，他也懒得等那结果。那时好多人做这样的书签，商店也卖这种书签。

阿彤自己写的歌连词带谱全刻在树叶上，他不仅用指头尖触摸点读树叶，也吹树叶。不同的树叶成为他种种独特的乐器，他也自制木琴、竹琴、碗乐等。不过，那走在田野乡间，边走边唱，或坐在自家门口溪边吹着柳叶，充分感受阳光与大自然时的阿彤才是真正的阿彤。这时的阿彤总让星空想到罗曼·罗兰笔下的流浪小贩高托弗烈特，即那位真正懂得艺术且影响约翰·克里斯朵夫一生的"舅舅"。罗曼·罗兰的《约翰·克里斯朵夫》，星空和诗芸早年都细细读过，其中"高舅"的名句"一个人需要唱、应当唱的时候才唱，不应为了娱乐而唱"，至今更成为诗芸座右铭的另一版本，即"会写的人都需要写、应当写的时候才写，而不应该为了取悦读者而写，更不应该为了出风头乃至争名谋利而写"。高老舅的另一名句是："你在屋内所写的一切全不是音乐，屋内的音乐等于屋内的太阳。音乐是外面的。"高老先生可说是真正明白怎样才是"为生活而艺术，而不是为艺术而艺术"，当然这艺术应包括所有艺术行为或手段，作家更在其内。

"生活原来还有更广的内容或关注点……"星空悟出道理似的合上杂志，还买了下来，夹在腋下朝家的方向碎步慢走着。"浏览也是读，观与看乃至回忆更是读！"星空顿觉自己的阅读视野变宽了，不仅树叶可以读，人、自然万物等都是可以读的，且可读的本来就不限于文字。

三角路段没什么行人，只有偶尔路过的私家小车，一个衣衫不整的老头儿抢眼地走在中间，他肩上挂着两个破破烂烂鼓鼓囊囊的大编织袋，后边一辆小车远远跟着。"那不是后门外打绳弄的地保吗？几年不见就成这个样子了！还有这样跟着的孙子。"星空吃惊地睁大了眼睛。"现世报啊！"一个矮矮胖胖的半老头儿领着孩子走过来，轻轻地丢出这么一句，星空回头一看，原来是弄底的番薯哥领着他的小外孙。

捡破烂已成为老地保的新习惯，但已是无意识的。他不仅爱捡空瓶旧罐，也收人家晒出的衣服；因此家里人不得不轮流跟着他，或把他锁在家里。与其说地保变成现在的样子，还不如说他返璞归真回到了他起家前的样子。地保，也叫"丐仔"或"小丐"，是外来户，早年他妈领着他乞讨过来，赶上土改闹革命，靠把人往死里整而分到所谓的"果实"起的家，是心岚街有名的"好思想"与"老积极"。"地保"或"刁民"是他后来的外号，因为那阵子他的思想好过头、红成黑，积极得让人无法过日子。那是当地强行执行火葬的岁月；土葬则像地下党活动，偷偷进行，做贼似的，半夜里偷运出去。而此时的地保就像告发专业户，街坊们都恨他、咒他，把他看作比阎罗王还要可恶的怪物。个别有充分准备的人，提前去乡间等死，谁知死后埋葬几个月后还是被他察觉出来，最后还是被挖出来火葬了。地保的"归真"也被老街坊们解释为潮水的回流现象，越是冲得凶，越要回落到原来的真面目。番薯哥自己也有"命案"，那就是把他前妻和即将出生的孩子逼死，理由是自己受骗了，把嫁过的女人当姑娘娶了。都快生第三个孩子了，还为这事过不去，及至逼出两条人命、让邻里街坊们围着看笑话。其实他不说谁也不知道，后来番薯哥从农村娶到一个所谓真正的花姑娘，总算修整了他那颗变态的心，连他老妈、那个长得比他更矮矬的女人都觉得自己像长高变苗条了似的，挺着脖子走在街上逢人便说："我家阿岩订婚了，对方还是个红花囡呢！"

…………

"你也好不到哪里去，瞧你这圆球孙子！"星空朝那走远了的番薯哥祖孙俩那一大一小的圆球背影噘一下嘴角。那小外孙身子长得像番薯哥，脸像他妈或他那盘菜脸外婆。这两个圆球背影让星空想到当年的番薯哥，那时他领着后妻生的打扮得花花绿绿的盘菜扁脸小不点女儿走在街上且总买零食给那孩子吃，后边远远跟着前妻那两个"灰姑娘"小遗孤，穿得短短小小、脏兮兮、没娘打理的可怜样，只有看的份儿，还是偷偷的。那两个孩子还成为她们后妈的小用人，打水、洗尿布，什么事都要她们做；睡的是门边地铺草堆，再后来连亲妈是谁都忘了。那死去的番薯嫂在心岚街人的心目中就像受难的天鹅，美而高贵及至过多地忧伤与无助。中等身材的她，虽说不算很美，但白净、素雅，还读过书，颇有文气；且干活也不差，扛得起，挑得动。在单位还当个小领导，可说是文武全才；谁都认为她不应该那样走，只要离开这个家，带着孩子开创新生活就可以了，大不了不要番薯家给的这份所谓的正式工作。

"比祥林嫂还要惨啊，难怪诗芸要写她！"星空终于明白了似的。"要是番薯嫂能活出独立、自在的自己，该多好！诗芸笔下的她会是另一个样子吧！"星空半闭着眼睛，想象着伏案疾书或坐在电脑前敲打键盘的诗芸，默默地祝愿着、期待着走进家门。

# 胡杨之歌

    星空梦见自己是一棵胡杨，挺立在楼兰古国那一望无际的沙土地上。不过这胡杨与他昨天刚刚看的诗芸画展中的任何一幅里的都不一样。成为胡杨的星空是站在雪后的月夜里，那里到处银光闪闪，那沙丘的尖尖上，或他自己那变淡了的红叶上都闪烁着亮晶晶的银光，他后边那些枝头的叶儿们则开始闪烁金光，因为远处、天边，即天际与沙漠相连的地平线上，一轮黄里透红的冬日在云帐里正整装待出。

    红日跃上了七彩云端，跳上了星空的膀臂枝头；月儿依偎在他另一枝丫叶丛，淡如蝉翼、云雾，却没有去意。"都留下吧！"星空笑了，他抱拢左右枝，用叶头摩挲着这对哥俩的圆脸说。"洁白的冰霜与晶莹如玉的雪山，也是你生命的守望！"星空突然明白了似的对自己说。他觉得在《燃烧的胡杨》歌里只提到胡杨叶子的绿与红及其意义，是远远不够的。而说到燃烧，在他的生命里就没有燃烧过，有过火苗，也是温温的，焐火泥似的，盖着、捂着，有燃没火的。

    在画展上，姚玉凤的《燃烧的胡杨》被选为诗芸《胡杨之歌》主题画展配乐，它与诗芸自写自唱的歌《心中的胡杨》及她自写自己演奏的D大调大提琴奏鸣曲《如歌的四季》等交替地回旋在大展厅。星空一走进展厅，就被一张标题为《胡杨四重奏》的大横幅吸引过去。那可是胡杨的四季牧歌，只见洁白的画纸上跳跃着虚虚实实、红红绿绿、黄黄青青的水彩音符……

"四季还可以在一刻之间同时进行。"星空终于明白似的伸伸他那带叶的指尖说。"诗芸最爱画树叶特写了！"星空说着、想着，目不暇接地左右顾盼变了样的有点奇怪的自己，他右臂枝头上的叶正开始吐绿意，而左边的枝叶已平分作盛夏与深秋，像花青与藤黄及朱磦与鹅黄染出似的。

日光与月光将星空变成树的影子层层叠叠地写在沙土上，树影子里也泛出他那高高的、依然偏瘦的人影。星空一边看自己的影子，一边沉浸在去看胡杨画展的回忆里，从头至尾又经历一遍，但场景已经很不一样。

星空下意识地抬抬与树根缠在一起的右脚，像昨天走出巴士那样，目不转睛地向隐约可见的位于河边的市图书馆走去。"这日诗芸的画展不会有了吧，昨夜勿是最后一口展出啊！"梦中的星空还是有几分清醒，"可惜就眦（看）一遍，若早几日晓得就好……"他似梦非梦地说着，吃力地拖着生枝长叶的身子向飘动的图书馆影子抬腿迈步，可总是走不到那里似的。

…………

梦中的星空发现自己成为诗芸画展中最有效果及最令人感动的一幅"动画"，他画里画外进进出出的，一会儿是讲解员，一会儿与参观者一同注目、观赏，一遍遍一幅幅地看。展厅正中的大屏幕里在放映着诗芸刚刚拍摄的纪录片《胡杨之歌》，星空没有赶上从头看，他看到了成为"树人"的自己那笨笨拙拙艰难地举腿迈步的样子，及至自己想再看一次画展的执着行动成为路人谈笑与奇观的画面，觉得有点可爱，然后又看到动画中的自己脚步越来越轻盈，后来竟升腾起来，连飞带飘地奔向展厅门口；最后星空看到去了枝叶之后回到了青少年时代的自己。

纪录片《胡杨之歌》很短，一遍一遍地回放，没有明显的开头与结尾，这里聚集着很多观众，星空挤到最前面，他看了3遍还觉得没看够。

星空再次走进梦境中的"梦乡"，他发现以他为题材的纪录片竟没有配乐或画外音。"我来写《胡杨之歌》的配乐吧！我来唱，我来解说……那不是成为两个人的作品了？"梦里的星空飘飘然、喜滋滋的……

# 呆 大 阁

　　星空依在夕照阁顶层的窗口，双手拄着砖台探出身子，将整座阁楼与其基石下面的紫竹坡脚的一片草地尽收眼底。在星空的记忆里，那里永远是故居、家园，从那里延伸出去一点就是他自家的老屋子与心岚街和街边的小河绣水，尽管这时什么遗迹或踪影都见不着了。

　　夕阳阁是近年仿造的，被星空叫作呆大阁，造型呆呆板板，又过分艳丽，犹如刚刚用油彩涂抹出来的低级画作，只不过层数与倒塌了的那个相同罢了。紫竹山也叫作竹坡，它与诗芸家的玫园相连，那园里的高地也称作"山上"。

　　呆大阁被远近楼房团团围住，包括星空后来的几处住宅楼，使得新阁显得更加呆小。然而其作用却不可忽视，至少它成为老街坊们的记忆亮点或提示与支撑乃至延续那些有关往日的想象等等，它那四面八方的层层窗口被看作旧阁的天眼与明镜的延续或继承也无不可。它传承的是古阁的记忆，收起来搁在心底的应该是不太遥远的心岚街故景。这新大阁也成为星空家附近小公园正面天然画布中的美景，它与园中树木、假山一起涂抹在以高层居民楼房"框"出来的蓝天里。

　　那倒了的夕阳阁，砖头裸露着，年代很久远，水墨、淡彩染出来似的，很有韵味；不像这仿造的新阁，油漆画似的，还有它旁边那些随意搭建的被叫作"笨泥木"的那个屋不屋、庙不庙的所谓"佛殿"或"殿阁"，无不可归之于油漆匠之流的杰作。看到这样的建筑群，总让老街坊们想到坡脚边油漆匠阿榆的光面纸重彩画页。而这里的佛殿也让人将其与在殿里帮工打杂的油漆匠之遗孀阿莲姨联系在一起。

　　阿莲姨是新岚街坡边第二号悲剧人物，她养了一大帮儿女都没有一个管她的，她丈夫油漆匠生前是新岚街最会挣钱的，他上班，也做私工，给人油家具，也画画描描的，儿子们放学也帮着刷油，老大还粗通画技。在邻居们的眼里，阿莲姨最不近人情的事，就是以30元的营养费"出让"刚刚出生的儿子，以便自己可以奶别人的孩子，挣奶妈钱。那可是那个年代最易办到也最原始的挣钱方式，但却是极个别的。"也许，在泥佛爷或老夕阳或新呆大看来，那些都不值得一提或责怪或大惊小怪的吧！"

　　走出呆大阁的星空，举目朝坐在殿堂那个咧着嘴笑的大肚子泥塑阿弥瞥一眼，自语着，他贴着坡头边边慢慢走着，绕过舞剑的与打太极的，径自踏上通往坡底的石阶走去，可才走了两三步又在一块大石头上坐了下来，因为那大石头与他往日学校教室的窗口相对，虽然没有了那学校，但坐在这块石头上还可找到他自己作为小小读书郎的感觉，但似乎又想不起什么，因为脑子里被阿莲姨的事塞满了。阿莲姨很能忍气，什么事都是她一个人担待着，家里人是不会帮她的，星空和诗芸都记得有一次她因隔墙的事与邻居争执，那人用下流话辱骂她，还偷换了概念，说她要与其当众行事，他已做好准备，等等。而她丈夫，那油漆匠阿榆老司则"猫"在家里不吱声，还有她的儿子们大榆、二榆、三榆等，没有一个走出屋门帮他们母亲说哪怕是半句公道话。正因为这样，她家的爷们儿等都被人这榆那榆地背后说道着。星空觉得坡顶上那些练功者中有一位小个子女人就很像那个阿莲姨。"不，不可能是阿莲姨，她这样的老主持不可能有此等闲情，也没有这个条件！"星空抿唇、点头自言着，他已好久没有看到老邻居阿莲姨了，以前到坡上逛时总见到她的。油漆孀是这个坡顶佛堂的义务伙工兼打扫佛堂等的杂役，也只为了挣口饭吃，因为总见她常年吃住在那里而被老邻居们背后称作"老住持"。那是一个短发剪得平平的头发掖在耳朵后边的瘦小女人，每看到熟人她总笑嘻嘻地打招呼，总系着油渍渍的长围裙，蹲在泥佛爷脚下的空地上洗一大堆的青菜，或在开着门的满屋子是柴烟的小屋子里给香客们做饭。星空记得新岚街被拆后还见到她几次的，听说她做不动了，一个人住在拆迁户简易房，老街坊里有人凑钱接济她。

…………

都快半个上午了，星空还坐在那块被树荫怀抱的大石头上，他下面那片空地原来是他的儿时学校，往后一直走是双木桥，那里本有他工作多年的工厂。过了双木桥是秀美温馨的枫叶岛，那里是诗芸好友的家，也是诗芸的避风港，可他星空却在几十年后的"当今"才知道。他旁边是下坡必经之路，他上边的健身平台被热腾腾的夏日晒成白白的泥粉粉的，呆大阁与笨泥木将自己的影子有轮有廓地大写特写在这片不大的平地上，前者还把自己针头似的尖尖顶搭在星空的头顶上，与他那有斑驳树荫的头影重叠在一起。练功者们早已走光，下去只有一条路，他们是三三两两离去，还是一个个走过去，星空似乎没有一丝觉察，是因为感想太多，还是因为他头顶上的蝉歌太美？抑或什么都有。

# 咸　池

　　星空梦见自己在传说中的咸池里"汤荡"、畅游、跳跃、腾飞，领着神树扶桑，牵着喙上叼着一串古乐器的巨鸟大鹏。古钟等悬在半空时，这巨鸟也游在咸池水面，星空觉得它就是庄子笔下的鲲鹏，或可鲲可鹏。那棵扶桑更像大王椰，其片片长叶随风飘舞，自鸣自吟自哼自唱，或摩挲或轻点青铜古器，蹭击出柔美咝咝叮叮咚咚的乐音。

　　不知从哪里飞来一群白鹭走在岸边水草间啄鱼、踏步，或在水上低飞俯冲，叼出活鱼，吧嗒着尖尖长长的喙，扭动脖子迅速吞食；其中还有毛色不同的苍鹭。这里是鹭鸟们傍晚前的栖息地乃至享受肥美鱼餐的好去处，但却不是过夜的寓所。白鹭们似乎不觉得今天的水面或"汤"在其中的有什么异常或往日的夕阳被一个人取代了，连这池水被染得比平时更红都没有看出来，它们吃饱、喝够、栖足之后缓缓群起飞离，几个机灵的小鸟儿还边飞边向依然汤在水中的星空打招呼："明朝汤谷见，大太阳！""再见，明天的旭日伯伯！""朝伯，哎玫旭旭！"甚至唤他"汤客"。显然，鹭鸟们把荡在咸池里的星空当作夕阳了。飞在最后的还称他为"汤谷旭日"。

　　可能咸池与汤谷在鸟儿们的视野里只是方向的不同，而不是时间的早晚有别。"对啊，冇必要分恁清，荡过遗咸池就是汤谷慨边先。汤谷见！"星空完全认同似的自言着、应答着，他仰脸半浮水面优哉游哉地伸出右手向掠过头顶的水鸟们招手挤眼。

　　池水暖融融的，没有太热，也不烫人。梦里的星空"汤"得很舒心，"怎么鸟儿都会讲话了！"水鸟们说的话都让他惊奇且新鲜，他知道邻国人把温泉叫作"汤之谷"，邻省的方言把去澡堂泡澡的人叫作"汤客"，还没有谁把他叫作"朝伯"的，且"哎玫"更像带乡音的外国话。远处飘来法国圣-桑的《天鹅》大提琴声，还有意大利的《O sole mio》（《我的太阳》），那是水边芦苇里一间隐形摄影屋的小窗口里飘出来的。琴声变细，渐渐远去，直到听不见。星空梦见自己走进另一个梦乡，那里的山头有歌声此起彼落，左边山头唱的是内蒙古爬山调"阳婆里那一落……"右面山谷里飘出的是云南民歌"月亮出来亮汪汪……"

　　"这歌真有趣，有搜着太阳的，有牵出月光的！"星空笑了，他抬头望望挂在眼前树梢的明镜似的亮白圆月，又转身看看荡在山腰云海里的红扑扑的大太阳，自言着。

　　星空全醒了，他抿抿略显苍白的双唇，咀嚼着梦境，左右两手指尖推着发际，揉着，脑海里净是梦里隐形摄影屋前的鸟儿，还有大鹏和那棵巨树扶桑，它们似乎都形单影孤，连出双入对的太阳鸟也不例外。一轮弯月飘在窗外薄如蝉翼的云絮间，如梦似水的月光照到窗边的挂历"月份牌"，那月日历与画图上下对半组合的页面依稀可见，画里拿着弯头手杖的"好牧人"与一群洁白卷毛的绵羊走在山坡上；草书的"八"字，如飞似蹲地站在页中。"个月日（这个月）快过完吧！"星空依在枕边瞧着月历页面，目光来回扫视着月尾那三五个号数喃喃自语。风儿掀着月份牌页角，吹起写满整个8月份每个日子号数的半张纸片往上翻飞，时而盖过硬纸页头的牧人和羊群。窗外星星稀稀散散的点缀在黑里透光的夜空，远处的蛙声和近处的虫鸣，还有这飘动的淡紫色窗帘，都让星空记起自己又"躲"进了侄儿的乡间"山庄"。

　　梦醒了的星空再也没有睡意，这一夜似乎特别长，好在侄儿这里什么都不缺，他先在屋子里来回踱步，然后打开电脑、坐在桌前，窗外柔和的月光照到他左脸，将他那轮廓分明的侧面身影连同桌角和椅背写在屋内光洁的瓷砖地面。屏幕上小四号字引用《山海经》和《太平御览》大讲"扶桑"，说扶桑在黑齿北的汤谷上，为十日所浴等，还说扶桑是顶天立地、通三泉的神物。星空在一个摊开的小本子上记记写写，他对屏幕上"扶桑，叶如桑，有葚，树两两同根偶生，更相依倚"等字句特别在意，便把这几个字工工整整地抄写在他的小本上。

与其说扶桑通地的深处或地府"三泉"，还不如说这神树通"三界"。星空在笔记本的空页上画了一个大圆圈，圈外上下各添半朵飘云，分别写着"汤谷""咸池"；他又涂涂点点，画了一棵穿越大圈与上下云朵谷池的大树，大叶子延伸到汤谷，根脉扎在咸池，他把这页纸撕下来，页头对页尾卷成一圈，不规则的指汤谷和咸池的飘云图纹线条对接成一个大温泉"汤池"。星空抿唇挤眼一笑，伸出双手，做一个捧球的动作，他想起梦里有一只小鸟把他叫作"汤谷旭日"，游客更把他当作大太阳。

这"球"让星空觉得有点烫手，虽说只是一个动作，他把那张卷成圆筒有画面的小纸展开、捋平，他觉得神树扶桑不应该有根，即使有也是看不见的，且那树干更不能画在大圆圈上，如果那大圈指太阳；他想到"日出扶桑之下"，还记得刚才网上搜索到这日出扶桑之地的就是被古印度尊称为"震旦"的中国。

星空从桌上的笔筒里抽出一支大毛笔，蘸了浓浓的墨汁，在报纸上写了大大的"震旦"两字，写完了，念念有词地看着："太阳升起就恁有声势！太阳升起押（a，也）是一个'旦'字！"

# 茱萸洲头

星空坐在坡头岩边，凝视、眺望，挨着刺蓬和茱萸，他把自己脚下的土坡叫作茱萸洲头，是因为这茱萸的孤傲，还是因为总见不到丛生群长的茱萸同类，或有想法、有寄托……

坡边是清清的溪水和高过他或没有他高的芦苇、水草。水中可见圆溜溜的大石头和小石子儿及点缀其间的石边小树，早起待出的太阳躲在他背后山谷细叶树丛间，涂涂染染，将淡紫微亮的天幕大帐与灰白云朵涂出层次，染出亮丽，点成斑驳。

"初秋的朝霞真好！"与顽疾抗争了好几个月最终大获全胜的星空感到天地万物变亮丽、变美、变新鲜了，他眺望着坡对面山头与四周，最后将飘移、兴奋的目光定格在身边那棵茱萸的一片绿里泛红的叶尖上，满心欢愉地赞叹着。

茱萸伴刺蓬或坐在这两种看似不相关的植物旁边，让星空感到亲切。刺蓬的叶子细细嫩嫩、粉粉青青、依依拥拥地点缀在错综盘结的枝藤上，与稀疏的墨绿色老叶一起拥住刺刺尖尖。"原来你在这里啊！"星空心底里蹦出一句，不知是对茱萸说，还是对自己说。他想象着这种刺蓬做成大鸟窝当凉亭一定很爽。

刺蓬的老枝干还可以做成拐杖，星空想到自己也快到需要拐杖的时候了，"那也是10年以后的事吧，如果能活久些！"星空掐着左手指，心算着，祈愿着。刺蓬是所有木本兼藤本的丛生荆棘类植物在当地的通称，且不管这名称是否通用或学名如何。

太阳不知何时已屹立在山头树梢对星空俯视、微笑，将他侧坐的身影连同刺蓬与茱萸单株平平整整地大写在他脚下的沙土上。一片白云徐徐飘过，影子里的星空被戴着一闪而过的挤扁了的宽檐帽子，星空感到此刻的自己酷似早年见过的《晨曦》图中那个西式小青年，可他脑幕里闪现的却是《椰岛》里那穿着条纹T恤、捧着大鲤鱼、已过不惑之年却很青春的"阿晗"的背影，甚至《花祭》里的壬辛。

"你好，天边的云！……"望着眼前那片已飘游到天边、融进蓝天、散作丝丝絮絮的洁白云丝，星空缓缓起身，站立，两手揉抚着坐得发麻的双腿，慢慢抬脚移步。

# 竹叶青青

"吾日日歇遘树头……"梦里的星空对终于看到自己却认不出来的诗芸抿嘴点头,自个儿鸟语唧啾,边唧啾边暗笑自己变成鸟儿的新模样,身子长长的,羽毛墨墨绿绿的像一片竹叶,他知道自己被对面好几个长镜头框住,摄影师们在拍摄他,其中有路过的诗芸朝一个镜头观望之后又向竹叶枝头巡视,可总是瞧不见他。

摄影师们连同摄影机及支架被围在大半圈的树影框在明明丽丽的楼体向阳墙面,那里有一条小路,人们进进出出,好像走在大墙屏幕里的动画。星空的梦境忽而转入月夜的河边,水中圆圆亮亮的明月撑着白云小帆驰向站在树底河岸的他身旁。"遘是我清清走其地方啊!"星空兴奋地喊着从梦境中走了出来,他醒了。那河边确实是他经常溜达的地方,他发现自己躺在冰冷的地面上。"吾怎哪翻遘宕(我怎么躺在这里)……"

这间冰冷的屋子是他儿子的车库,被他叫作"亭"。在另一街区,那里原本有一个亭子和小路,是他去那河边会月光必经之路,无论是以前的古旧亭子,还是当今"鸽笼"楼层底下那间属于他家的车库,走累了总会进去歇脚。当然,他可以骑他的老"红马"摩托或旧"老牛"自行车,可他觉得那不叫散步或"凼"(逛);他要"眠漱"、咀嚼逛的味,"郊个是和云和月或星的对话!"回到家里,躺在床上的星空抿着干枯的双唇自想自语着。窗子只开一条缝,屋里一股霉味,被子从入冬到初春还没有洗过。一辈子洗够了衣服的星空早已懒得打理，偶尔拿自己盖的被子到窗口晒一晒，而他那"房东大娘"屋里霉味还大。"儿的房间也一色！"望着尘迹斑斑、从搬进来没有洗过的窗帘，星空只努嘴摇头。

星空站在窗边，窗推到最大，月光照到他右半边脸，那月儿正飘在斜对面楼角窗边，半掩半遮地浮在一片如雾似纱的云朵里。星空想起小时候的歌词"月亮在白莲花般的云朵里穿行"，后边怎么唱他想不起来，只记得有反复唱的与歌名题目一样的"听妈妈讲那过去的事情"，他极力思索、搜寻，希望能找出一丝半点依偎在母亲身边听故事的情景，可就是没有……

"恁好的月光！想郊仿事有何乜用？"星空自言着，他依然站在窗边，双手扒着窗台，探着头，俯视着路灯照耀下的河塘一角与改建了的仿古麦糖桥，那里的麦糖河以前南通秀水乃至更远的乡间村镇县城等，北往城中心大街岔道。这河七占八变，成为区区一池莲塘，作为新起高楼住区的点缀已十多年。"小荷已露尖尖头！"星空抿嘴一笑，心里冒出一句，眼睛亮汪汪地注视着莲塘浅水里那一柱柱梦里笋顶、竹叶似的绿尖尖，直到天边飘出红霞、铺开一张鱼肚亮白底色有光波的画页。

（发表于2015年8月16日越南《西贡解放报》）

小说

# 迢

# 旭日桐林

萧然桐北北在一草而就的画稿上添了几笔淡墨算作似有非有的桐林倒影，画中的桐彤老师变年轻了，已不是往日拄拐杖的"老桐木"，而是涅槃后的女青年"小桐彤"。小桐彤正从木棉湾那边向北北走来，领着初升的旭日踏着树头花海踩着云山，笑吟吟的。

木棉湾那边也开着桐花，只是不像校园桐林坡这边满树满地都是。北北收起画架迎着红彤彤的旭日走来，步履轻轻地，怕踩伤地上的桐花，她身后的影子长长的，飘洒在绿树掩映的"桐桥"上。"你早，小桐彤！你的笑影真美！你永远走在这样的朝霞里！"北北向旭日挤眼、点头，默默地推车走着、招呼着、赞叹着，想象着往日走在这样洒满旭日朝霞的桐林间的好友、老作家桐彤老师。萧然桐觉得旭日就是桐老的再生，变年轻了的桐彤正微笑着看她这"棵"长个不停的树人笔友"桐然潇"或"萧然桐"。老师离开人世五六年了，北北总觉得老文友还活着，桐姨的音容笑貌和身影依然走在她身边，桐老那支永远挥洒的文笔兼画笔永远鞭策着她、激励着她。

桐桥不是桥而是通往校园西边尽头橘子西洲白鹭湖的桐林小路，橘子西洲头的大水塘也叫夕阳白鹭潭。与其说这样的小路是桥，还不如说它们是挑起清晨的旭日与傍晚夕阳的扁担。这里桐花多于扁桃花，是校园的高地，被萧然桐和桐彤叫作桐林坡或小桐岭，路旁也就是"桥边"近大路第二个楼道是桐老的故居，斜对面是北北一家住过的旧楼。这一湾角地带有好几爿像这样早挑旭日晚负夕阳的"扁担"桐桥或"桐林小路"，桐彤老师家在中间那一爿"桥"的东头。这扁担桐桥也承载着萧然桐北北一家与桐老的更多友情故事与记忆；走在其中的每一爿"桥"上都让萧然桐北北感到亲切不已，那里的一草一木都有桐彤老师的笑影，迎送情景或一起散步谈心等的影子。她们有共同的话题与说不完的话，连起的"文号"都与桐树有关。走桥东头，不仅可望日出，也让萧然桐回味其孩子漪漪幼时的童话习作《天烧起来》里的情景，动物们望着通红的旭日与朝霞以为天真的烧起来了，都忙着救火，还搬来梯子让大象站在上面喷水；还有她自己文笔或画笔下的"云山桐海"乃至桐彤老师的童话《桐花仙子》等等，眼前的朝霞或晚霞美景与作品中的情景交替着、重叠着。

北北还梦见过年轻时的桐彤老师，就在桐老走了半年之后，梦里的彤姨已是"小桐彤"，她正在自家小苑的兰草上捡拾从苑角桐树上飘飞过来的红里透紫的桐花，她还给北北看晾晒在筛子上的干桐花与泡在茶缸里的、重新舒展开的、有点变色的淡紫桐花茶，然后充注在小杯里，两人喝着品着、聊着谈着，说的多半是大半年不见后的事，北北滔滔不绝地，说得最多的还是她的新童话《废墟神笔》。北北还说自己前段时间伤了脚，每天到隔壁木棉湾医院换药、输液，进进出出的，一走进那个医院总觉得桐彤老师还在那里住院，在一楼注射室等输液时老往对面五楼病房窗口张望。

桐彤老师最后一次到校外木棉湾住院就再也没有回到校园，那时正是2008年年初，她还不知道那场袭遍全国的寒流奇冷，冻坏了校园里大半热带植物林木，连耐寒的种在此地不落叶的泡桐都冻焦了树头小叶。校园里到处是桐彤老师的影子，坐轮椅的，挎长柄黑伞、提红兜慢慢走的。脚伤的那几天正要过中秋节，前一个晚上北北去木棉湾换药看到注射室窗外的荔枝树丛上明月已经开始变圆，她觉得这明月是桐彤老师派来看她的，还有月亮旁边那颗最亮的星星，她希望这颗亮星就是桐老的树星，或者月亮原本就是老前辈桐彤。萧然桐脚受伤的一刹那，血流如注，双腿直发抖，她心想是不是老阿桐召唤她去呢？"不，不，你是舍不得……"小阿桐北北看着那颗明亮星星心里极力否定，因为她知道阿桐老师期盼着、祈愿着她这棵小桐能完成自己对老师谈过的那些事，写的、编译的……

"我会好好努力的，无论是跟你说过的还是你还不知道的，我都会认真去写去做的。"萧然桐心里叨叨念念着。那时她有重要的课题要做，她看书，查资料，有很多题外的"发现"，可惜不能与桐彤老师分享，面对面交流感想。她还写了有关汶川地震的童话《废墟神笔》，那场地震，是桐老走后发生的第一件大事，如果把那年前和年初的那场雪灾算上，那就是那年第二次更大的灾难。雪灾时桐彤老师在院墙外边木棉湾医院的病榻上都听到了，但灾后的户外情景，尤其是她们家附近老桐岭住户们屋外的情景她没能看到。"幸亏没有看到。"每当想到这事，北北总要对远在另一世界的桐彤老师这么叨念一声。南国下不到雪，谈不上"雪灾"，只是奇冷。校园里还冻坏了木波罗、旅人蕉、七彩朱槿等。过了大半年，一些果树才活过来，长出稀疏的叶，多半还是枯树焦头。

《废墟神笔》让北北写出了感觉，素材得之于每天的四川汶川大地震现场直播报道，主题思想及情节脉络的构思灵感来自她的一次郊游。那里山边水库台阶上坐着两个小男孩，他们的对话深深地打动北北。那会画画的小男孩有一颗金子般闪亮的心，他看到眼前农民劳作、打柴那么辛苦，他说要给他们画房子、画牛羊、画鸡鸭鱼、画果蔬等，说那样他们就不用辛苦劳作。说得很认真，眼神专注，那口气好像他手中握有一支神笔。他的话被另一小男孩打断，那孩子说："不行啊，人富了会变坏的！"前者没有理会小伙伴说什么，他沉浸在自己的美好想象中，至于富人里的陈渣或由于养尊处优、生活富裕变质变坏，这种想象他似乎什么也没有想到。大约过了十多天就是那突如其来的四川汶川大地震。看到那么多的死伤人群和一片片废墟，北北立即想到这个小男孩和他那支想象的"神笔"，于是整个作品的构思就出来了，主人公小凯在《废墟神笔》里给伤员画失去的肢体，画活了死难的亲人，画城市，画美丽的村庄，房屋、树木、花草、道路，什么都能画，甚至还画出地震预感仪及人类与动物语言互译耳机。《废墟神笔》是一场美丽的梦，不仅是梦，更多的却是反思和认知，特别是对动物地震预感的察觉与认知。在现实里人们不能与动物交流信息，比如一头牛早上出现异常现象，你还把它拴在栏里，结果下午来地震把它压在废墟里了。如能沟通信息，或许还可以跟着动物们提前撤离房屋，到田野避难。《废墟神笔》也触及一些时刻把握"机遇"的功利主义者们的嘴脸与心态，神笔小凯成为各大院校争抢的人才"专家"财富。作品中人与动物的对话及至动物之间的对话也很精彩。文体活泼，耐读，有新意，是北北童话或其他作品创作的新尝试，也是她对人类与万物生存方式或形式及状态等的深层探讨或自然观；如太阳的东升西落，花木的枯荣、枯叶的生命休眠状态，等等。四月桐花不仅仅是为了祭魂，也是迎接人类与万物涅槃后的再生乃至桐树的新生与桐花自己的再生，从而展现连绵不断的鲜活生命等等。于是，北北写桐画桐就有了新意，可惜再也没有机会与她的桐彤老师分享。

北北沉浸在她与桐彤老师的美好情谊里，尤其是每年的中秋前后的"九九登高"时更加惦记与思念，连这样的思念都成为回味，更何况在那次脚伤时。那是桐彤老师离开人世后的第一个中秋节前夕。以前中秋节时她给桐彤老师送月饼，桐老也给北北家送月饼，后来北北就不敢送月饼了，改送水果，她怕老作家花钱买月饼，因为她的钱来之不易，是写稿子一个字一个字地"爬"那些格子挣的稿费，是贴补生活用的。

后来北北家搬到木棉湾另一面的新楼，那里去医院更近，脚好多了，刚刚换了药的北北走出来又向住院部门口那边张望、等待，那里有5棵槟榔树，细细高高笔笔挺挺地站成一排，"它们是迎送你的"，北北盯着住院部门口，盼着桐老从门里走出来，心里叨叨念念的。她记得老桐彤说自己熬过大劫难必有后福，那时她老人家真的一天比一天好起来。

⋯⋯⋯⋯⋯

好多年了，北北总觉得老桐彤还在那里住院。"这里见不着就是出院回家了吧！"每当去那里散步，北北都一次次对自己这么说。在校园里走也是这样，上班的时候每当她打开电脑总想到要问问桐彤老师，要不要帮她找资料或打文稿什么的，眼前总重现往日桐姨从她窗前大路上慢慢走过来找她，说要去送文稿，挂着长柄黑伞，风儿吹动她那薄薄的洗得发白的浅蓝短袖衣裾及黑得如墨的绸裙边边角。桐老还说要到大门口搭车，10点以前赶到报社，她把一份不急的稿子留给北北，请她有空时帮忙打印出来，然后慢慢转身走向铺满阳光的大路；桐老的白发亮亮闪闪，透出几许淡淡的鹅黄的金丝以及几缕半黑的青丝。

窗外是北北《别里尔广场》里的"别里尔广场"正面。"这里你还没有来过呢！"北北突然想起似的，心里蹦出一句，以前桐彤老师去找她是另一个地方，那是左边的"塞恩思"楼。她的《别里尔广场》刚写完时还念给桐老听过，桐老说别里尔广场很美。《别里尔广场》不只是写美，也写它的意境及融于意境里的特殊心情等等，这些，北北一直没有机会跟桐老谈过。每当骑车迎着旭日出门，北北总要跟红彤彤的太阳打招呼，尤其是天天上班时更觉得这位"红面姐姐"就是桐彤老师，她在前头引路，每天总见着，连同往日她们一起走在阳光桐林中的感觉……

# 天苴听雨

"终于看到天苴大叔了！"走在壮乡雨中山道的探究者方方心里一乐。一个山民老人站在路边坡地草屋旁的芭蕉叶丛下，他正瞧着一棵最大的展开一张紫色大花苞的芭蕉，呢呢喃喃地说："三（生）了，三了，蒙（你）夜里三了……"雨点走楼梯似的，先在他最上面的扇叶会聚成一股滚动的大水珠，再沿着叶缝错落有致地叮咚滴答作响，逐级滴落。雨声与呢喃细语声交替着相呼应着，如歌似吟，如泣如诉。

方方是无意走到这里的，她暂且把这位喃喃细语者叫作天苴大叔、老天苴或天苴老人，因为他正在对天苴说话。是天苴在听雨兼听老人的絮叨与述说，还是天苴老人听雨和蕉妻的哀叹与倾诉？打花伞，同时听着自己头顶上淅沥雨声的方方更是无语，以致脑子里所有有关雨和芭蕉的诗句也变得苍白无力和没趣。

天苴或巴且，就是芭蕉。芭蕉，也叫绿天、甘蕉、板蕉、扇仙等等。作为草本植物，其草字头"草"都是后加的，芭蕉原本写作巴焦。芭蕉与香蕉最根本的区别是芭蕉有黑头，且更像"焦"字的本义：火灸短尾鸟"隹"，烤焦的物体，外焦里黄等。

在壮族有关今生与来世转换的花婆（花神）文化里，妻子丧生于难产的，丈夫要种一棵芭蕉，而且还要在旁边搭一个棚子住着守候一年，直到这棵芭蕉"顺产"，展开大花苞，露出一串带小花头的芭蕉宝宝。更重要的是要听到花苞裂开发出响声的某一夜间的一刹那，错过这一时间还得从头来。只有这样，逝者才可以顺利地回到花婆身边，从而再转生人间。花婆掌管所有的花，放回人间就成为人，召回去还是花；生与死，在花婆的花神世界里是完美的涅槃与美丽庄严的再生。如今壮族年轻人对这样美丽的花神文化已渐渐陌生，但希望早日抱孙子或外孙的乡间老妈妈们还是有给子女请花婆的习俗。

"都来回N次了！"一个小后生说了这么一句，他骑着摩托车从方方路边呼啸而过时还瞟了一眼老天苴，那意思好像是说：都什么年代了，或都那么久了还守着。芭蕉是多年生的草本植物，因为高大，长大的植株也叫芭蕉树。结了果的芭蕉树果实成熟后都会慢慢枯死，根边也不断长出新株，因此来年结果的总不是原先母株。这老人可能守护了一辈子，他旁边那座用芭蕉枯枝干叶搭的草房"阿搭屋"可能就是他的住处。那屋敞着门，有一个半人高的大窗口，连窗台都是芭蕉秆和叶做的，门也是芭蕉叶编的，屋里空空的冷冷清清的，没有家人进出。

雨打在枯黄焦褐色的蕉叶屋顶嘭嘭嚓嚓的，屋后是墨绿的山头。山那边有不少屋子，都是半木板半砖墙的两层"杆栏"，上面住人，下面是猪舍、鸡窝或羊圈、牛栏等。竹竿或树枝搭的晒台总支在楼上入口处门与窗前，芭蕉叶片片尖尖或带叶的树头小枝从疏疏朗朗的晒台一角底下探头伸脑的，与高过晒台的蕉丛与阳桃或栗子、八角等携手挨肩的。方方走访的是一位90多岁的老阿婆。

雨带着风飘飘斜斜地打在芭蕉叶上、塑料布棚顶上、方方的伞上与衣裙上，湿湿凉凉的。老阿婆很瘦小，穿着不灰不白的旧布衫，她那瘦长黑方脸的皱纹沟沟壑壑里浓缩了一生的凄苦，她将到嘴角的雨水抿进去。离她屋不远的左面路边有人在同样的晒台上吹芭蕉叶做的天苴笛。吹奏者背朝外站着，路人看不清他的脸。苴笛声声，呜呜啾啾、凄凄美美的；吹得一样的蕉丛、同样的旧屋充满生机与诗意。

回来的方方还是走原路，雨没有停的样子。一条大蜈蚣横在石板路面，她小心翼翼地跨了过去。人生也是这样，没有迈不过去的"坎儿"，不幸并不等于不快乐，就看你会不会乐或懂不懂快乐乃至会不会在自然万物中陶冶自己等等。天苴大叔与苴笛男就生活在诗情画意里，尽管他们没有条件成为诗人或没有一定的文化背景。沉默也会把人闷死憋坏，那老太太要是把心里的苦说出来，哪怕只对家畜说、对蕉叶述说、对树木倾诉等，可能又会不一样。对天苴大叔来说，他与亲人没有离别，而是天天相见、时时畅谈。虽说对方已是仙逝神化了的植株蕉妻，但在他的心里她是鲜活的，有灵性的活体。来去多少次依然是她，转生几多回也还是她。蕉丛根边年年的幼苗新株给他带来新期待与快乐，岁岁秋冬的枯蕉干叶给他添补床垫，加厚屋顶、草壁。当然，村里中秋蕉龙大祭时，芭蕉叶还可以扎成青龙，只要他舍得让当年结过果的蕉株在未枯之前被"征用"。

天雾蒙蒙的，雨还在下，天苴大叔已站在他的蕉房阿搭屋里，他靠在窗口，双手拄着蕉秆窗台凝视雨中蕉丛。方方要赶路，赶紧往回走，走出几步时背后飘来苍老、沙哑的歌声：

　　叻呀叻呀叻……

# 枫叶飘飞

　　"慨喱枫叶真好！"说话的是一个被叫作若水先生的人，他一人在枫林中漫步闲逛，他的话可能连到处迁徙飘飞的鸟儿都听不懂。一片边角卷卷黄黄的枫叶飘到他脚边，一只蜂鸟荡在扭成绳子的卷枝藤上，这自个儿扭成的藤绳双股，细细的，水水嫩嫩的，绿里透紫，攀结在两棵小枫树之间，藤上还长出叶芽和小花苞。

　　不知什么时候藤绳上走了蜂鸟，来了一对燕子。若水先生想象着把燕子换成人，把卷枝藤换成粗绳绑在两棵壮实的大树上，或换作粗竹或细树干，架在河岸两边；他想到人只能倒挂爬越绳子，除非会走绳走钢丝的特技，他似乎看到走在独木桥上的人那小心翼翼或可怜兮兮的样子，包括他自己，他甚至羡慕那会飘丝布网搭桥的蜘蛛"飞丝"。

　　若水先生虽叹自个儿不会飞丝飘线拉绳，也不如这种被家乡话叫作"飞丝"的小虫，却也为自己近年做着为家乡牵线搭桥的善事而欣慰。其实他已经会飞丝了，只是他自己不觉得，还把指蜘蛛网与蜘蛛这一结网本领、吐丝布线的专有词弄混了。"上善"或"若水"是他在异国他乡的新名号，当地人用学不像的汉语说成"香伞"和"哟须一"。他想到在梦里自己就是一座桥，搭在"哥儿们"家里的两个单人沙发与茶几上，那里不需要搭桥，他只是太疲倦了，好像几十年没有休息似的，就像那片飘到他身旁的枫叶，老半天还安安详详静静地躺在他脚边。"我就是几十年前飘到这里的一片枫叶！"若水若有所思地俯身捡起这片脚边的枫叶，顿觉眼眶热热水水雾雾蒙蒙的。

"思乡的热泪，思乡的感觉，就恁个！"若水用纸巾擦着眼角自言着。令他难过的是，家乡早已面目全非。早年他没有条件，等他有能力去探望时，已看不到从前的样子，更见不着往日的哥儿们。"嗨个陌生俱城市还是家乡啊？"走到林间溪边的若水自言自问的。溪水清澈见底，若水看到水中的自己，大方脸，高高平平的额头后梳着蓬蓬松松、黑白参半的大背头；一双浑浊的老花眼突在双眼皮里。"拡嗨个阿鄋冇两样啊！"若水自言自叹地摇摇头，他觉得自己现在的样子像极了一个他最近一次回国偶尔看到的那个摆鱼摊的同龄老熟人。那一趟回国，他除了应酬官方，连一个朋友哥儿们都没有见到。"想见俱一个也碰勿着！"若水说着从地上捡起一颗小卵石重重地横撇水中，激起了层层圈圈的涟漪，可这撇石子的右手却僵悬地伸着，因为他看到自己从食指到小拇指根底的老茧"手钉"像4个小山包，被透过树林的午后阳光照得油油亮亮的。若水伸出同样手钉的左手，双手合拢、拍击着，击出叮叮的声响，他让两个大拇指像老大哥爱抚小兄弟，在手钉上来回揉着，口中念念有词："真好，你仍四对小癞头变作光头兄弟！"这是好久不做手工，不与皮革打交道的结果。对若水来说，这手不再磨损不再碰伤、开裂、长癞疤等，连手钉都变光滑是值得庆幸的事。"嗨，走遖里坐嗡先！"背后路边靠椅上一位他妈妈年龄的老阿姨向他招呼。"是啊，在妈妈们的眼里自己永远是孩子！"若水转身自言着，向招呼他者招手微笑，又突然想起似的叫了一声"阿嬷"，走了过去，他意识到这位老阿姆说的话是他从小听到大的家乡话，还有把他叫作"嗨"，若水心里暖融融的，老阿姆推推凳上随身带的小包赶紧让他坐，握住他手，说以前经常看到他。

告别了老乡阿嬷的若水走在枫林通往住处的另一方向，阿嬷刚才的话把他带到30年前的青年时代，以及千里迢迢来到这异国他乡的艰难岁月等都见证在阿嬷的眼里，好在阿嬷看到他今天"闯出来"的样子。一片果园挡在路头，若水心不在焉地走岔道兜圈子了，他看到太阳已飘浮在自己左腰边树干旁的远处海面，将那里的海与天染成橙橙红红的。"恁迟罢？"若水有点不相信似的自言着，他伸出双手喊了一声："慢慢划啊，大红船！"可心里却希望这条"太阳船"带着他的念想早些回到它每天升起的乡土——东方。

若水纹丝不动地站着目送这他觉得"表面西归、实则东奔"的夕阳，直到那红船潜入海中变得看不见，才转身向寓所抬步迈脚，好让身后的红霞余晖把整片枫林和飘走在其中像叶片的自己一并涂涂抹抹皱皱染染……

# 山 雨 湾

　　山雨把自己新开在郊外山边景区的西饼分店叫作山雨湾，这里是一座带小阁楼的两层木屋，是他最爱待的地方。小阁楼加在楼上屋顶，是流浪鸽之家，不算层面；楼底做店面和内陈列室等，屋后还有山雨和志愿者们一起开设的受伤禽鸟救助站和野猫收容所。在这里山雨与他所救治的动物对话，与自己亲手制作的山形糕点或人物蜡像对话。山雨湾也是他的公司网页名，那里不仅有他各种各样千姿百态的西饼彩图，还有会诗能赋及至可作画的动画蜡人和饼山。"何乜人讲，山与山或人，乃至山同万物勿能够对话？"每当看着玻璃橱内那镇店盆景饼山湾，山雨总这样想。

　　饼山蹲坐在水中，是一块坭香味十足的山湾形小石峰，上面长着青苔、草和蕨类植物等，还有一棵盘根错节的小叶榕，这树和山与其背景墙面里的画作蓝天白云和远山流水及水中那一叶缥缥缈缈的扁舟融成一幅诗意盎然的生动画面。那扁舟是山雨画这幅墙面背景画时特意画上的，那是他铭刻在心底的记忆：一个人，一组画，一段迟到的青春岁月。

　　"远山不一定总在天边！"山雨若有所思地盯着墙上的远山，他想到地壳运动或地震，山变海，海与低洼地成为群山的种种画面。店堂半开着，里面飘出大提琴与钢琴合奏的柴可夫斯基《四月—松雪草》，声音很轻，像不远处开着电脑音频，那是从通往里屋的小门里传过来的。天很蓝，太阳刚刚爬到山角树丫，景区静静的，游人还没有来。山雨一脚迈出店门一脚支在屋内，一群鸽子从屋顶阁楼窗口飞落地面与远近赶来的几只麻雀一同啄食山雨给它们准备的早餐，麦粒与饼末；一只棕黄条纹的花猫蹲在门外山雨脚边。山雨的想象，与他称之为同学弋舟的画面重叠着，画面中的物或人在他眼前晃来飘去。最后，一组人物肖像带着如光似影的身子走到山雨跟前，那是弋舟当年给他画的从童年到老年的简笔身形。山雨向位于正中的小青年招手，仿佛又回到了几十年前那间求学教室。那里有瞬间会被擦掉的黑板画，是弋舟在一个雨后课间的杰作，山雨记得自己坐在前排近门的一张课桌边翘首注视，只见弋舟手指夹着几种颜色的粉笔，五指交替，双手并用，皱皱擦擦，雨点风刮似的，一挥而就，一排惟妙惟肖的不同年龄的自己就这样被"前展""后现"的表现手法展现在眼前的黑板上。那个年代可不像今天拿出手机就可拍照，山雨至今还庆幸，那天有外拍任务，他正好带着相机，才拍下了那组"自己"。弋舟的表情模仿，也让山雨叫绝，在一次同学聚会时，她把山雨妈妈的口气口音学得惟妙惟肖。

其实山雨早就见过弋舟，那时他被请去给一个学习班拍照，在那排成三四排的人海里，他记得其中有人唱歌，唱什么歌没印象，直到几年后坐在同一个教室里学习。"那真是一段迟到的美好时光啊！"山雨总这么说，一想到那年月，山雨心里总很欣喜。说"迟到"是因为他觉得自己到了青年中的"大老哥"时才有这样的时光。因为他没有同龄人那样的快乐童年，只有艰辛及多年的学徒生涯与挣扎至成功还小有名气的经历。好在赶上求学时代，多老进课堂都不会让人见笑。

山雨没有安心做他那大师级的"特摄师"，他渴望走出家乡小天地，"下海"之后的他走遍大半个地球，到过很多地方，打过工、创过业，做过好几样事，转一大圈又回到这个小城。起先只做本行，近年才兼做饼业，有朋友说他可以开西饼塑画馆，或开画廊，甚至办美术学校什么的。山雨每每听罢只是笑笑，他不想被荣誉包围，也不想为钱财忙碌奔波，更不愿打破眼前的宁静。

"天色恁好！"山雨举目望天赞叹着，他推开另一扇玻璃门，走出店外，掏出小笔记本，查看当天的安排与要做的事，心里默读着：上午先去总店召开短会，巡查一两个分店，然后与志愿者会合同去福利院看望孤寡老人，分头给那里的孤儿上美术课、教几个孩子画画……

"山雨飘来春满楼！"山雨心里默诵着，感到全身充满活力，这改了字的诗句也成为他当天善行的出发口号。

（发表于越南《西贡解放报》2016年5月22日）

# 迢

"遘宕趋趋迢迢，迢迢趋趋……"

"冇几十年罢，冇恁趋趋迢迢，老阿德，变爻恁款式！只有这条老街还差勿显。"

这喃喃自语的是一位黑里透棕夹白半短发、爱说"咱写手"、笔名为树丫或丫丫的中等偏上身材女子，她正走在一条绿树林荫老街上。

老阿德，或赛琪得（Seconde），是树丫给这座古城起的只有她自己用的新名字，意为"第二"，借以表示此地为其第二故乡。而把"走"说成"迢"，及"逛"说成"趋"等，更不是她的家乡话。

迢，这个听来的乡间词是丫丫二三十年前远走异国他乡时"启用"的，是因为走得太远？还是感觉依然漂泊？

"真不可想象，还能恁款式'趋趋'遘宕！"走到老单位大院门口的丫丫耸耸右肩、缩缩脖子自言着，硬着头皮，挺挺胸，走进院门，作为一地区大刊一新开辟专栏的特约"写手"，不得不如约见见这门里的主编。

"写手"或"女笔写家"是丫丫一贯的自谦，尽管已是颇负盛名的"旅外作家"。

丫丫爱看树，尤其是看有天牛蛀了小孔窝的树，更爱用树丫做笔名，她还把自己时而耕耘的网络园地叫作"树丫的空间"。当然她还有别的笔名，如与天牛有相同意思的"嗡腾"也很常用，前者为该昆虫的学名，后者是这一大黑飞虫的土名乡音。对一名长年漂泊域外的文字工作者来说，这乡音和笔名都成为她亲切的念想，及至对真正意义的树丫或树杈，包括粗壮树干的联想，想着念叨着，有时还会蹦出一句不标准的第二故乡话："树丫是天牛慨摇篮、鸣腾慨家！"每当回到她那购置在第三故乡的名为树丫堂的小居室，这样的念想也就更强烈。树丫，这笔名让她记住了乡音，虽说这乡音永远说不准、学不像，还是他乡之音，可到底是"伯乐乡音"或热土之音，因为这片热土接纳过她，更因为那里有她笔下人物乃至当年的读者粉丝。

这片热土的人们把粉丝叫作"粉干"，那是粉丝只指食材干米面的年代，丫丫因为写了一篇叫作《逆风劲草》的报道，几乎被全城人记住。之后，她渐渐被遗忘，直到"非常道"出走。

老单位大院只是一个外壳，里面早已翻新起着有电梯的高楼，丫丫想看看她当年住的那间在二楼的单身宿舍，哪儿还有那斗室热厝，连影子都见不着了。就算没有翻新，她一除名就安排别的职工住了。

"诏纽？走哪里？找谁？连根幹冇爻罢！"丫丫心里自问自说，满脸愁绪地走出老单位大门，诏在茫茫人海。

# 阿 洛 依

　　"吾至少还敢说'阿洛依'，勿像尔等尝到美食时连蹦到嘴边的赞叹话都要一并咽吞！"辣子树底下一个被师父和师兄弟们叫作阿洛依"佺法兰阿丹"的瘦瘦高高的洋和尚丹尼尔自个儿坐着细嚼慢咽地享用斋饭。这可是他的"阿吭朝"，即当天第一顿饭"早餐"。那是他整整一个上午在街头化来的，量却少得可怜，连钵底都摊不到，令他欣慰的是，其中有被他赞为"阿洛依冯冯"的超级美食红蚂蚁卵。

　　阿洛依冯冯，阿洛依或阿洛依冯，都成为阿丹的外号，因为他敢说此地僧人们至少正在吃时不可以说的这类形容美味的暹罗词语，更不用说吃这样的"杀生"食物时。这一顿饭丹尼尔吃了许久，米饭等主食早已吃完。最后，一小袋红蚂蚁蛋拿在手上慢慢享用，只见他用指头一点点地划拉着透明小硬袋里的那一团粘在一起白白亮亮的美味蚂蚁卵，不时送入嘴里，闭眼抿着、品着、咂巴着，自言着："莫道此瓦（Wat）小小德清，在暹罗或扶南各地大寺院，还真没人敢对施主布施的任何荤素食物说三评四的，唯独吾丹尼尔、老丹佺法兰……"丹尼尔陶醉了，因为舌尖上牙缝间那零星半点美食，更因自己积攒的学问，尤其是对古汉文化的认知与运用乃至以中国古人的思维或命名方式、方位、地名等用以评论和称谓其自身周边古今或人间事物等。

　　天蓝瓦瓦的，一轮皓日亮亮白白，早已高悬在他头顶上空，穿过辣子树圆叶片丛，斑斑驳驳，点点染染，飞花飘叶似的洒落在他那大半边僧袍和裸露在外的右臂膀上、地上、赤脚丫上。"佟暹罗们唤吾佟法兰，算是唤对了，不过今早，嗯'东朝'那小蚂蚁蛋施主也太那个了！"舔着指尖上最后一颗蚂蚁卵，丹尼尔双眼忽闪忽亮的，脑子里净是蚂蚁蛋的今昔事：采集蚂蚁蛋，烹煮蚂蚁蛋，蚂蚁蛋美食之施受宾主置换等，所有与红蚂蚁蛋有关的故事和经历飘来闪去的杂糅着、交叠着。别说吃着这样的阿洛依美食，就是每天同一时刻吃一般的斋饭，这洋和尚丹尼尔也总是一副进食非食、若有所思的样子，是因为阅历丰富、感触多？抑或只因此时的幽静与孤独？

"又在作文章呢？雯尼坤涞犒冯冯蕲艾埋恪拉玻，比丘丹？"一个胖乎乎的中年和尚拎着一大袋斋饭和鲜花、挺着大肚子上满钵饭食走过来，粤腔暹罗调、汉语夹泰话地和他打招呼，还掀开老丹的铜钵盖子数落："埋涞阿涞犒（没有什么饭）？你唱空城计啊，还是只得一份斋饭吃完了？唉，科俅……佟法……"胖和尚吞吞吐吐的，好像要说，谁让你是西方人，洋人呢？尤其是洋和尚就是这样不招待见之类的话。还把那"法"字声说得高高的却突然打住，确切地说是被他身后跟着的小师弟沙弥猜拉了他袖子给拽住了。沙弥猜把胖师兄拉到一边，他从自己的大铜钵里拿出一大捧饭食塞到阿丹那空空如也的僧钵里，一边口中絮絮叨叨，像亲弟弟敬爱哥哥似的呢喃着说自己有很多饭："坤伲丹，侬涞犒冯冯! ……"

沙弥猜对年长者忘不了用敬词"坤"，他的泰语更像傣族话或壮族语甚至三者杂糅，他把丹尼尔叫作坤伲丹，他们之间以壮语词指哥弟的"伲侬"相称，从年龄看这对异国师兄弟相当于父子或叔侄，可人家西方人就不时兴这辈分词语被无止境地延伸、泛用。"这都够吃到明日了！这孩子愣愣高高的，心可细呢！"望着小师弟转身往僧房走去的背影，老大不小的丹尼尔自语着。"这背影，这双沾了泥巴的脚丫，还挺像吾呢！对了，从背后看都一样，也就是不分国别'泊拉替'的人'佟'乃至僧人等。"老丹思绪翻腾、跳跃着；早年求学的路，时下化斋的道，尤其这天早上这顿让他尴尬的斋饭的收受。那施主小青年开着车从他后边追过来，停了车，开车门出来要给他斋饭时见他是洋僧，吃惊地说出3个字音："佟法兰！"手一缩，想不给似的，可远近走过的和尚手里都满满的，才不得不施给他洋和尚老丹，不然还得把斋饭送去寺庙。一家人在等着他斋僧和听得赎罪念祷回来开饭呢，因为这顿饭不同，有美食蚂蚁蛋，而且还是家人亲自去采集的，这等于毁了蚂蚁的家，这美食不先斋僧是不敢吃的。施主信不过洋和尚，担心他老丹不够格，不能让其家人免除杀生之罪等。丹尼尔还想不接那斋饭呢，施主那不寻常的字音，还有那态度都让他受不了，气得他把求赦祝祷变成念《祷告文》，把"释迦"说成"湿婆"等。最后，还是想起几年前他和朋友去送蚂蚁蛋斋饭的经历帮了忙，他背出了泰老边境山门寺维乃住持那恳切、得体的求赦祝诵。

"早上那施主也太不敬了，连跪都没有跪！"胖师兄背一个黄布袋晃晃悠悠走过来，看着丹尼尔边说边往院外走去。"上街啊！"丹尼尔咧咧嘴，笑着说。"这家伙，不是去买东西，就是去卖东西，或去会友人'朋'！"看着不再赤脚、穿了拖鞋的胖师兄越走越远，老丹心里喃喃叨叨的。

"什么都叫他看见了，没什么！敬了，也没什么！"想到今早胖师兄在双手合十、虔诚跪拜、听其祝祷的女施主面前开小差，见他那心不在焉地念祷，眼睛不时睁开，左顾右盼，斜视街头马拉松等热闹赛事，老丹笑了。

"那树根底下肯定能挖出很多蚂蚁蛋！""那里没有几个，而且也不是可以吃的。""那是在树冠上做大窝的红蚂蚁，坤仳丹就采集过，摇着树，很有意思，可那复仇蚂蚁落在脖子和地上都满身咬，可难受呢！""可能还有更难受的来生复仇折磨呢！""是吗，我可不怕！""那我们还俗之后跟他去采多多的红蚂蚁蛋！"寺院围墙内几个小沙弥蹲在地上，饶有兴致地看一群黄蚂蚁抬一只花甲虫，言论着，偶尔瞟一眼笑过之后呆坐出神的丹尼尔，看这洋和尚期期待待、抿抿品品、絮絮叨叨、嘴一张一努地吟味着"阿洛依冯冯，阿洛依真真（jingjing）"。

# 草虫笔记（开篇）

拉姆站在窗边，望着教室外冰山下那一大片珠芽蓼绿草花海出神，那里的花头像麦穗、芦花，穗上花儿颗颗、粒粒、绒绒，粉白、微红地在水水嫩嫩的草叶间探头摇曳……

"那里面可是绿蝴蝶的好粮仓、好家园啊！"拉姆自言着走回自己的座位，低着头静静地坐着等上课，生怕早已站在台上的班主任塔帕老师责问他上学期没等期末考试就开溜的事。住校生提前回家的，不只是小拉姆，都是被家长们以各种借口叫回去帮忙挖什么"金虫草根"的。塔帕老师见怪不怪，每每心里说："谁让这绿蝴蝶蝙蝠蛾孙子这么值钱呢！"就是他老塔帕有空时也"随大流"跟着寻几许丁儿的虫金子呢。

冰山的背面见不到阳光，那里寸草未长，冷风飕飕、冷雨分分的，拉姆一想到那里的滋味，头总要往脖子里缩，那真叫"学习"了。拉姆前两天就到冰山那边学习了一回，不仅领教了那里突如其来的夹带冷雨的刺骨寒风，还学会了挖虫草，以及收拾这种可以换钱，甚至直接当钱使的"虫金子"；白天大海捞针似的寻啊挖的，晚上用牙刷刷来刷去，把每根刷得白白净净的。

课间休息时，邻桌巴哈杜尔伏案假装打瞌睡，却悄悄吃着油炸素包萨馍萨，每啃一口总系紧塑料袋，压到书包底下，可那香气还是弥漫整个教室。拉姆翻着课本，思绪却飞回山那边的"虫金岭"，那里用虫草可以买到吃的，甚至付旅店费或看电影，等等。可拉姆一家去到那里就是舍不得匀出几许挖来的虫草用以住住"棚店"或买这样的小吃让他当阿兄的和弟弟妹妹们解解馋。他们一家去到虫金岭之后分头找虫草，老爸让他学手艺，带着他手把手教，迎风雨，走险道，住岩洞；老妈带着他弟弟妹妹在住地附近山坡找虫草、支小布篷过夜。

"沙拉瓦蒂大婶就在她客栈里制作萨馍萨，还煎黑豆油饼巴拉卖呢！那一小兜虫草如不被老爷子赌掉，买了萨馍萨可堆成山，让弟弟妹妹们吃个够呢！"拉姆伸手抹嘴，想象着吃这种点心的油香味，及至痛心又难过地自言着。虫金岭不仅有帐篷客栈、电影棚，还有赌窝，赌资就是虫草，也用他们自己国家的卢比和这三角地带邻国的纸钞。一根虫草可以看一场电影，卖给虫草收购商还不只这个价，可挖虫草的手里没现钱大多愿意让人宰。开赌窝吃赌饭的更宰人，可人们总往那赌棚钻，看得拉姆阿爸心里痒痒的，回到自家临时小破棚，抓起几把虫草，用帕子一包揣在怀里，一心想着翻倍，领着拉姆进了那棚子，就那甩子盖在碗里哗啦一摇，眨眼间爷儿俩辛苦挖了两三天、清刷整理了好几夜的劳动成果就成了人家的。

不知几时又下课了，直到塔帕老师敲了他桌子，好在他早早预习了，圈圈点点，笔记工工整整地摆着，尽管走神漏听也猜出老塔帕讲了什么。老师满意地点点头，夹起课本走了，教室里除了他，还有一个叫作拉克西米的小姑娘，她靠在窗口望山尖厚厚的冰层，眼眶湿湿的。上课铃声再次响起，同学们从后门走进来，齐刷刷坐下，同桌斯瑞斯塔对拉姆说拉克西米她哥这次挖的虫草全挨偷了，害得她连书本费都交不了，说同学们刚才商量了，准备给她捐助，问他有没有带虫草或小大卢比、小小卢比、小人头币等零钱。拉姆想起老爸给他看电影，他没舍得花的那根虫草，赶紧从衣兜里掏了出来，斯瑞斯塔说等下课时一起拿。

同学们正襟危坐，认认真真地听老师讲解，大家好像一下子长大懂事了，尤其放学之后的助人统一行动，虫草、小钱，纸钞、硬币的，募集了一大捧。拉克西米不知说什么好，感动得热泪盈眶，最后同学们一起到食堂吃午饭。

"那不是拉克西米的哥哥普拉萨德吗？怎么在咱们学校饭堂帮厨了？"吃

饭时斯瑞斯塔吃惊地喊了起来，拉姆瞅眼叫他别嚷，轻轻地说了一句："他哪敢回家，那么一大包虫草挨偷了！"两个孩子变得忧心忡忡，默默地啃烤饼、喝汤，直到吃完最后一口，前后相跟走出食堂，走向总见大冰山的沙土路。

这时的冰山只是山顶还积雪，像戴一顶亮亮白白的斗笠。拉姆的思绪又飞到两天前大山那边冷风飕飕、荒荒芜芜的虫金岭，挖虫草的大人小孩们个个睁大亮眼，满坡遍野踏寻搜视，发现一根虫草芽儿针尖的即刻蹲下或跪或趴，更像朝拜圣山，虔虔诚诚，小心翼翼，慢慢挖出。想到自己也这样，拉姆心里扑哧一笑，可一想到普拉萨德不见了挖来的虫草时那双失望无助的眼神，不觉心头一揪。

"你阿爸看起来像是你爷爷，脸沟沟壑壑的像红枣皮！"斯瑞斯塔冒冒突突地蹦出一句。"是啊，哪像你阿爸管学校的工薪族不用见风雨啊，放牧的同龄人也比他青春好多，收虫草的管他叫大叔，其实同辈呢！"拉姆似答非答断断续续地说，心想，自己要是一辈子挖虫草，也会早早老去。拉姆心不在焉地走在斯瑞斯塔旁边，心里嘀咕着，脑子里琢磨起他老爸这副沟壑老脸里写着的期盼，也无非是盼他赶快学好挖虫草本领，早日接过他们家那把专用小锄子，成为挖虫草世家的传人。"虫金坡让人们淘到虫金，也让人学坏变坏啊！"拉姆心里说着。每当想到虫金坡岭那里的偷盗、坑人、骗人、付假钱的虫草商等，以及诱人聚赌的赌棚，拉姆眼前就一团黑。

一只蝙蝠蛾从眼前缓缓滑过，飞向山脚下的红蓼花海草地，绿绿粉粉的翅膀上一对黑头花纹圈圈像极了眼睛，清清丽丽、闪闪烁烁地点亮了少年学生的心灵，像在看他们似的。"去吧，美蛾蛾，到蓼花海那里吃个够，多产崽崽哟！"斯瑞斯塔和拉姆不约而同地向远去的飞蛾招招手说。

"大山那边的虫金坡还得过些日子才能长出红蓼吧！"斯瑞斯塔看着眼前的美景说。

"还不如种植蓼草招蝙蝠蛾在地底产卵养出虫草呢！还可以放牧，一举两得！挖啊挖的，只知道去那里挖草虫疙瘩，别的事都荒废了。那么多人踩啊踏的，以后还能长出这种绿蝴蝶喜欢的蓼草才怪呢！"拉姆边说边掏出小本子，在画了几根不同形状的虫草的那一页的右角空白处画了一株开着茸茸细花的红蓼草和几笔勾勒的羊群草图。

"咦！做了这么漂亮的草虫笔记，连封面都画了草虫！哇，还有一篇篇虫草散记，写得密密麻麻的！"斯瑞斯塔抢过去赞叹地翻看着说。

············

斯瑞斯塔翻着拉姆的本子，正看得入神，一句"那玛斯特（Namaste）"的打招呼声清清脆脆地从身后路面飘来。"阿曦老师来了，我们赶紧进教室吧！"拉姆说着，收起小本子，两人扭头望去，都瞪大了眼睛。"那不是驴友搭档朵尕和巴特，老志愿者'老志'吗？他们怎么又来了？"斯瑞斯塔不敢相信似的看着路当中骑在马上和走在旁边的三人喊了起来。

走进教室时，汉语志愿者阿曦老师已站在讲台左边黑板前，举着右手、踮起脚往黑板上写汉字，抄题目和课文，几行像西文的拼音字组串串与斗大的勉强不倒的歪扭"童体"汉字很快写满了黑板。同学们在座位上依样画葫芦，一笔一画地描，还把"家"字宝盖下的"豕"写得更加弓身、驼背、歪扭，看起来更像一头插了草标的猪。拉姆翻着本子看自己画的变色龙和犀金龟独角仙，他说，猪背上那两点是背着翘尾巴的小猪。有的同学在"豕"上添猴脸，或把"家"字演化成戴贝雷帽、穿裙子的美女猴。阿曦老师走下讲台，看同学们有没有抄写问题，她看到男生们大多画了猴子，还都对号入座地写上同学或熟人的名字，当看到她自己的名字写在一只穿筒裙的美女猴旁边时，本来就有点塌的眼睛更笑成八点二十，她在那张桌旁停了一下，还友好地挤眼努嘴，做猴脸以猴子相称。

跟读声齐刷刷的，拉姆只张嘴、不出声，他在琢磨变色龙吃不吃独角仙，他把这两者看作有趣的怪物，他对它们的了解也只是从生物课本上的图片和科教片，他惊羡变色龙那飞快神速伸缩弹跳的喇叭口吸盘舌，在眨眼微秒之间捕捉猎物；爬的、飞的，不管是鸟或虫，尽收入口进腹。

朵尕老师夹着大本本走进来，他摁了墙角开关按钮，放下屏幕，开了电脑。屏幕变成电脑桌面，只见鼠标箭头来回跳动，很快屏幕成为北冰洋和冰山、冰礁、冰河，以及走着北极熊和海狮的冰浮岛等等。其间，时而切入春暖花开的北极山野之春夏及至很快入冬，来回切换着。拉姆盯着一只从石板缝底下爬出的北极灯蛾毛毛虫，它在拼命地吃草叶，北极的春或夏对它来说，是难得的昙花一现，它得尽快摄取足够的营养，赶快长大，还得赶在冰天雪地之前成蛹乃至羽化为飞蛾，可总没能赶上；但它知道在大雪来临前躲进那个石缝，尽管被冻成冰虫疙瘩，还能等到来年化冰解冻起死回生的时候，就这样年复一年，每次解冻它都大了一点点，直到十多年，它终于差不多长成且赶上春暖花开的季节，它钻出冰冷的石缝泥窝，再吃一点点草叶就很快成蛹、化蛾，飞在花间，乃至在这一短暂的春夏季节里结伴生子繁育后代。同学们聚精会神地盯看着屏幕，当看到一对浅棕色灰花纹的灯蛾飞在一片开着淡紫小花的草地时，大家会心一笑，连下课铃声都没有听到，直到朵尔老师说"下次再让同学们看"。

（写于2016年11月9日，待续）

# 远　山

　　他把自己与走在他左侧最前边如影似雾的那片云间山坡一同叫作远山或山子。

　　路不宽，不通车，只走人。初秋的夕阳金金亮亮平平铺铺地洒满路面，染红了路边几株修剪得圆圆溜溜的小叶树头。"一个人走在恁款式慨路上真好！"这个把自己叫作远山、理平头的男子侧着被晒红的脸说着，举步慢行地走着。路在不断延长似的，望不见头，总走不到山边。原来他走在自己微信图标里，不是走到那实景，而是走在这画面梦乡。几朵草花"觅觅"星星点点紫紫灿灿、半开半合地跳跃在他脚边路旁草坪。

　　"幽幽家的觅觅，幽幽觅觅，紫花，幽草！"远山心头一颤，掀掀嘴唇，似说非吟的。他蹲下身子，欲捧其中一朵小花；一伸双手，却像触电，被烫着似的慌慌缩回，似乎眼前又闪现当年那被他叫作幽幽小草的女孩子那一瞥憎恨的眼神；他明白，那是说他"已经勿洁不净了"！虽说是"被勿净"。山子又想到，至少自己的心被肯定为纯净依然，却也慢慢释然。

　　梦境很快切换，山子发现病恹恹的自己被家人"搬"到幽幽家那张老床。屋子好像年久失修不住，床边俯身站着匆匆赶来看望的幽幽，眼圈湿湿的；一个说，怎么不早些让其知道，一个说，看，把你愁成这样！

　　山子醒了，满屋子的药水味让他想起自己又入院"进关"了，一想到是自己走进来，不像前几次被送进来，倒也觉得问题应该不会很大，"真勿想给其畦到吾恁款式，虽尼讲是在梦里！"

"回味梦境呢！一脸笑意，一定是梦到幽幽姊了！"守护在床边的山子小妹对这个躺在病床上看天花板想心事的老哥解意似的微微一笑说。

病房很大，住得满满的，山子的床位在门边，紧挨着靠窗的一张邻床上躺着一位姓金的方脸中老年男子，病友们把他称作金先生，而不是唤为老司或老司伯，这唯一的尊称不是他看起来有头脸有身份，有"墨水"或像文人学士、教书先生等，多半是看他身边有一位贤良文静、年龄相仿的"先生姆"照料陪伴。与其他病友家属，即那些"屋里"不同的是，这位"先生姆"，总不在病房守夜。家属，"屋里"们，"你屋里""我屋里"的，扎堆、成排结队地挤在病房，只有上下午医生查房时溜溜退去。没人的时候，山子也和金先生说话。

午后医生查房过后是金先生"小家子"的美好时光，此时病友们或他们的亲友等屋里屋外的统统真休息假打盹儿地不动不响，悄然无声，不为别的，只为金先生营造温馨。"你屋，你爱人对你真好！"山子指着刚刚喂金先生吃了粥、端了碗碟走出去的女人背影，看着金先生说。他想说"你屋里"觉得不合适，立刻改口，没等对方回答，又接着说："还有昨夜里照顾你的，其是你兄弟啊？"

"幹勿是，其伣两个是一家人！"意思是：都不是，他们两人才是一家！

"哦，难得啊！"山子说着，感动得眼眶亮亮的。

"少年朋友，能格（现今）驴友！"

"一大班驴友旅旅游游？"

"就我伣三个人。唯独一次旅成哥儿们四！"

"难得，难得……你自屋里呢？你有成家啊？"

"有名无实，你呢？"

"被贴一张烂皮膏药，一辈子冇挖落！"

"啊，彼此彼此！同病、同病！过恁冇生冇活、有活冇生慨日子，冇疾也会早逝！"

"细儿有冇？"

"有半女。"

"勿是亲生?"

"勿晓得!"

"你住曩宕(哪里)?

"有居无所!"

"冇屋?"

"有两大套!"

"你做阿尼事干?"

"大单位领导、办厂、创业……做慨斡是大事干。"

…………

山子躺在床上,一夜没有睡意,起先邻床金先生靠在床头写了一个晚上的字,写写说说,说说写写,自言自语,念念有词,说:勿希望恁款式的内人"屋里"跟到老坟什么的;写写涂涂、改改抄抄誊誊的,最后叠成豆腐干大小的四方小纸包交给山子,千叮万嘱说如见不测可打开看及迅速转交。山子把小纸包连同赠送给他的小相册本子接过来压在枕头底下,纸包是一页信笺折成的,像山子小时候男孩子们叠的,在地上撇打着玩的那种"起屋包"。山子猜想着,信笺纸片上,金先生一定是写他要彻底"分屋"的迫切诉求。金先生放下包袱似的,吃了当天最后一次药,很快入睡,还打起均匀的呼噜,谁知第二天早上就再也没有醒来。山子打开小纸包,除了猜到的那一张,还有一份有关金家房产处置的遗书,说其中一半要捐赠给他创办的俱乐部"老少年之家"。山子把前面那一张反复看着,心里踌躇着,是帮人起屋子,还是拆屋子?金先生的朋友双双赶到,将遗书纸片拿去,叫山子不用管,说他们会妥善处理。金先生看起来像在睡梦中,嘴角挂着笑意,病友们撑身探头目送他被几个白衣男护士搀扶到担架上"接"走。

没有了金先生,新的一天似乎变得灰灰蒙蒙,窗外刮起大风下着豆点阵雨,白底暗花窗帘飘飞翻卷。上午医生查房过后,一夜没合眼的山子开始打盹儿,不知不觉地进了梦乡;穿堂门风把山子腿脚吹得凉丝丝的,他梦见自己坐在一处山谷溪边,双脚泡在水里,光着脚的幽幽在水涧圆石上踩来走去。山子随手摘了两片草叶搭在唇间，呜呜呜呜唧唧啾啾地吹起来，像鸟歌虫语，还吹了几首曲子；吹吹唱唱、哼哼吟吟的。

"你还会吹《月光下的凤尾竹》和《童年的橄榄树》，你还改了《啊朋友再见》的歌词，什么'金老兄再见！'你纽能格（什么时候）学得这一手慨？你早年连歌幹勿会唱慨！"幽幽看着山子说着，惊讶不已似的眼睛发亮泛光的。"梦里学慨！"山子羞涩似的咧嘴一笑说，接着又补充，"日里（白天）听来，夜里梦来慨！恁多年总会学俚儿末事来慨！时空磨出来慨呗……"

山子变得一脸伤感酸楚，欲言又止。"金老兄是阿尼人啊？"幽幽立马转了话题，山子从外套口袋里拿出金先生赠送的小相册翻到扉页上的题字说"你睬！"只见两行刚劲隽秀的墨色钢笔字斜跃在页尾左角，写着："远山、山子兄弟惠存"，还有落款、年月日写在第二行。

"你改名字了？"

"冇，这是上次梦里慨名字！"

…………

小小的简易相册装满了相片，"这是老金的小青梅！"山子指着照片里一个扎绸花的小女孩说。他们还翻出了"旅成哥们四"的两对青梅旧友彩照，是在一个少数民族的情人节上照的。远山笑了，他想起金先生翻出这张照片给他看时自己曾好奇地问过老金，那几天是不是特温馨，至少可以牵牵变老了的小青女的手。老金淡淡一笑说，"只是像哥儿们同行共游而已"，他还说那样的环境或风俗是一种宽容和超乎伦理道德的怜悯，他们才不愿意那样。

山子迷糊了好一阵子，病房外面早已雨过天晴，阳光透过窗纱丝布照到山子侧卧的左脸，亮亮金金斜斜的，亮得飘游在光束中的尘埃清晰可见。突然停了电，空调、风扇全不转了，热得山子做起了过火焰山的梦，连鞋子也找不着。他记得是脱在溪水边的，哪还有什么小溪，连水沟都不见了。还好，那火烧不着衣服，山子飘飘浮浮越走越高却也踩不到火，他听到有声音隐隐约约地对他说："过了火焰山，你就可出院了！"

梦里的山子慢悠悠踩在不烫脚的火焰山头树梢，他还不想那么快出院，他在琢磨怎样找回没有被"贴膏药"的自己。

………………

　　远山醒了，吃过医院送到床边的午饭营养米粥，他掏出手机翻看着金先生微信页面个人相册里日记式的照片和图旁文字，看着，自言着："北（bee，迈）出这次关口一定走出跆跆，'旅其一旅'。"照片一组一组的，记录了金先生所到之处，所见所闻，景点，山山水水等。对远山来说，除了两三个地方去过，几个名景胜处听说过之外，大多不熟悉，他真想立刻出发去外面游一圈旅一回，想到自己再次"进关"住院，还不知能否"北"出这一关的自己，不免伤心失望，他闭上眼睛喃喃自语："是自一步一步慨伸脚北出，勿是像金先生恁款式被抬走接出！"

　　微信朋友圈里有人发图片和链接，响起嘀嘀声。"同命鸟每日斡有新歌！"远山用右拇指点那总亮红星的小圈圈"发现"说着，他知道八成是同命鸟微信群的人接二连三地"开发布会"才这么像发连珠炮似的。这个群，还有同日、同窗、同业等名目的微信群都是金先生把他拉进去的。而金先生那独门单户不仅还在上面，还更新了图标，换了一张手绘的青年后生小金，那里还常有新照片、图文、小视频等发布。"这里天地真大啊，金先生就活在遐宕，小青真有心啊，帮助其接着做这勒！"远山看着，猜想着，手指与视线停留在一段小视频的三角按钮上，那里面是金先生的告别会录像，这浮在手机页面上的小触角远山不知来回撮了多少遍，把这个老金告别会反反复复地看了好多回。"嘀"的一声清脆响起，远山一看，这一回是金先生院门"开灯"亮发布，点开是一幅油画，画中小青夫妇手捧鲜花向他徐徐走来。花有好几种，其中有蔷薇、玫瑰，像刚刚采摘的，扎着飘飞有字的丝带，一头写着："衷心祝福山子兄弟、远山先生早日康复！"另一头写着"哥儿仁的祝愿"，背景是有白色沙滩的河湾，这湾或河一直延伸到天边云间，与旖旎旎旎亮亮皑皑的远山相连。

　　望着画中白雪半遮微掩的远山，看着床头柜油漆台面里照见的自己，远山笑了。

（发表于《新加坡文艺》第120期）

# 三叶散记

三叶；塔农松涛；阿尼亚；海风波尔
卡；桑德拉；蝉夏日序曲；欤藤唑丝；鹤
蕉；麦浪；遥远的桥屋

# 三　叶

　　"遭路蛮有意思！"一个梦见自己返回青年且自称三叶草、三叶者自言着走在一条S形的陌生小路上。路边通宵超市便利店灯火通明，与不远处街灯一同照亮半截狭窄路面，照见路对面点炉子准备卖早餐的胖大嫂，更照见她那摊位旁边修车铺家那躺在木板铺台上酣睡的大黑狗。这黑狗肚腩上有一大块黄斑，全身像烧焦的黑炭，他走上去想看个明白，狗眼泛出一丝光亮，眨着，一开一合，似睡非睡的。

　　"还不如叫愣头青或三叶藤呢！"回到路尾住处照碗底水"水镜"的三叶搓着鬓角自嘲，但一想到梦里的自己终于变得有主见却也很欣慰。这里虽说没有他童年时的三叶草，却有满地青青绿绿的三叶藤。他觉得路边那黑狗似乎读懂了他，它那神兮兮的眼光似乎说看到他梦里见了谁。

　　…………

　　三叶在小本上涂涂写写画画的，时而探头窗外，他想画一幅爬满三叶藤的窗口，又想写一篇此时此刻的感受，却不知起个什么题名好，他翻出上一回写的《此时此刻》看来读去……

　　　　**此时此刻　流年水月真切时**

　　这一回你就把我当作一棵树吧！

我晓得你还珍藏着那张代表我的树风光图片，一张小小的……

谢谢你来这里看我！叫我阿树或自由子或从前的名字，随你心意。谁都以为我成为这座大崧山的永久居民了，我才不按世俗的意愿被移栽傻待呢！是风把你吹来的吧！好突然，好欣喜！风儿借着芦儿的车把你载来，我举目遥望，见载你的小车缓缓盘旋开上山，停在小半腰平台，芦儿走在前面，你们沿着笔直高耸的石阶一步步登上来，芦儿挺着微胖肚子一路喘气，还歇了几次。

你喃喃自语地反复说："能歇息这里蛮好！"像自述，又像是对走在前面的后生阿芦说，重复着，断断续续地，捧着相机时而拍摄，太阳躲了、神游去了，这大午后的还不见影儿。

这大崧山连同修建其上的这些门挨门户临户的梯形街区迷你屋被你分片划块地框入镜头。其实，这小屋墅子的我根本不住，那门上镶在透明白瓷圆镜内冷冰冰标签也只代表我那被尘染冰封的大半生………

你不言语了，你一定在想：这山还可以，这里的树或花草也还不错，很适合爱游走闲逛的我……

…………

阿芦这大后生感动不已，在亭子里抹热泪呢！

悲悲切切、凄凄美美、诗境画意的，此时此刻……

# 塔农松涛

神旅或笔游，成为三叶最新时髦话，因为他总被儿时伙伴阿缅"牵"着天南地北地遨游，说牵着，也不过是追寻阿缅的足迹罢了，多半是被写进作品里。

神旅在邻邦异乡的三叶这几天都在一条叫作塔农颂竜的小路上走来逛去，尤其是清晨，每当旭日用彩笔将天边那些起起伏伏高高低低的松涛树浪乃至掩映其中翘首探头的白楼红顶屋角涂涂染染时。不过那里的晚霞也很美，可夕阳霞光总不等他感知就近黄昏，还让他觉得窒息、炙热、疲惫，令他想到大半生的辛劳凄苦，还会使他耳边漾起当年街头知青们自编自唱的歌声："跟着太阳出，伴着月亮归……"虽说不曾干过"修理地球"的活，也没有被划归至下乡族。

颂竜路小得算不上当地所称的"塔农"，好在上班族此时还没有飙车"开路"，只有赶早的摩托车与红色小棚车"鲁蹬"不时抢道、兜圈、冲冲闯闯地从三叶身边飞驰，有人还冲他说了一句不合时宜的"纳——松——伞——"，引来一对金发碧眼的青年路人驻足凝视，还差点被另一辆冲过来的摩托车撞倒。

"'纳松伞'就'纳松伞'，本来就纳一辈子的松伞了！你们也还不成为'纳松伞'可怜的家伙了！"三叶看着一时走不过对面的洋青年自个儿说着，心中暗笑着，乐得自己把这句头天晚上在宾馆大厅里听来的"邻语、邦话"

活用了，虽说是一知半解，可这词句甚至称号很对准他的凄苦人生。

旭日从路口外大路塔农普嵩坍东头爬上来，在街边前前后后树浪云海里游游漂漂、跳跳跃跃、探头遮脸的，就在三叶一愣之间已走出云海，立在枝头、叶尖，照得这条小塔农里里外外的楼顶屋头紫紫红红的。三叶的思绪却游弋在阿缅笔下描写日出的诗词序曲里，及至其中的篇尾插图，几乎同时在他眼前闪现、铺开，那诗句一行行飘然飞来：

日出蕉丛间，蕉叶拂抚日儿脸
抚日脸，云头天边竖琴柔丝飘飘叶
…………

三叶诵诵吟吟忆忆想想，边想边迎着旭日向大路东头普嵩坍山脚走去，他巴不得自己就是诗中那享受蕉叶抚慰的旭日。普嵩坍群山整片成排的侧身蹲立于河道流水边边、路头，高高低低参差相连，一直蹲立到云海天边。三叶沿着山上车道细步慢走，经过一处别墅区和两三家宾馆，最后爬上一块崖头坐着，像儿时依坐在大鹏崖观古城那样四处观望、远眺、俯瞰，把这座方方整整的他乡城池尽收眼底，他还辨认出走过来的大路，从中找出细如树杈弯枝的塔农颂竜小路。那里的松涛树云叶浪已成为草芽菜花，而点缀其中的红顶亭盖楼房也犹如火柴盒积木屋。整座城池也差不多是这样，只是这一带树木比较多罢了，三叶在意的是这里有阿缅的足迹，虽说总赶不上、会不着。

# 阿 尼 亚

　　三叶左手提溜着红色塑料桶走出小木屋，踏上光溜溜的冰道河面，身边跟着小阿尼、海狮小弟阿尼亚。

　　"你看，阿尼亚好幸福啊，跟在这给大也次（Китáец）身边有说有笑的，虽然像燕同鸭讲！"守林员伊万大叔指着窗外对站在身边看同样"风景"的儿子阿廖莎说。这风景也着实把人感动了，因为阿尼亚这只善解人意的海狮与异乡旅客为友为伴走在这冰天雪地的荒野里，这大冬天的，连镇上人都不怎么到这里，竟然还有冰河对岸远方的客人来这里当候鸟旅居的。三叶才不管人们怎么看待或指称他，他喜欢这里的空旷和宁静，这通往大海的水晶玻璃一样的冰河，这满坡白雪皑皑的雾凇云杉。

　　"慢慢逛哟，阿尼亚！舀一桶水就是了，这日勿用捞鱼……"三叶低头笑着对用蹼脚撇撇划划慢慢移步的阿尼亚说着。阿尼亚似懂非懂地点点头，它从三叶手上接过水桶叼在嘴上摇摇摆摆地向冰河取水口直奔。"我都成为契丹人了，好古老哟！'给大也次'，听说这词是'契丹人'的意思哟，你们这雪国拉西亚们就是这样叫吾的。"三叶一边揭冰井大"锅盖"一边继续与阿尼亚絮絮叨叨。

　　"是马同鹿讲吧！燕同鸭还是同一鸟族呢！它们哪算同类啊！"阿廖莎突然想起似的喊了起来。"你发现新大陆啊，都傻看半天了，人家都打水回来了！"老伊万用手推推依然瞪眼看窗外的儿子说，其实他老人家也一动不动在看。

"怎么了,阿尼亚!眙着何乜（看见什么）?"看到小阿尼惊慌不安总往自己身后躲,三叶关切地看着它说。阿尼亚抬头指指小木屋门口,"一定是豆芽菜来了!"三叶想起什么似的,心中一沉。

"给你送吃的来了!"等在门口的菜农半老乡阿菜笑嘻嘻地指着鼓鼓囊囊大半蛇皮袋的农产品说着,还伸手拍拍海狮说:"这家伙还记仇!躲什么躲,又不是来了雪豹吃你!这一回不是来抓你,是想请你当明星,真不识抬举!"

"我吃的还有很多呢!"三叶说。

"怕我的货色不正?手勿净?人品有问题?还是有猫儿腻不安好心?是东家让我拿给你的土豆和红薯,你付了钱还不要啊!"豆芽菜抱起扎着口的大蛇皮袋子跟着进了木屋。"我同你商量个事啊,我……我……我想把阿尼亚培养成海狮乐队首席琴师!"阿菜吞吞吐吐地低着头说,见三叶没理会,他又说,"你又勿是它主人,东家都点头了!"

"你个菜豆,又钻铜钿眼!你折腾一屋子的海狮还勿够,还要打阿尼亚的主意!"三叶连训带斥地说。

"我都答应柳芭了,你就帮我一次吧!"阿菜可怜巴巴地哀求着。

阿菜躲债、逃追捕来这他乡异国当菜农已有好几年了,除了租荒地搭大棚种菜,也生发豆芽;从亲自劳作到顾人帮工,渐渐充大款,一会儿追镇上美发师柳芭,一会儿又是城里超市娜塔莎,这姐那妹的,他要打造自己有魅力有资本,必须干出一番惊天动地的事业,总不能永远做豆芽菜头被叫作阿豆或阿菜甚至豆芽菜、豆菜菜等。阿菜把阿尼亚看作救命稻草,他听说海狮经过培训能演奏钢琴,他深信已经有人驯出会弹曲子的海狮,他购置了一批清仓廉价电子琴,带人抓了一群海狮,训了大半年,可总不见成效。阿尼亚是阿菜亲自抓来当场从他手下逃走的,他更觉得阿尼亚有灵气,肯定行。

"去,去,去,种你的菜,淋你的豆芽去!看你把阿尼亚吓得不知往哪儿躲了!"

这天夜里阿尼亚推开柴房木门,钻出篱笆悄悄走了,它一步一回头顾盼这座亲切的小木屋,巴望着能再看一眼与之畅谈大半夜的人类好友三叶。

# 海风波尔卡

"遘（这）欢欢呼呼慨（的）浪头！逅（那）飘飘舞舞和水花一起拍打礁石上慨海带林！何乜人（谁）讲其勿是海风波尔卡？"坐在木盆船里观望远眺的三叶木然不动地被眼前的美景陶醉了。

太阳刚刚升起，在远远的水面天边的一座孤屿后边的彩霞里露出半边红扑扑的脸蛋儿。近海水面上木盆船三三五五地多起来，捕鱼的、养海带的开始出工了。这场景，不由得让他想到水乡河塘田间那些坐木桶采莲或摘菱角以及采茭白、水芹、芡实、慈姑等"水八仙、水八鲜"。三叶觉得前称或写法应该包括采摘者，海上这些在风口浪尖自如驾驭木盆船的渔民更可称之"水八仙"，不过这多岛海域没多大风浪，除非台风袭来、路过。

木盆船小小扁扁的，摇摇晃晃，三叶不敢站起来，一直端坐在船中间，也不使桨，只用双手划动，在岸边及至附近的小屿周边兜圈。一只信天翁从他头顶飞过，鸟翅如机翼盖过他的木盆船，这大鸟绕着小屿盘旋俯冲，将自己低飞的身姿写在有波纹有弧线的斑驳闪烁水面。

信天翁是奔小屿草窝喂鸟宝宝来的，这里是它的出生地，也是它找到伴侣的地方；午饭前，人们收工时，它早已喂饱了娇妻雏儿。三叶兜了好几圈，终于找到登上小屿的最佳处，上去走了大半圈，回来时还看到这只信天翁正张着嘴让伴侣为其拔鱼刺，还瞪了三叶一眼，好像说："看什么看，你们人类没有这样啊？"三叶拱拱手，说声打扰了，连忙退了回来，回到木盆船上用望远镜远远观赏。信天翁的邻居是一只麻点小花鸟，它在用一大堆花叶及小卵石、红果子等装扮它那像草棚的大鸟窝，可对树底草间近在咫尺的同类就是视而不见。信天翁夫妇站在家门口观望，一边彼此厮磨鹅黄喙尖儿与雪白脖颈，时而以鼓励与赞许的目光看着小花鸟，在它们看来，小花鸟这耐心或这两三天时间为求偶所付出的辛劳还远远不够，因为它们信天翁成家前要经历六七年的"考察期"。

小鸟与信天翁们的故事，让三叶想到这个岛上渔民中的老外姑爷、那民俗与海洋学家瑞典人汤尼，每天午后总能看到他在人堆里织网。汤尼不仅是织网能手，打鱼、养螺、种海带等样样都拿手，堪称水八仙里的一员，只是这里不用这词罢了。最让人们称道的是他以信天翁的意志和耐心赢得岛上渔家姑娘，找到自己的另一半。

水八仙们上了岸，个个是织网能手，人们围坐着同织一网，渔夫多过渔妇村姑，飞线舞梭的，梭子点到扁网格尺上哧哧嘀嘀的，伴随着海风吹动树叶的窸窸窣窣声，还有树上的鸟歌、田边的蛙吟等。三叶没有见过男人织网的，在三叶看来，这织网场景、这人与信天翁的共同故事等，谁说不是亦歌亦舞的波尔卡。

# 桑 德 拉

　　三叶到了这片辽阔的大漠边陲，连忙搭车去看响沙谷奇观，却赶上倾盆大雨，沙被淋得沉甸甸的，一时半会儿别指望能响晴起来，向导沙哈打开手机，找出一首叫作《桑德拉》的歌来来回回播放着，"桑德拉，桑德拉拉……"歌词总重复着，歌声起起伏伏，还有弦乐和葫芦丝伴奏声；听着，听着，一直听到冒雨黑夜赶回住地，竟不觉困顿和倦意，可一坐下来竟不知不觉地睡着了。

　　"啊，桑德拉的国度就是邋宕（在这里）！"梦里的三叶一下子明白了似的心里自喊。桑德拉的歌声在他耳边响起，犹唱犹吟，时近时远，像有人在近处山头吟吟唱唱。向导还是昨天那个沙哈，一会儿带他看沉睡在沙漠与荒草间的残崖石屋，一会儿拉着他逛热闹繁华的古国城池，还神秘兮兮地说自己是桑德拉派来的。

　　"桑德拉！算勿牢是……"梦里的三叶琢磨着。梦境像蒙太奇剪切片，大片里还有小片穿插、飞入；去过的地方或经历过的事，没见过的，书里读到的，报刊或网上看到的，童年的，往日的，飘来飞去，甚至还有远古城国邦邑战争场面、商贾驼队往来喧嚣，等等。"迄仍争争打打、吵吵闹闹慨和吾有关系！"三叶点点评评地说着，一步三回头，缓缓走出梦境里的梦境。一个熟悉的身影随着柔和的"桑德拉，桑德拉拉……"歌声飘然而至。三叶一惊一喜一愣，哪里还有什么人，连向导沙哈都不见了踪影；只有月光和晨曦争相将他走沙飘衣的身影投在有旋涡的沙丘上、稀稀疏疏的梭梭上、枯枝新芽上、开着淡紫色花的仙人掌上，皱皱点点，叠叠添添；这古装异服他乡奇景独游的，就这样飘飞悬走，走出梦境，走回醒来的自己。

　　天还不亮，三叶那开着灯、掀着门帘的帐篷在三三两两的大蘑菇屋帐篷旅舍群里格外耀眼。梦醒的三叶搓着有些僵冷的双手，坐在潮乎乎凉兮兮的地铺上望门外星空穹宇，一遍一遍回味他做了大半夜的梦，接着又突然站起来哼着记不全的《桑德拉》走出蘑菇屋小帐篷，跨过半湿草地，绕过敖包石堆，直奔扬着风沙雾浪的大漠，后边远远地跟着慢慢开车的向导沙哈。

　　"桑德拉，桑德拉拉……"的歌词唱句响彻大漠夜空，沙沙哑哑，苍苍戚戚。

# 蝉夏日序曲

三叶一踏入这座垂柳飘叶的水乡蝉都就感到犹如置身于一首夏日蝉歌，尽管还不是蝉儿赛歌的盛夏，可零零星星的蝉鸣更令他欣喜。他阿叶觉得一两只蝉鸣声更有诗意，或独唱或对鸣，就如他见过的画家阿祺笔下那些蝉，包括那幅《孤独的蝉》中那趴在树壑枝窝皱皮上鼓腹柔声细唱的蝉，虽说这画中蝉怎么个唱法或怎样的腹肌伸缩颤动也只是凭儿时的经验感觉。

其实那只蝉一点也不孤独，只是被画成主角罢了，画的右上角不仅有一听者同类，还配有诗句：

> 吱吱唧唧吟唱不已，每秒万次伸缩腹肌。
> 枝头声声意境禅机，生命升华盛夏在即。
> …………

画中那只孤独的蝉也像个多愁善感的思想者，它底下树根边的土块和落叶间有蝉蛹猴龟子破壳钻出，还有完全脱壳的"自由身"们在等待身子变黑，羽翼变硬可飞。

"有胆，有勇气就飞到迄个树头去寻其啊！隔远山叫慨叫来唱去，有何乜用？冇用慨！"走在护城河边的三叶自言着，显然他把眼前的蝉声树影与阿祺的画面糅成一幅更有想象空间的鲜活动画。接着，他又有所发现似的心里说了一句:"人也是恁款式!"蝉声吱吱唧唧,此起彼伏地响起来,树头、枝叶上的蝉们似乎异口同声地在如歌似唱地说:"知了,知了,你心里想的和写在眉间的,俺们蝉类全明白,都知了!"三叶抬头一看,发现自己被树和树上的蝉儿知了们包围了,竟毫无察觉,不知何时到了这个多树之园。

有人举着手机拍蝉,还有画蝉与景物速写的,三叶来回看着,他对面水心亭里一位画师正在用平头笔画翘首凝望的他。没多久,蝉声戛然而止,宁宁静静地过了一分半秒的。就在一声鸟叫、两声蛙鸣之后,蝉们如变了唱腔、歌喉、叫法,山呼般响地慌叫高喊起来。原来知了们在惊叫报警,一伙穿着蓝不拉几灰不溜秋工作服的人正拿着网兜和带耙的竹竿在抓蝉,蝉们除了声嘶力竭地惊叫,就是不飞不动地被一耙一耙地往网兜里刮,三叶走过去制止,叫他们不要拿蝉做菜,说蝉们是顽强神灵,讲它们好不容易在地下潜伏两三年甚至十多年才长成,就不要吃它们;对方一个啃着油炸知了猴串的瞪了他一眼,骂了一句他听不懂的话,三叶回瞪他一眼,走开了。"可怜的知了!"三叶一步三叹走出这个门口写着歪扭字的人造景园,这不同寻常的蝉声让他想到"羊在剪毛之人手下无声",更想到他自己;在他看来,蝉这样的哀鸣或羊那无可奈何的沉默,都不能自救,都一样任人宰割摆布。

"不尝尝我的烤蝼猴啊?"门口一个卖熟蝉蛹的小贩坐在担头扁担上,左手拿着箬笠当扇子,一边给自己扇凉风,一边向三叶招呼。

三叶摆摆手,嘟哝一句:"真煞风景!"逃也似的跨出园门,还唱起一两句即时改编的歌词:"我是一只孤独的蝉,飞呀飞……"是自嘲,还是自我欣赏?是反唱飞不起来的自己,还是劝说身后园里那些未被抓走的蝉乃至所有蝉类?是希望、是祈愿、是祝福?或只是使自个儿酷然,让听者飘酣?

# 欱藤㕷丝

　　树根无言却有语，这不由得让人想到结绳时代，在三叶看来树叶和飘动的气根都是风铃，是风的代言者，是歌手，是欱家，在风里欱出心声，㕷出哀怨或悲悯，乃至舞出与众不同的自己。

　　"这是第几圈啊！"梦里的三叶走在一棵大榕树边自言着，他记不得自己绕着这棵大树走了多少圈、梦了几多回。总之，在这树还没有子树孙树相连相依相伴相换扶时还围着它顾盼打转过几次；后来又看了它当年着地的气根飘丝长成榕二世子嗣，及至其子树飘根长出榕三世。这只是梦里的追忆，其实他没有看过有这么旺盛气根的树，更没有到过把唱歌叫作欱㕷的地方，他只是爱去友人辛达的微信空间罢了。世界缩小了，信息却海量了；有看头的少得可怜，不想看的如狂潮飙风随时随意闯入。辛达说，连这虚拟空间都被强占了，成为微户微商们的晒场和量贩台；晒姿，晒阔，晒富，晒显摆；晒感觉，晒人气，晒创意；拉票，贩药，卖保健品，贴时装，充文气，冒时尚，等等。"飘根们也在晒自己吧？"三叶看着枝头那一挂挂像晾麻纱、晒挂面似的飘根说。

　　飘根们，垂挂在树身高处的，大多扭成绳子麻花串串；矮枝上的都须须刷刷齐齐整整，还长黄白杈杈头，有些刷到他头顶，梳进他阿叶发间，或拂着他的肩膀，三叶感到一阵温馨。树身粗壮高大，中间还有平台，那里长着大叶子铁线蕨、凤尾蕨白脚鸡等。阿叶想到流浪者的树屋，以及童话里的树仙。三叶的梦境转入他与那住树棚子的流浪汉一左一右地走在一条他熟悉的小路，他问那人为什么没有屋子住，那流浪青年没有直接回答，却说，总见着他，是不是也没有家？三叶不知怎么说好，两人默默地走着，走到公园门口一个小吃店时，阿叶说了一句"我请你吃米面吧"才打破了沉默。"不用，不用，伲棚顶还有吃的！"流浪者方言重口音地边说边朝园门内的树屋棚子走去。三叶转过身，看着眼前疾步快走的白衣黑裤流浪小伙子背影，看着他攀着树杈钻进枝枝叶叶、破纸板旧塑料布片搭成的棚屋。他远远地看着那白衣小伙开始用早餐，只见他一边啃食塑料袋里的食物残末，一边探头观赏园门内广场左边花池前一大帮穿宽袖肥裤一身大红的"夕阳红"老阿姨的太极剑舞，看得津津有味，一副怡然自得的样子。"住树上，和鸟差勿多啊！还好，管公园的勿赶其！"三叶不无悲悯地心里絮叨着转身走开。

　　三叶闲逛着，越走越快，健步如飞地飘进另一梦境，与那里飘飞的气根在风里共舞同飞对吟互欲。那里的飘根们是真正的舞者、欲家；那唱腔，那舞姿，那向着旭日东方曲曲幽幽、圈圈卷卷，那如卷云似飞瀑；或耿直爽朗、冰清玉洁、如纱似丝，亦有飘飞柔姿！

　　…………

# 鹤　蕉

　　鹤蕉人都相信他们世代居住的这个鸟儿展翅形的岛屿小山包鹤兰崮"鹤礁"是彭祖时飞来的一对吉祥鸟鹤望兰，亦鹤亦兰，说是因为那对神鸟受了伤，流落在此地歇息生成此屿以及遍布岛上的旅人蕉科同名植物鹤蕉。这事，岛上老私塾大院里那当中学老师的昆山先生说得更玄乎，三叶就是冲这玄乎来的。至于鹤兰崮在什么地方或怎么个走法，来之前他一概不知，来了之后也没有弄清楚方向，只知道是乘坐成衣集团老总老同学阿发的小包机"大王鹤"来的，还穿了阿发集团最新设计的得体时装。一辈子都穿阿发送的压仓库底的"平民"样衣、夹克衫之类的人造纤维外套，这一回终于穿上还没上市的高档西式休闲服，而且还配了同样高级面料的裤子，乐得三叶感觉飘飘然。

　　阿发是为打造企业文化来的，他带来了助手、设计人员、随行记者、摄影师、雇来的广告写手等，一大班人马，说是要考察岛上服装的本土气息、古风等。小包机上那意为：鹤王发发"鹤W88"字样，也是来之前现"扮"的。

　　临时机场停机坪旁边是巨幅海报，三叶看到喷塑的大画面上穿休闲装的自己早已微笑着站其中，心里说句："哦，蛮清头慨！"说着，有点不相信似的睁大了眼睛。"你着这件衣裳比俺发还撑！"阿发那被叫作"阿锄"或戏称"俺蜜"的女助理笑嘻嘻地走过来飘他一个媚眼说，还故意用阿发他们当地表示美乃至合体的"撑"字。三叶装作没听见，转身自个儿观海景，心里骂了一句"妖里妖气"。他身后大树底下有人悄悄议论、向阿发打听，前者说："你同学真傲，不会是圣人吧！"后者说："还是早年慨样子，其读书做同学时节就怎款式！"又一个接着说："是羞涩吧！"阿发摆摆手，不想多说。随着一声"走啊，牵着'俺发'，跟着'俺蜜'"的招呼，大家不约而同地快步追向走在前头"开路"的阿锄。

大家分乘两辆敞篷车，一前一后绕岛盘山兜圈，三叶站在后边那辆车前头，巡视、浏览周边，凝望前方；把鹤岛礁屿那重叠的鸟身、鸟翼、鸟首等尽收眼底。天很蓝很圆，像个大锅盖，托着云朵，罩着远处与海水相连的群山，那里的云浓浓郁郁像群山，也像浪头。三叶的思绪随着眼前秀丽景色和车上讲解员小伙子那低沉声音讲述着凄美忧伤的鹤兰互变故事、鹤与宇宙天神的传说等等，听得思绪翻飞，直到车子开到鹤首形山顶住地前面的坭坪，接待人员说声"到了"时，才回过神。

"你的房卡！"阿发走过来把一张房门磁卡递给三叶说。"有伩是时间，慢慢眙，住几下日呢！"看着三叶没走出游兴的样子，阿发又多说了一句。

…………

三叶梦见自己走在红海边上，向导是一对叫作鹅兰与橙兰的情侣，男青年头顶盘髻、插鹅黄色鹤兰花形发簪，女子长发上别着橙色鹤兰花发卡，这发簪和发卡的形状和颜色让他想起客房里床头柜上花瓶里插的两枝相拥相依的鹤望兰花。三叶似乎一下子明白了，可自己是怎么去到那里，还是让他感到困惑，却也不敢问。

"你忘了我们鹤望兰也是鸟吗？是我们驮着你飞到这里的。""你不是很想用脚丈量世界吗？飞过红海、越过沙漠就是我们家乡，怎么样？跟我们过去看看吗？"小情侣走到三叶前面接二连三地说，好像知道他在想什么。

三叶一犹豫，哪还有什么小情侣，只有一对有花冠的鸟儿在他头顶匆匆飞过。

…………

# 麦　浪

　　三叶走在麦浪里，脚边、身后、头顶全是绿绿又金金灿灿飘飘舞舞的麦叶和摇曳的即将成熟的带芒尖刺刺的麦穗弯弯头。麦子种在山上，一绺绺的，风有点大，横过来斜过去地吹起大旋转兜小圈的麦浪，连同三叶没有系扣子的白色短袖衣衫，也跟着飘飘扬扬。"啊，吾成为《风的故事》里追风人伊文思了！"三叶惊喜却有点不敢相信似的说着，一边用双手梳理着被风吹得竖竖飘飘像火焰似的长背头发梢。他记得，追风人场景里的风还要大，那可是人工吹起来的。

　　风小了，阳光依然洒落。云飘飘散散的，如棉絮遨游在高空，只有对面天边群山峰头那里的云聚成一座透亮的白皑皑云山，还有灰蒙蒙的大朵积雨云飘过。三叶背后是更高的山，眼前山下平地是个小村庄，右边一小片山地刚刚收割过，躺着麦叶、麦秸，露着麦秆茬茬，一头牛蹲在田埂边苦楝树下闭眼休憩，三叶轻手轻脚地绕过去，生怕惊醒这老牛。走着走着，不知不觉又走到来时的原路。"这勿是头先迄条路啊！"总不走回头路的三叶心里一怔，猛然收住了正要迈出的右脚。

　　三叶感到双脚像挂了铅锤似的沉重，他想到书友阿坷的《游子之歌》，那歌词故事里游子自编自唱，就有走在麦浪里的情景。那是人人都会唱印度电影《流浪者之歌》的年代，三叶觉得自己很像那个黑黑瘦瘦的流浪者印度青年，尤其是20世纪90年代之后的他，只是不再年轻，且越来越"夕阳"光景罢了。阿坷总记得三叶白白嫩嫩清清秀秀时的样子，还问他怎么变成这副难以想象的模样，三叶总答非所问地哼起那游子的忧郁歌声，直到哼出泪光。

天气骤变，刮起大风，云雾弥漫，云山那边黑压压的，雷电像带火光的树根切入云山云帐，轰轰隆隆闪闪发亮，把云山劈成两半，随即雨点、冰雹大作。三叶蹲在一个站不起身的小泥屋躲雨、避风、观望狂怒的天空穹窿，看着龙卷风在麦浪上团团翻滚，卷起麦叶、穗头远去。

泥屋边小树枝头，两只小花雀叽叽啾啾地对歌吟鸣，听起来很像在唱"麦儿、叶浪，请不要忧伤，等待风儿把你们身上的雨水吹干……"

风静了，细雨和阳光一并洒落，对面山头露出半截彩虹，三叶折了一根被冰雹击倒的麦秆，做成麦笛"吹儿"，和着鸟鸣边吹边走……

# 遥远的桥屋

如果说所有廊桥或连屋带桥的建筑都可称为桥屋，那么三叶心目中那座石桥与木屋可归之后者。

桥不宽，跨在沿岸房屋稠密的小河上，稍有坡度、不规则的石板桥面；桥一边木护栏如长靠椅伸出桥外水上，同样风化古色原木柱子和板壁搭建的半爿糕饼店蹲在桥东头大半角，这桥上板屋一样吐露，成为水上吊脚楼，与两岸参差楼屋很协调。这桥屋成为三叶脑海里童年画面亮点，他记得自己与小伙伴阿舫去过那里，提着小篮子，打着伞，买那里有名的面食"开花包"。那是蒸素包，十字形切口微微张开，像一朵含苞待放的花蕾，白皮，淡棕微红内里。阿舫说，那是古久的事，还说他阿叶根本没去过那里，只是听多了，以为自己跟着去过那里。

"也对，那时还不曾相识！"三叶自言着，觉得也许是自己记混了。"'古久'？有偌久啊！"三叶学着阿舫的话音口语，似问若思。可想想又觉得不对，阿舫怎么说起另一种方言了，以前可从来不说这种话的。

"迄个桥屋还寻着勿？"三叶点开阿舫的微信留言说。"早早、冇、爻、罢！"阿舫一字一顿地说，接着两边都开了视频，阿舫说："你睄，佫桥屋古朴吧！"

"蛮古慨，就是忒冷清！"

"恁莘有意思！佮还古久！"

"佮和你冇关系啊!"

"寻寻感觉勿好啊!"

"迄个感觉一直幹(都)是(在)脑里,还用寻啊!"

"你眙遘桥头慨月光!"

"迄个雨中桥屋换成有遘宕有月影慨?"

"还可以雨过天晴啊!"

…………

视频变得朦朦胧胧,阿舫那边只有月光,三叶只看清那木桥和上面木板屋及后边山头的轮廓。

三叶那边也是桥屋,看起来很静谧。"汝迄边也是桥屋啦,有西母蜜名无?安怎莫行俍?"(你那边也是桥屋啊,有什么名字吗?怎么没有行人啊?)阿舫说。

"唔知影,佫啹唔来到!"三叶杂糅了方言说。

"汝安怎来到迄边!"(你怎么到那里的)阿舫问。

"抵步,跋拉来!"三叶连说带笑。

"汝会使讲邻邦话'抵步'啦!还有乡间话'跋',走几日几夜,走到遘宕啊?"一脸惊讶的阿舫大头脸占了三叶大半个手机屏幕,笑语飘了过来,然后是全镜头、慢慢远去的有水中倒影的桥屋。

# 西多河

无花果；永恒的愿望；麻雀广场；西多
河畔；永远的东屿

# 无 花 果

　　小时候我经常听到有一种可吃的无花果，但不知其味和形如何。后来有一天我终于尝到了无花果，其味甘甜清凉，细柔，胜似香蕉。其形圆，大于枇杷，成熟变软。皮色油亮，近于红紫，剥了皮即可食。

　　来到祖父母身边之后，我每天能看到生长中的无花果。每当打开侧门，那一丛丛长满鲜绿叶子的灌木便是无花果。平时我们习惯把这种果实和树都称作"无花果"。其叶宽大形似手掌，色泽犹如半透明的翠玉。当你不小心碰落一片叶子，或故意摘了一片时，那雪白而黏稠的乳汁就会滴落下来。要是哪个调皮的孩子用小刀在树身上划一刀，乳汁就立刻倾注出来。此时，你所闻到的清香要比平时浓许多倍。

　　无花果还是一些飞螟的诞生地和温床。幼虫在树身里面生长、成蛹，直至飞离，而留在树皮外的痕迹只是一个个小孔和一堆堆遗矢。然而不管被虫子咬得怎么样，无花果树还是照样生长。有的主干被咬得上下只连着一点皮，于是就地一倒便长出须根，扎入深土，生长如旧。

　　霜降到来时，叶子渐渐稀疏。立冬之后，无花果慢慢进入无叶期，但地下的根茎却无止境地延伸，早春一到便迫不及待地冒出新株，而所有的枝头也同时长出淡绿色的嫩芽。这时我们全家人无论分散在何处，都会心领神会地说一句："当无花果发嫩长叶的时候夏天近了！"春芽给我们全家带来了美好的希望，我们盼着：到了果熟的夏日，我们全家都能一同品尝这盼来的甘甜。

岁月在期盼中度过，一到深冬，我们总是怀着新的希望，盼着来年的春芽……

当叶窝里长出翠珠般的小果时，邻里伙伴们，从五六岁到二十来岁都忙碌起来；小的在后山腰选阵地、找石块、运黄土，晴天垒石碉堡，雨天糊黄土岗亭。

等到叶子茂密，果实长大时，小伙伴们也大功告成了。他们坐镇后山腰，居高临下，日夜坚守。小机灵们不时抛出大小石块，袭击一阵之后，见无反应便可蹑手蹑脚地潜进来摘果吃。至于那些大伙伴就无须花此等力气，只要早晚"打打游击"就能吃到无花果。

无花果收得多的时候，每天便晒一些作为干果吃。晒干以后，外祖父还会分送给邻里大大小小的"细儿们"（孩子）吃。当叫到他们的名字时，一个个都会应声而来，甜甜地叫一声"黄先生"，没叫到的也赶紧来报到。每人都分到之后，老先生提着空篮子微笑着目送篱笆外面那一张张满意的笑脸，看着孩子们把自己领到的两个干无花果紧紧地捏在手心，慢慢离去。当然，有时还可以分到一些葡萄干。

庭园消失之后，我还看到过几处无花果树，有时甚至特意去瞧瞧。然而我看到的不是修剪得顶天立地的单株，就是践踏得不成样子的散株。有的还把叶子打得稀稀落落，甚至连表土上的青草也要铲除殆尽。人们以为，这样会长出更多的果实，岂知无花果所需要的是让其自由生长的土地！

往日的无花果仿佛一直生长在我的周围，它还是那样茂密、翠绿，我时时都品闻着它那清新的乳香，因为它是顽强的精灵，是我赞叹的果魂！

（写于1986年秋，发表在越南《西贡解放报》2015年10月11日）

# 永恒的愿望

——致外祖父黄耀初先生

..........

昨夜梦里看到您正要搭乘司机朋友的车去看望包括我在内的儿女家人。您比当年高大、健朗。这位经常搭载你出去的友人，我以前没见过；他不像是你那些花木爱好者，也不像画友，可能是您后来认识的吧。这样也好，有他接送，您想去哪儿就不用愁了。

我看不清你是否穿夹克衫"JK"，你从前天天说："等到蒙难受苦的儿女归回，就要穿上JK，还要去上海公德明菜馆来两碗软的。"这"软的"也就是你特别欣赏的、老人能吃得动的、为庆祝美好的团聚才去吃的名菜喽！别说来两碗，就是让我请你去公德明吃20次也可以，可惜您早已安息……

见儿女、穿JK、去公德明，始终成为您强烈而美好的愿望。这愿望如同我作品中那蜜柑与黄岩橘的梦，很凄美。你就是带着这个愿望走的，在那非常年代也只能这样。

其实你离我们并不遥远，我那《默默的棕树》里就有你的身影，在《无花果》中有邻里心目中那位慈祥的黄先生；他们或是来看画、观花木，抑或只求两颗干无花果、几粒葡萄干，你总是笑吟吟地和他们分享。你的装束很有特点，中式衣衫加西式背心。你的讲话更有特点，温州味特浓，却又爱夹外来词，"水门汀""庚士林""JK"等等，有时还来点上海话。水泥水门汀是你用得最多的材料，修花尊花盆、拼假山。在你的修整下，那些陶盆、瓦罐，破的、好的都有了蛤壳外套，成为神态各异的漂亮"花尊"。而假山则更有情趣，那简直是一幅幅栩栩如生的山水画，又像微缩了的真山、活水。你除了亲手嫁接花木，也爱买"花"，记得有一次你去很远的地方买了一棵枣树，来回走了4个小时。那棵树比你还高，你扛着它走这么远的路，真让人心里不好受。还有，你平时买"花"回来总是悄悄地把"花"塞在篱笆里面，然后空手进门……

你吃得特别简单，蒸无花果、蒸银豆是你最爱吃的菜，还有自己种的番茄。你很会栽培种植，你种的南瓜，我们一家人可吃到来年春天。你还养金鱼、田鱼，甚至泥鳅，只是不再拿画笔了。那时你已是古来稀的高龄，人们说"老孩子，小孩子"，像你那样的年纪是爱吃零食的时候，我为没能赶上给你买好吃的而难受，更不用说能带你去公德明，或是接你到身边住，那样我们就可以一起养更多的花，探讨共同的爱好。

像以前一样，我还是叫你爷爷，这是我们家的"约定"，也是家乡人们对内外祖父的共同称呼。亲爱的爷爷，你离开我们已整整30年，我们家人团聚也已将近20个春秋，只是遍插茱萸少个你。我知道你还在努力实现愿望，想必那位司机朋友会继续帮助你。

梦里见！

向司机朋友问候！

你的外孙女 雅灵

2002年11月6日于邕城

# 麻雀广场

"你看，那一家又来了！带着它的4个仔。"说话的是一位穿天蓝色工作服的、大约50来岁的人。他是记录公交车流量的，坐在巴士停靠站近处的大楼旁边。每来一辆车，司机都拿出一个小牌，到他这里登记。只见他记完刚停下来的几辆车之后，就转身到屋子里拿出一个小布袋，从中抓出一把米撒在地上。"干吗把米撒在地上？"有人好奇地问。"喂麻雀啊！"他笑着说。"为什么要喂麻雀？"我说。"想喂，就喂呗！"他头也不抬地说。看着麻雀一家六口不紧不慢地吃着，这位"车记"那有轻斑、有微皱的脸写满了喜悦。"刚才给它们吃剩粉、肉末，它们不吃。"车记说着，镜片里双眼透出舒心的笑意。

"这里就叫麻雀广场好了！"等着建行开门的我，心里不知不觉地冒出一句。过街、对面是高新区创业大厦，公交大巴一会儿就是一辆，甚至同时到来好几辆。一辆黑色轿车开过来，正在地上吃米的麻雀从容飞离。我身后的银行早已开门，我竟毫无觉察。我走进去，伸手按排队机，出票一看，我前面已有十七人了。"不看麻雀，我肯定排第一了。"我自嘲地抽动一下唇角。还算快，没等多久就到我了。

从建行出来，太阳才照到巴士停靠站左斜对面的路口边上。那里，午后常常有一个白发、白胡子、白眉毛，连整张脸都红白红白的老寿星，他坐在人行道边，轻一弓重一弓地拉二胡。琴声细细小小的，不过即使他不拉不动也成为这条街上的别致风景。看到这个老人，我会想到另一个也在这条街上卖艺的、还不算太老的、来自山区的"小提琴手"。他总是晚上出来，坐在灰暗的路边，看着手抄的谱子卖力地拉着。有一次白天在市中心朝阳广场还看见他，我说："你在这里拉琴啦？"他一脸茫然。"想不起了？"后来还是想起来，他记起了那天晚上和他说话的也是两个人，我们还问他从哪儿来，晚上怎么住等等。他都一一告诉我们，他说琴是业余爱好，是自学的，退休了，出来给孩子挣点学费。我们刚好买甜瓜，我说："给你一个瓜吃吧！"说着就拿出一个也放在他那打开的琴盒里。在回家的路上我们还谈论这位琴手，想象着流浪艺人的生活。

走出建行，门口地上还有麻雀在吃米。不过，这米不是天天能吃到的，碰到不是这位"车记"当班，就什么也吃不到了。由于这里有人喂它们，这些麻雀们就会天天来，它们可能要经常失望，或连续几天毫无所获，这又不由得我想到那些坐在它们对面不远处的流浪艺人。

麻雀，小小的鸟儿，它们在地上或啄食，或只是走来走去，你不注意，什么也看不到。几乎没有人想到喂养它们，更没有人想到看着它们啄食是一种意趣，就像这位"车记"，他还能辨认麻雀家庭成员谁和谁是一家。

"车记"办公点是一张小课桌和一把木椅，直到今天我才知道坐在这里守候的是公交公司的人马，在这之前我们都以为他们是看管自行车和摩托车的，或大楼门口保安呢！因为那前面就是临时停车处，我们家还在那里丢过车，不过我那旧车"老牛"停那里都没事。

从建行出来，骑上我的"老牛"，悠出路口，拐进校园。盛夏阳光没遮没挡地直照过来，可我心里还是凉丝丝、清爽爽的。脑海里重播回放切换着麻雀广场上不同时间的特写动画：楼荫下麻雀一家从容地啄米进餐，夕阳下正襟危坐拉二胡的老寿星，星光下的小提琴手与琴声。麻雀们都被放大了，连一支支花翎都看得清清楚楚，那辆几乎压着它们的黑色小轿车小得如蚂蚱。老寿星的眉毛更长了，长得盖过他那微合的双眼。夜晚的明月更亮更大，照在那位孤独的小提琴手的脸上、琴弦上、手抄的乐谱上……

（写于2006年夏，童话《学府外街的麻雀》为其姊妹篇）

# 西多河畔

昨夜梦里我从文友柳姨的新居出来，我和她嚼着夜茉莉花叶一起在校园里漫步，边走边谈，不知不觉已走到西头水塘边。"咦，这'西多塘'怎么变成'西多河了！'"看到眼前变宽了的西多塘，我诧异地压低声音喊了起来。"什么西多塘啊？"她不解地说。

"那个水塘啊，我知道，知道，印象可深呢！"没等我说完，她就明白了，只是我写的那篇《西多塘》她没有印象，都怪我没有念给她听，书是拿到医院给她的，我总想等到她有精神时给她念一些，可就是不得时机，直到她那生命灯油一点点耗尽……

梦里，侵占了整个水塘的大马路及路对面那一幢幢拔地而起的高楼都不见了，西多塘不仅恢复了原样，甚至还变大、变深、变美，变得四通八达了。"这里真好，是应该保留这样的好地方啊！"我们不约而同地说。

塘中间那一条我把它叫作土梁的土堤没有了，堤上养鸭人家的那棚屋却搭在一排浮竹上，与各种各样停在当中过夜的船只挨着横在水面，犹如北仑河上的"国境线"。一条满载榴梿、撑着半边绿布棚、船头画着两个大眼睛和一个锚鼻的小货船突突地响着开过来，船上的人看见了站在水边的我们，就端起一个榴梿递过来说"喏哦"，我左手捂着鼻子，右手摆着说："空替嗑安，空陌尔。"她说："这是什么话啊，像对暗号呢！"

我说，是外国话，这些都是这一近邻国家的船只。于是我们的话题又转到我那篇《跨国河——北仑》，讲北仑河上的情景，讲我怎样写、怎么去拍摄插图，以及讲登载这篇的刊物，等等。我们沿着河边走边谈，直到望见河对岸的小山头，我说，我们走到北仑河了，那山头就是我插图里的那个，"既然走路都可以到这里，那么搭这里的船就可以游咪托了。"说着，我们往回走，我讲述游咪托的经历，还约定第二天一起游咪托。

我们一起往西门方向走，奇怪的是走到尽头都没有什么学校西门，新路及路对面那些刚刚建成的和建一半的高楼大厦都不见了。只有半塘照见人和树及茅草的清水，树那边又是从前那比这边小水塘大几十倍的大水塘，近处那条将大水隔成大河面和小溪潭的横土堤变成竹排与船只。这"西多塘"不仅变回来了，而且还变大，成为"西多河"了。

"西多塘"是西乡塘的误笔，我就收到过这样地址的信，这倒是应了西大水塘之多吧！大礼堂两边的水塘、菜市周边的水塘、老外语楼通往文法楼的桥两边那掩映在竹林旁的水塘、超市与新开辟的老露天剧院公园之间的水塘、中加学院与君武楼之间的水塘、西区的水塘、东校园的水塘，等等，无论是过去养鱼的还是现在种荷花的，我都不大喜欢。我最欣赏的是北区的西边尽头那杂草与树枝间看过去、水边上漂着水葫芦的那个大水塘。近处的水是深绿的，有点浊。远处的水却清清的、平平静静的，水面宽宽长长，当中有一道不到1米宽的土梁或者叫作土渠隔着。近处与远处也有土、石、泥，块块条条、似隔非隔地围成一个四四方方的小水塘。

靠北头的土梁上有一个用木板和席子搭成的小棚屋，那是养鸭人家的住处。梁那边的水面上，雪白的、半大的鸭们三三五五地游着。棚屋的破旧却透出朴实，偶尔从屋里传出几声狗吠，走出个把大人、孩子。人的倒影与棚屋的倒影同时映入水中，与水面的白鸭组成静中有动、动中有静的画面。

那水塘是公有的吧，我不知道它有几分之几属于学校，至少近处小半个水面应该是西大的。水塘很深，水面离岸上就有一人多高，岸边与低洼地上树木、杂草千姿百态，有直直高高、叶儿细细的，有粗粗壮壮、弯弯曲曲的，有大枝大叶、倒向水面的，应有尽有。树叶的颜色也是各种各样的，墨绿、花青、淡紫、粉红、奶白、橙黄、杂色花叶，等等。有的嫩叶就像红花，有的花却像叶子。矮矮的金橘树上挂满了圆溜溜、金黄色的果实与茅草使劲儿钻出藤叶刺刺草丛，争先照看自己映在水面的身姿……

　　可惜这样的大水塘被新路和路边楼林"吃了"！

　　"它没有了！连名字都还没给它起上就没有了！"更别指望能从这里梦游邻国景点咪托！

　　…………

写于 2008 年 11 月 20 日

# 永远的东屿

东屿，是我好友林妹妹爱娥的家，也是我的另一半家。那木楼老屋，那后来建的已经变旧了的新屋，那屋边树荫下的小河，那房后的稻田瓜园，已成为我记忆里永远抹不去的倩影和一幅古朴恬静的水墨画。

春三月，一个阴雨绵绵的上午，我有幸赶在它被夷为平地之前看了它最后一眼。小路还是上次看到的样子，河还在，老房子或路边那些后起的半新屋也都还在，只是路的尽头多出两幢遮天蔽日的未完工的高楼。

阿妈病得不轻，多半是被这场强制的大拆迁给闹腾的，那里的居民们正被逼着限时搬离，好像还不给搬迁款或安置费，且拆屋赔偿也不合理，不够买那高楼中的一套居室，等等。阿爸在里屋、厨房之间来回走着、忙乎着，他正在为一屋的老家当发愁。"这老床还勿晓得匡（放）若宕（哪里）！"他说着，看着那张老木床，一脸的无助和无奈。面对那张用了一辈子还依然坚实厚重的镂画刻花的旧木床，还不知可搬到哪里存放，而且还要拆了才能搬运，"拆了，也只有我会装，别人都不会……"阿爸寻找办法，求助似的看着我和爱娥妹妹说。阿妈说："这木箱子也挺好的，还有旧壶老罐什么的也不能丢！"

拆床，可是一件力气活或大工程，尤其是对70多岁的老阿爸来说。记得上次我在阿磊弟的厂房里见到他时，他赤着脚高高地骑坐在楼梯头的风墙上，我看了害怕，叫他下来，免得摔着，他笑笑，依然稳坐不动，那样子显得比实际年龄年轻许多。我还梦见阿爸因劳动过度脚趾受伤，但实际情况是因近年脚痛，走路有些不便，可见这梦与看到和听到的有关，尤其是他在风墙上的"特写"印在我的脑子里太深。

阿爸还是那样会烧菜，我和爱娥妹妹走进家门时，中午饭已经准备好了，烧好的菜，一盘盘，整整齐齐地摆在桌上，阿爸知道我爱吃鱼，还特地去买了鱼和鸭等荤菜。得知他老人家脚难受，还又买又烧地做给我们吃，心里很过意不去。吃饭时，他还在炉灶边忙着给阿妈做不放酱油少放盐的"清淡鱼"，同时还时而走到桌边劝我多吃。"姆，鱼趁新鲜，多吃伢……"阿妈也走过来，不仅劝吃，也把关，看是否有听说是用不利于健康的药水泡制的现买熟菜。阿妈看着我和爱娥妹妹进餐，一边等着她的清淡菜，叫她躺在床上等也不肯，她那几天都卧病在床的，见我这个"姆"回来就立刻起来了。一个总在外面漂泊的孩子，偶尔回家，她怎么会不在旁边多看几眼呢？"姆，下遍（次）狃能格（何时）走来啊！下遍带阿姆来啊！"阿妈说着，笑着，脸一舒展，变年轻了。是啊，是要常回家，更应该带孩子"阿姆"常去看望。

做姆的感觉真好，被护着，疼爱着。在阿爸阿妈眼里，我还是孩子"姆"，甚至更小的"姆姆"，尽管连家里最小的兄弟阿磊小弟都有自己的"姆姆"了。时间一晃就是二三十年，当年我与爱娥结识时阿磊弟弟还是个小姆姆少儿，那时当姆的，大大小小都还在家，吃饭时围满一桌。阿爸阿妈把我当作自己孩子"姆"，爱娥和弟妹们视我为手足，阿姊阿姊地叫得我心里暖融融的。有几天不去，阿爸阿妈和弟妹们都会想念我。我在东屿附近上班时，阿妈叫我每天中午都回家吃饭，后来搭食堂，阿妈去那单位找了我好几次。家里经常养着鱼，等着我回去吃，那是大弟从河里捉的。没鱼时，阿爸会叫大弟立刻去捉鱼。阿爸是煎鱼的能手，每次都亲手煎给我吃。有时我也跟爱娥妹妹去田头给阿爸送点心，看着他吃完，然后把空碗收在篮子里，一起拿回家。下午一起复习功课或看各自的书，晚上如有课，爱娥妹妹会提前准备晚饭，我们提前用餐之后一起去学校。一路走一路聊，也骑车或推着走到学校才知道走了好久。放学也是这样，一起走着走着，不知不觉地走上东屿那条小路，于是姐妹俩这一夜又挤一小床一起休息。有时爱娥妹妹也来看我，甚至还会带地里种的豆角等给我，那真是雪中送炭。在我那段过于艰难的日子里，东屿家里给予很多很多的温暖。那是超越世俗或亲属的"家"的温暖，我有幸得到这样的温暖，永远感怀这样的温暖。

我没有看到成长中的小弟阿磊，30来年后我才见到已经成人做"大事"的他。阿磊小弟开车载我去看望朋友，阿姊阿姊地既亲切又细心。途经平阳麻步，先去小弟的厂子停留用午餐，阿爸阿妈还有爱春妹妹的孩子都在那里，我又吃到阿爸做的美味，还和阿磊小弟去附近山上摘了半麻袋野桃子，山路不好走，小弟一路关照，生怕我跌倒磕碰的，让我再次感到手足之情怀与温馨。从那以后，与阿磊弟有了联系，再次回温州时小弟和爱春妹妹请我们一小家在一家酒楼与阿爸阿妈、爱娥及各家孩子们一起欢聚，大家围坐一桌叙旧，其乐融融地共进午餐。

有一阵子，大弟振林也住东屿，我还见过他一次。平时那里只有阿爸阿妈住，记得有一年我带孩子去看望时，阿妈与外婆都卧病在床，连叫门都很难听到，叫了好半天，阿妈扔钥匙下来我才开得门进去。这次跟爱娥妹妹回家看望，又见阿妈病得不轻，心里很难过。

下午爱娥妹妹还要带阿妈去看病，我赶紧告辞。出来时，阿爸阿妈依依不舍地送我到楼梯口。爱娥妹送我到巴士站头，有好几路车都有东屿站，我反复看着车牌上这两个熟悉的字——东屿，以后可能只有这个站名留下，只要这条大路不变。唯有这车牌上的字能见证了，在这牛山斜对面，从这个三岔路口的边角走进去，就是东屿，那里有我淳朴的家，那错错落落、聚聚合合的屋宇，那稻田、瓜地，那户户家家。

后来听爱娥妹妹说，我回来没过几天，东屿就被所谓的大开发吞噬了。

一阵哀伤涌上心头。往日的东屿不断涌现、聚合、凝固，浓缩成心中退不去、抹不掉的永远鲜活的东屿。

写于2012年3月

# 童言写真

废墟下的梦；学府外街的麻雀；企鹅岛
与144同胞；古越会稽峰；瓜洲燕屿；猴子
阿城；小象阿为的乡愁；猛犸那遥远的家；
僳哥傩弟；葡橘溪埠；云雀三牵；窗花纸鸡
的除夕狂欢夜

# 废墟下的梦

"没有地震！根本没有地震！那只是梦，不是真的……"梦里的小凯一边画画一边自言自语。他在画好的一座座小楼房和小平房周围画出整洁的石板路。"路面石缝里应该有草，路边、房前屋后要有树……"他说着，用画笔在颜料盘里蹭了一点半干的绿汁在画出的一块石板上点了几点，还没等他点完3个小点，青草就长了出来。"真是神笔啊！那画画树看，路边要画高大的，房前屋后最好是果树。"小凯用画笔比画着，寻思着。正要转身去拿另一支大画笔时，所有路边、屋旁的树都长了出来，一眨眼就长成了大树，整条石板路和地面都长出了毛茸茸绿莹莹的小草。"好神奇呀，比电脑'复制''粘贴'还快！"小凯正这么想着，他妈妈从他画的一个院门里走过来，小狗卉卉也跑了过来。"歇歇吧，凯凯！该吃晚饭了！"妈妈走到他身边说。"对了，还要画动物……我的牛呢！"看着身边的妈妈，小凯似问非问地说。

小凯梦见自己太累了，在石碫上坐着打盹儿，他做起了梦里的梦，他梦见自己和家人正在吃饭，一边吃饭一边用筷子比画着、设计着，"刚才那些画里好像还缺少点什么，还有给打柴姆姆设计的房屋和院子还不够好，也还没有画，哦，有了……"这时他家的牛在栏里"哞——哞"的长鸣起来，小凯端着饭碗向后院跑去。牛的头伸出半高的小栅栏门冲着他蹬着小腿，"要出来啊，等我吃完这点饭就牵你溜达去！"小凯扒拉完碗里最后一口饭，把碗搁在豆角藤叶凉棚底下的大水缸盖上，牵起大母牛花兰兰迎着夕阳从后院向清池泉方向走去。

　　清池泉是一个大水库，这里有山坡有麦田，是小凯和伙伴们最爱来的地方。平时夏天里几乎天天有小男孩们牵着自家的牛来饮水，给它们擦洗身子，打理完牛之后就一边游泳一边看着牛们美美地吃着池水边的嫩草。梦里的小凯牵着花兰兰哼着歌从麦田旁边的开阔地向前走，已经变熟了的麦穗及麦叶让金色的夕阳照得黄灿灿金艳艳的，这些穗儿和叶儿在微风细细柔柔的吹拂下欢快地摆动着，曼舞着。"凯凯和兰兰来喽！"小伙伴们远远地招着手，欢快地喊了起来。邻居家的小喜一边抹着脸上的水一边跑了过来，"我知道你们会来的！"喜喜拍拍花兰兰那宽宽大大的可以坐三个人的花牛背兴奋地说。

　　一阵山摇地动的余震把小凯震醒，他发现自己躺在黑咕隆咚的废墟里，他的一只脚被凳子和凳子上面的水泥板压住动弹不得，抽也抽不出来，他听到小狗卉卉微弱沙哑的叫声，"这声音是从左边传过来的。"他侧着头下意识地听着说。"卉卉！卉卉！"小凯使劲儿拍着左边的混凝土硬块和碎渣。一丝光亮照了进来，他看到歪倒的桌子旁边躺着的正是胖子小喜。"胖子做好梦呢，让他再睡一会儿吧！"看到满脸是笑打着呼噜的小喜，小凯伸出的手又缩了回来。

　　"亮光这一边是出去的方向！"小凯这么想着，他伸手去够压在他脚上的凳子，够着了就拉凳子，可越拉压得越厉害，后来他摸到一条断桌腿总算把那只脚挖了出来。他还把透光的小孔捅大，成为一个通风口，他把自己身边和小喜身边的碎块捧起来，从通风口扔出去。大的、扔不出去的就堆在一边，他把小喜叫醒，两人一起干。他们一边清理歪扭的空间，一边打"土电话"，双手做成喇叭放在嘴边喊："喂，有人吗？同学们，你们在哪里……"

　　"喜喜、凯凯，我们被压在大坑里了！我、小蕊、奕奕、青青、小闵就在你的脚底下！"一阵微弱的声音从一块断裂的水泥板下面传了过来。小凯和小喜一边安慰小伙伴们一边找钢条和粗一点的棍子什么的想撬开水泥板。他们一边找一边继续清理空间，把找到的书包和散落在地上的本子、笔、课本，甚至还有两片饼干、一根棒棒糖和半瓶凉开水摆在一块桌板上。

　　两个小伙伴找遍了所有角落都没有找到可撬水泥板的棍子，脚底下的地又晃了起来，通风口外面的光亮也没有了。于是小凯和小喜就翻起一个个书包，看看能不能找到手电筒，还真摸出了一个，他们打开手电一照发现水泥板裂缝变大了陷了下去，在窄的那一边翘着形成了一个洞口。"同学们有救了！"两个小同学兴奋地喊了起来。

　　洞口刨大了，同学们一个个被拉了上来，他们围坐在一张小床那么大的空间里分吃着一根棒棒糖和半片饼干，然后轮流编故事说笑话，最后大家实在困得坚持不住了，就靠在一起打盹儿。

　　不知睡了多久，一阵刺眼的白光把小伙伴们弄醒，光是从通风口及旁边的缝隙照过来的，水泥碎块和断裂钢筋条泛起了强烈的白光，紧接着地就摇晃起来。"趴下来，大家都……"小凯喊了起来，话还没说完，他就感到脚下的地迅速往下沉，往下就什么也不知道了。

　　小凯昏睡过去，他梦见再次大地震。地面上的人、动物、树木花草，还有他画出来的房子及画中的一切都有了"浮力"。人们、动物们、房子、树木等都飘浮在空中，等到震过之后又飘落下来，各自找到恰当的位置。人们几乎没有伤着什么，个别动作慢一点的也有碰断了手或脚，甚至头的，但这些断手断脚和离开肢体的头都是活的，它们跳跳蹦蹦地找到自己的身子，立刻接上了。奇怪的是这些肢体从断开到自动接上竟没有渗出一滴血，没有感到一丝痛。看到眼前没有废墟，而是生机勃勃又美丽的情景，人们惊呆了。

　　所有景物都根据震后地势凹凸情况重新布置，高地成为山头，低洼地变成湖泊。小凯拿出画笔指指点点，他已分不出哪些景物是他画的，哪些又是本来就有的，因为他的画都成为实物了，他觉得该修路或架桥的地方就用画笔比画几下，于是路、桥，路边的树甚至电线杆和漂亮的路灯都有了。

　　这时前几天出来砍柴的大妈扛着一根头上缠着绳的扁担走了过来，小凯立刻想到还没有给她画房子，于是他迎了上去说："姆姆，你不用打柴了，我给你画柴，画房子，画鸡鸭，画鱼，画牛羊，画稻米……"大妈眼睁睁地听完眼前这个陌生小男孩的话，不信似的摇了摇头，她快步向前面的小山坡走去。她那皱纹颇多的脸在阳光的斜照下泛起了油光，还有她那把别在大筒裤腰带上的镰刀反射出熠熠光芒，与她的那深蓝色的大襟"本装"上衣及同样深蓝得近于乌黑的大裤子成为鲜明的对比。"这景色真好啊！蓝天、白云、青山和湖中的绿水，像一幅美丽的画，还有从画中走来的这位姆姆。"小凯望着已经走过去的村妇背影说着，眼睛最终停留在阿姆那两段缠短辫子的粗粗的红头绳上。

梦中美丽的景象一晃而过，可梦却没有完，小凯感到自己还蹲在一个黑咕隆咚的大坑里，他听到了一阵阵细细小小的谈话声，可一点也听不懂。"好像不是人在说话呀！"正这么想时，听到有人大声对他说："你不是有神笔吗?"那人把"吗"字说得特别高声，他听到了远处的群山有无数个"吗"字的回音。"对啊，我有神笔。"梦里的小凯赶紧找出那支画笔，他在自己两边耳朵里各画了一圈，成为一副小耳塞，于是马上听懂了，原来是一只猫和一只老鼠的对话。

老鼠说："你怎么不吃我了?"

猫说："别提了，就因为要吃你，追来追去，追到这个屋子里，才被压在这里出不去了。"

小凯想看看会说话的老鼠和猫。"要是有一枚能发光的镜子就好了！"说着就拿画笔在自己的左手背上画了一个大圆圈，他伸手一晃，还真的照见了，他看到一只黑白相间的大花猫慵慵懒懒地侧卧在碎砖头上，前后双腿并拢、伸直，像一个倒放的小板凳；一只小黄鼠躺在它的怀里，头枕着大花猫那双摆起来的前腿上。

猫说："早就听癞蛤蟆说要地震，它叫动物们远离人们的房屋。"

小黄鼠说："我早就有感觉了，只是不把它当一回事，要不我们去找找那只癞蛤蟆，听听它还有什么说的。"

猫说："人都出不去，我们更出不去。"

小黄鼠说："人才笨呢，动物都知道要来地震，还向人们发出警报，他们就是听不懂，看不明白。"

猫说："你那么聪明不是也被压在这里！"

小黄鼠说："你弄错了。我是来找东西吃的，我已经三天三夜没有东西下肚了。我看你也饿得肚子扁扁的，要是平时，我敢躺在你身边吗？谅你连吃我的力气都没有了，看你孤零零地蹲着，奄奄一息的样子挺可怜的，就留下来陪你！"

猫说："你在挖苦我，你对我还有戒心，都到这个份儿上了……你找到吃的吗？"

小鼠说："我闻到了饼干的香味，可我不忍心翻出来吃，那是这些小孩的救命粮食。就只有一片半，那是他们前天省下来的。他们还不知道装有这一片半饼干的书包还在离他们不远的地方呢！唉！人们啊，人们！还不如我们鼠类有发达的嗅觉，有挖洞的本领呢！这区区一个坑算什么，爬到上边打个洞就可以出去了……"说着说着，大花猫和小黄鼠都打起呼噜酣睡了过去。

大花猫开始说梦话："咪咪，我的宝贝女儿，你终于回来了，我以为再也见不到你呢，都是狠心的人们把你送走，他们不只送走你，还送走一个个你们的哥哥姐姐……"说着，它把小黄鼠一把搂了过来用脸蹭，用舌头舔着。小黄鼠咧咧嘴笑了："当一回猫的女儿也不错嘛！"它慢慢地从猫怀里倒退着爬了出来，在泥粉和碎渣里又滚又蹭的，好像要把猫口水或猫气味蹭掉。"猫和老鼠还挺有意思的！"睡梦里的小凯自言自语地笑着，他站了起来用脚轻轻地碰碰小黄鼠说，"蹭什么蹭呢，当猫的干女儿还不好啊！走，到你干妈那里去！"

"多管闲事！我是在洗泥澡呢，你以为我在讨厌猫啊！"小黄鼠气嘟嘟地说。

"都嚷嚷什么啊！"大花猫揉揉睡眼说，"赶快想办法出去吧，待在这里谁都要憋死、闷死、饿死的。"

小凯听呆了，"不行，我们得想办法出去，猫说得对。"他推推身边的小喜说。"凯哥、喜喜你们有办法了？"听到动静，小蕊、奕奕、青青、小闵他们都爬了起来，挪着身子凑过来说。"我们踩着肩膀搭人梯，看看头顶上哪里可以打开出口的，刚才小黄鼠讥笑我们不会打洞呢！"小凯看着大家说。小喜立刻蹲下来，"我胖，我在最底下，你们上来吧！"小喜朝伙伴们招手说。"不，不，不用了……对，对，画梯子，我不是有神笔吗，干吗不用它呢！"

小凯说着，拿出画笔比画着，只见眼前脚底下一个立梯破土而出，然后越伸越长，闪闪发亮地立在他们当中，小伙伴们先后走上梯子。大花猫和小黄鼠走在最后，它们顺着梯子的边边慢慢地往上爬。而梯子也在往上延伸，直到顶出一个大大的窟窿冲出废墟外面。

　　救援人员及震后余生的人们都奇怪地围了过来，看着这支从废墟中发亮的梯子上安然无恙地走下来且后边还跟着一只大猫和一只小鼠的小队伍。"你们怎么有这样的'神梯'啊！"人们不约而同地说。"还有神笔呢！""他还听懂动物的话呢！"小喜和奕奕一前一后地指着小凯说。"你会画手吗？"一个躺在路边等待救治的断了半截胳膊和手的伤员抬起头呻吟着说。"画画看吧，把你另一胳膊伸出来，我照样画！"小凯说着，比画两下，还没有画，胳臂和手都长了出来。于是人们纷纷挤到小凯身边，有父母、亲人、孩子罹难的还要求画出原先的真实的亲人。小凯说："这可有点难哟，我不知道你们的亲人长什么样子的，那我握着你们的手一起画吧！"

　　人越挤越多，大花猫与小黄鼠也被看作英雄，人们争着抱它们，把刚刚分到的食物拿出来招待它们。小凯想到还是给人们画耳塞要紧，"那是翻译机啊，有了这样的耳塞，再来地震人们就可以安全、提前撤离了。"小凯拿着大画笔指指点点地说："都别挤，排好队，一个个来！"小喜和伙伴们从地上随手捡起烂木棍、断树杈当作指挥棒维持着秩序。

　　小凯梦见自己给家乡的人们都画了耳塞之后还真的避免了一次强烈的余震。从那以后，他就经常被人们请去画耳塞，他的工作时间表是按预感到的未来地震时间的先后排列的，但这只是他自己的秘密，他不想告诉别人而引起恐慌。这样的预感是他戴上耳塞时才有的，那是他画的第一副耳机，他试过别的他后来画的，都没有这种功效。梦里的小凯还亲眼看见过一次有准备的地震，那次他给一个从未发生过地震的镇上人们画耳塞，画完最后一个，没多久，这些有了耳塞的人们就听到动物们发出的地震预报，有青蛙发出的与平时不同的呱呱声，有狗的警告和哀鸣，有鸡鸭的惊恐声，有牛羊的忠告，甚至还有虫子的凄凉哀告。人们放出栏里的牛羊，院子里的鸡、鸭、猫、狗让它们自个儿逃生。村民们扶老携幼走出家门，走向田野，走到空旷处避难，青蛙早早地等在路边给人们指路，狗、牛、羊走在最前面。

梦见自己又醒来的小凯很难过，因为他是要留在那里用画笔给人们修复原来家园的，却醒来了。"再睡，再睡就可以走进刚才的梦乡了……嗯，对了，还要想办法让那里的人们、动物们、房子、树木花草等都有'浮力'。要不，给人们和那里的一切都画些备用的升浮气球，最好是无形气球或浮力标志什么的，可这样的气球或标志还从来没有画过，还不知管不管用呢！"想出画"浮力"气球的办法让小凯兴奋不已，他决定试试看。"啊，终于有办法了！"梦里的小凯手舞足蹈地哼着牛背山歌渐渐进入了梦乡。

小凯迷路了，他找不到刚才的梦乡，而走进一个大都市里了。这里的人们对地震漠不关心，只有郊外的地震研究所里还有几个研究人员无所事事地坐在电脑面前像那么回事。小凯还以为他们在查什么数据呢，走过去一瞅，原来每人都在"Q聊"，有人还打开视频，有的低着头在键盘上使劲儿"打话"，有的打开语音通话器，细声柔语地"说着话"。好不容易等到其中一个人停下来，小凯说自己是地震灾区来的，而且还有一手绝活，可谁也不相信。"不信，我把他QQ屏幕上的朋友画给你们看！"说着，小凯就把窗边那位小青年的女朋友画了出来，画到最后，点黑眼球时，那女子微笑着走了过来。几个研究人员都看傻了眼。他们立刻跟小凯一起，开展模拟地震研究。小凯画的隐形浮力气球和浮力符号让他们的研究有了生机，还有他带来的"动物地震预感观察仪"和"动物、人、机互通耳塞"等研究项目都让这个研究所一下子蹦到世界领先水平。

研究所当天就有了起色，小凯急于要走，他要回去救小喜他们，还要组织、帮助大家抗余震、重建家园等。此外，小凯还要给国内其他地方的人们，甚至周边国家的人们画耳塞和浮力符。研究所全体工作人员一再挽留他，说要给他专家待遇，要给他最高的工资、房子，还要把他父母、家人的户口从农村迁到这个大都市，甚至保送他上少年大学。"别犯傻了，孩子！你上完了大学，还可以在这里接着读书、接着工作。咱研究所，按照现在这个研究水平，完全可以办硕士班、博士班，甚至博士后研究基地。在这里，你什么都解决了，不是很好吗？"所长苦口婆心地握着小凯的手说。

梦里的小凯连头也没有回就走了，他没有被这些优厚待遇所动，他想着的是救人和让所有的人都能免除地震的危害。快走到车站时，研究所的那位最年轻的小奇哥哥开着大卡车追了上来，车上还坐着他的女朋友和他的大学生弟弟。他们是要去当志愿者的，车上塞满了食品和药物，车头、车尾、车身都挂满了支援地震灾区的红布横幅，沿途有人不断加入，人数越来越多，他们有的爬上小奇的大卡车坐在货物上，有的自己开车跟在后边。

这支以研究所为首的救援队伍浩荡地奔赴小凯的家乡，赶到那里时，小喜他们早已被当地的消防队员救出了，人们正在清理废墟和安置灾民，伤员们都送到医院和救治点去了，那个要小凯给他画手和胳膊的也挂着志愿者胸牌在人群中忙来忙去，他一眼认出了小凯，拉着他的袖子说："快，快去医院，有很多伤员因为肢体坏死要被截肢了，你赶快去，说不定还有救，就是被截掉了什么，你的画笔也有办法。"这位被小凯救治过的志愿者伸出自己新长出的手拽着他的袖子急切地说。

小凯醒了，原来是小喜扯他的袖子，"凯凯，醒醒啊……我、我只有一只手了！"小喜断断续续地说。小凯抓住小喜的肩膀顺着他的胳膊往下探，碰到了左胳膊凉凉的翘出来的骨头和冰冷的只连着一点皮的黏黏糊糊的半截胳膊和手。两个小伙伴抱在一起哭了起来，"奕奕、青青他们呢！"小凯发现身边只有小喜，他着慌似的喊了起来。"我醒来的时候就不见他们了。"小喜难过地说。于是小凯这里踢踢那里踹踹，希望能听到什么反应，踹到一个角落时他听到有泥沙滑落的细小声音，"有可能在这底下！"小凯说着蹲下身子，用手敲敲地面，侧着身子让耳朵贴上去听动静。可什么也没有听到，他又踹了几下，到第三下时只听咔嚓一声脚下的地沉了下去，小凯想抓住什么而不让自己溜下去，却已经落到下面的坑里了。

"或许奕奕他们掉到这里了！"小凯抽动他一只被什么挂着的脚说。

小凯掉到下面的人堆里了，"这是谁的头发啊？"他顺手拢了一下扎他手的理得特别短的"半寸头"说。原来，奕奕、青青、小闵等都在这里，他们横七竖八地躺着"谁啊！谁、走、走到我的梦里啊！"奕奕揉着眼睛有气无力地说。"谁都不要睡了，睡过去就完了！"小凯推推这个、扯扯那个说。

大伙都醒了，"凯哥，我们出不去了！""凯凯，我们怎么办！""凯凯，我那只胳膊臭了！"小伙伴们你一句他一句地冲着小凯说。"能出去，出得去，就从我刚才掉下来的地方出去，去到上面一层再想办法！"小凯语气坚定地说。

可是从上面溜下来的那个出口已经堵塞了，他们只得寻找别的出口，找来找去，却找到了好几个书包，还发现有一个拐弯抹角往上倾斜的小通道，那里有一丝小小的风吹过来。他们朝通道口使劲儿喘气、呼气、吸气，然后蹲下来翻书包，想找到吃的东西。"咦！炒黄豆耶！"青青在一个书包的内袋里翻出了一把香喷喷的豆子兴奋地说。于是每人拿了两粒在嘴里嘟着、慢慢地嚼着。

通道侧面露出一截断裂的水管，水时不时地、一点半滴地流着。小伙伴们嚼了豆子，又喝了水，顿时觉得精神百倍，像食了仙丹一样，他们弓着腰用脚踢，拿手扳，想把小通道口弄大，小凯拿着木条又敲又捅地钻进小通道里探虚实，出来时他抱着一团脏兮兮的被单，倒吸着一口凉气惊恐地倒退着走了回来，因为他发现里边还有不知多深的大坑。

小伙伴们垂头丧气地蹲着，"有办法了！"小青青拍着自己的膝盖说，"凯哥不是捡到一条被单吗？把它撕成一条条的，然后接起来，一头拴在这边的断水泥柱子上，另一头拴在我身上。有了这样的"安全绳"，我进去仔细看一看就知道怎么办了！"

四五个孩子七手八脚的，一下子就把这条被单撕成布条。很快，一条"安全绳"固定好了，伙伴们抓住团在石柱边的布绳，一点点松开，直到紧紧地绷在柱子上。好大一会儿不见小青回来，大伙心里正捏一把汗时，只听"嘭"的一声，布条断了，连头都找不见了。"不好了，青青一定掉进坑里了！"小凯牵着奕奕的手摸摸索索地向小通道走去，却与往回走的小青碰个正着。

"我给你们架好了安全索了！"小青说，"我看好了，过了那个坑风越来越大，从那里一定能出去。我在坑外边绑了两圈布条，你们抓牢它小心翼翼走过去没事的。"小青蛮有把握地说。

　　小喜不知什么时候又昏睡过去了，伙伴们只好架着他走，他们还把几个书包全背上"带出去交给他们家里人也好"。小凯心事重重地说。他们扶着"安全索"低头、弓身沿着坑边一点一点朝进风的方向移步、挪脚。通道变得弯弯曲曲，越走越低，后来只能趴着爬了，到再也不能爬时他们听到了叽里咕噜的说话声，说的是听不懂的外国话，接着又听到几句口音很重的普通话："这里有生命迹象，往这里挖！""这铲子不管用，要用大机器！""不行，会伤着人的，用手一点点挖……"几个不同口音的救援人员你一句我一句地说。

　　一股热风吹了过来，"好哇，这里就是出口了！"小凯用指头弹弹吹进风的破木板，一丝阳光从木板裂缝照了进来，他看见自己头顶架着一块断裂的水泥板，而那木板旁边是一堵散裂的墙体，他使劲儿一踹，"哗啦啦"，碎石、泥渣一个劲向外滚，"外面的救援人员快跑，别伤着你们，我们要出来了！"冲在最前面的小凯一手挡着外面的强光一手护着自己的头大喊着跑了出来。

　　救援人员和围观的灾民们惊愕了，采访人员、摄影师记者们五六个人全冲上去抢镜头，镁光灯噼里啪啦不断地闪着，十几个话筒争先伸向这几个从废墟里走出来的小少年们："请说说你们的经历！""请讲讲你们这时的感受！""说说你最想说的……"

　　"别拍了，别问了！"由两个小伙伴架着的小喜有气无力地摇着唯一的一只手说。"我们什么也看不见，别挡路，让开，让开！"奕奕用肩膀挤向记者群说。

　　"我们连说话的力气都没有了！"少年们不约而同地说。

　　这时终于有人回过神来，"担架！快来担架！"地喊了起来。医护人员把受伤的胖子小喜抬走了。担架由四个白衣护士抬着，奕奕提着药水吊瓶跟在旁边，他们越走越快、越走越远。小凯瞪眼站着，他心里很难过，"胖子那只胳膊都臭了，只连着一点皮，到医疗点，医生肯定要把它剪下去的。"他自言自语。他想到在梦里自己有一支神笔，什么都能画，可走出梦境走出废墟的他却如此无能、无奈。

　　往救助点去的路上两边都是倒塌的房子、断椽、残壁，破烂门框、窗架，露出钢筋的断水泥板，等等。满山绿树的群山变得光秃秃的还飞沙走石。还长着青菜、谷物的田地裂成段段块块的，又有深沟又有浅壑。太阳高悬在离山最近的那座歪斜的只露出两层顶层的楼房上空，在这片废墟里这座唯一没有倒的还很新的、刷得很白的本来是有八层的楼房是如此的醒目。小凯一路看一路想，"爸爸妈妈、奶奶他们不知道还在不在!""还有卉卉，花兰兰它们……"

"前面低头寻什么的人很像那个姆姆!"小凯走过去一看还真的是她，还穿那身衣服，只是不扎红头绳了，扎的是两段比原先的红头绳宽两倍的麻线。

"姆姆肯定失去了亲人，要是我真的有一支神笔就好了。我给她画亲人，画房子，画房子里外的一切。我还要给这里所有的人画出比以前更美丽的家园，画他们的亲人……对! 还有浮力气球、浮力符……画好多好多能防震的什么……"小凯被自己的想象和这些天的梦中的情景陶醉了，直到一个志愿者大哥哥把他们领到一个大棚子里，他才回过神来。

# 学府外街的麻雀

"妈妈快醒醒，天亮了，写着两个弯钩钩的大车开过来了！"小雀阿四从它妈妈的翅膀底下钻了上来，蹭了一下它妈妈惺惺忪忪的睡脸说。

麻雀们早已习惯了这里的车流声，不管有多吵它们都睡得甜甜酣酣的。52路巴士从府外街尾猛开过来噌的一声在蜗牛小广场外边的站点停了下来，车上只有两三个乘客，车上走下一个瘦瘦高高的年轻一司机，他手里拿着小本子向建设银行大楼这边走过来。8路车的司机也走了过来，他们一起走向车流登记点……

"咦，是方伯坐在那里耶！"小雀阿四和小三从两个"月亮船"上探头说。

方伯的办公小桌子就在3个"月亮船"之间。3个"月亮船"就是3个字母"C"，也就是"China Construction Bank（中国建设银行）"里的3个字母"C"。小雀们喜欢这一排突出来的洋字，它们蹲月亮船"C"的边边，坐大椅子"h"，跳房子"n"，啄大虫虫"S"或啃字母"i"上的小点点"大米粒"，开心极了。它们看方伯办公，看他在桌面上的大本本上写写记记的。它们看急匆匆来来去去的车流，看不慌不忙的行人，看街头偶尔的演唱会，看蜗牛小广场上的太极拳脚或舞剑的、舞花扇的，也看路边拉琴的，特别是或听或看那位红脸、白发、白长眉、白胡子的老爷爷"白鹤仙翁老人"拉二胡。

巴士一会儿一辆，或一次来好几辆，有停在三竿旗大楼前的蜗牛小广场边的和建设银行大楼这边的，司机们都会来到"车记"方伯这里登记。过了上班高峰期方伯会立刻想到给雀儿们喂食，每当这种时候麻雀们就像过节一样，它们跳跳蹦蹦地飞下来在地面等着，通常都是鸟妈妈领着小鸟儿来"赴宴"。

"瞧，这一家子，妈妈领着4个仔来了！""车记"笑眯眯地看着吃米的鸟儿对一个注目观望者说。"刚刚给它们剩面和肉末，它们不吃。"说着方伯又从塑料袋里抓出一撮米撒下去。一辆小黑车急匆匆地开过来差一点压着一只小雀，吓得那位"注观者"捏了一把汗。小黑车一停稳，麻雀一家又开始吃，它们在黑车底下及自行车或刚刚停下来的摩托车之间穿行着寻找被这些车挡起来的米粒。

太阳从建设银行大楼背后爬上来，从交通银行大楼顶的左上角照过来，对面的百川大楼以及它前边的蜗牛小广场与周边的树、铁围栏等，乃至半条府外大街路面都沐浴在暖融融、亮亮灿灿的阳光里。

蜗牛小广场就是珍珠小广场，只是里边珍珠蚌顶着珍珠的雕塑看起来更像蜗牛罢了，这里的铁围栏有好多砖砌的柱子，每个柱子上是小招牌，分别写着"城乡便捷酒店"和"睡觉的好地方"，做的是一家广告，反反复复，写的就是这么几个字。铁栅栏的左角靠近大学府正门的地方挂着一大条红布横幅："和谐社会……"横幅底下就是老乐手"老仙翁"或叫作"老白鹤"的二胡演奏点，也是52路巴士停靠站。

不到中午阳光就爬满了字母"跳台"的角角落落，冬日里的这时候小雀们会在这里睡一个长长暖暖的午觉，然后起来飞到对面的树上听白鹤老爷爷的二胡独奏。"这里有鸟儿在招呼我们！""琴声里有我们的同类耶！"小雀们听着，说着，呼应着，它们都认为琴声里有很多很多的伙伴。老仙翁拉《春江花月夜》《梁祝》，也拉阿炳的《二泉映月》或别的民族乐曲，拉得如痴如醉时就闭上眼睛。这时小雀们会飞来查看，老爷爷身边的小箱子里的"花纸片片"有没有多起来。它们看到等车的、过路的，那么多的人从老人身边走过，都看不到有人往小箱子里投花纸片的。

它们不知道老爷爷拿这些花纸片做什么用，只知道老人家需要这些纸片片。"怎么办，我下去数了三遍还只有三张片片，一张淡绿花纸片，两张不紫不棕花不溜秋的小小纸片片哟！"小二说。"爷爷拿纸片片做窝啊？我们给他多衔一些树叶就可以了。"小雀阿四说。"纸片片能换到吃的，我看到有人就拿一些纸片片换到面馍馍呢！"小三说。"那老爷爷肯定不够用！"老大低着头沉思似的说。小四连忙飞出去找纸片，它看到平整的好看些的都捡来，它还找了一些刚刚落下来的小叶片和大叶子。"大的长的可以垫在窝里睡觉用，小的圆圆的可以换吃的……"小四絮絮叨叨一趟又一趟地往老乐手的小箱子里运送这些纸头和叶片片，每投一次都叽叽咕咕地说道一番。小三专门去捡漂亮的纸片或发亮的金属小圆片、雪糕纸、棒棒糖纸、金属亮片、镀金或镀银的塑料纽扣，等等，它都捡到老爷爷的小箱子里。小二和老大也去找纸片，它们专捡银行储户们刚刚丢出去的排队号票，它们觉得这样的小纸片平整。

老乐手看到身边小箱子渐渐地满起来，他感到特别欣慰，太阳下山了他还在卖力地拉他的二胡，一直拉到天黑时他才收摊。他把小箱子里的几张小钱理了出来，把废纸、树叶片片等统统倒在附近的一个垃圾桶里。这一切都被蹲在树上的4个小雀看得清清楚楚，它们伤心极了，不知怎么帮老爷爷好。"难道他发现有什么不对劲儿而不领情或他不想要别人的施舍，他只要听者给他一点点辛劳回报？"老大分析着说。"那好办，我们明天约很多很多的伙伴来听他演奏，听完之后在他的小箱子里投纸片或树叶片片什么的。""当然，也可以投食物。""好吧，就这么办，明天起大早去约伙伴们来听！"小雀们你一句我一句兴奋地说着分头准备去了……

第二天鸟儿们做了充分的准备，它们把捡来的纸片、树叶等运到离听曲子最近的一棵新栽树的防晒网上。午睡后，鸟儿们像人们赶集一样往老乐手白鹤仙翁这里赶，它们嘴里叼着纸片或树叶，身上藏着米粒、花草籽等先围着老人低飞，然后蹲在旁边的树杈上，等老人拉完曲子收摊时它们就飞下来投纸片、树叶、米粒或种子，甚至还有小虫子。老乐手吓得拼命收摊，他伸手在小箱子里扒拉几下抽出几张钱，把剩下的又统统倒在垃圾箱里。"这怪老头儿怎么一点也不领情呢？"小三气得大哭起来。"至少米粒可以拿回去吃呀，方伯不是拿自己吃的米给我们吃吗？"小二不解地说。"什么？怎么回事？"请来的雀儿们挤到小二、小三身边打听着说。"走啊，凑什么热闹，当心被人们捉去吃了！"打头的大公雀大喊一声，领着一帮鸟儿全飞走了。"我们想别的办法吧！"老大说。4个小雀蹲在枝头上商量，最后它们一致认为要先弄清楚老人从小箱子里拣出来带走的纸片与倒掉的纸片有什么不同。第三天小四它们又分头行动，只是不请外边的鸟儿帮忙了。老大指派了任务，它清一清嗓子说："兄弟们听着，我和小二负责观察两家发放花纸的三月亮船大楼和蓝眉大楼，小三和阿四逛馍馍店和水果摊、水果贩点，午睡前开总结会。"

指派完毕，老大和小二飞到建设银行前边的交通银行，它们在办公大厅的窗边低飞着，在手里拿着本本和票号坐等的排队者座椅底下的地面上溜达着，然后飞到柜台边观望。出来之后又转回头飞到建设银行里面转一圈，它们发现这两个地方都有透明的投花纸片的箱子，它们看到箱子里花花绿绿的纸片都快满了。这时走来一个小伙子，他看看自己手里的号码票，又看看显示屏，一看排过头了，便随手把号码票丢在门口的垃圾筐里，然后去门边的排队机上摁出一小张白纸片。小二眼睛一亮，"我把他这张捡来投一投看！"小二说着就衔起这张小纸片往箱子的小口塞，没对准掉到地上了，它又捡起来正想往那里塞时有人喊了起来："鸟儿来献爱心喽！""鸟儿也来均堇（捐钱）啊！"坐在前排的一位和站着等的说着都走过去瞧新鲜。小二见来人，它紧张得哆嗦起来，嘴上叼的纸片又掉到地上了。"坐下来！坐下来！别耽误鸟儿献爱心了！"后排的人站了起来说。"歇末（什么）爱心？一姜积片（一张纸片），又不细秦（又不是钱）！"一个矮矮胖胖的、地方口音很浓的、站在最前面的汉子瓮声瓮气嘟嘟囔囔地坐了下来。小二兄弟俩带着这张小纸片逃也似的飞了出来，它们直奔前面的交通银行……

这一次它们还没等人们注意到就把这张小纸片投到捐款箱里了。"确实不同啊！"小二看到它投进的这一张在那里特别显眼，那里面没有一张与其相同的。那两个考察面包店的麻雀兄弟也回来了，它们都有收获。

它们先蹲在面包店外面的树上观察，然后各捡了一张花纸片学着人们那样到柜台买面包，可是它们站在柜台上等了好久就是没有人理它们，最后被一个顾客小姐看出来了。她笑着说："鸟儿来买面包喽！"她一说，选面包的人都围了过来。卖面包的也笑了:"你们也来买面包啊!伪的莫海秦(不是钱),细(是)纸片,秦细决样积的(钱是这样子的)。"一个女店员又是普通话又是白话,"不普不白"地说,她抽出一张五毛币在两只小雀面前晃了一晃,还摸了小三一下,吓得它们赶紧飞回来。

"我们弄清楚了,人们用来换馍馍和果子的花纸片真的与我们捡的那些不同耶!他们把这样的花纸片叫作'秦'或'堇'与三月亮船大楼和蓝眉大楼柜台上透明箱子里的花纸片片是一样的。我还看到一个从三船大楼里出来的人直奔馍馍店,拿出一大张红色的有人头的花纸片换回一大堆馍馍,还加上好几张花花绿绿的纸片呢!"阿四兴奋地、一字不停地说。最后它们得出结论:叫作"秦"或"堇"这样特殊的花纸片或金属小圆片是人类做出来专门换东西用的。"我们可以拿东西换这样的花花纸或亮亮片啊!"小三说。"对啊,我们可以采集小野果、花草种子跟人们换堇堇纸和亮小圆堇堇哪!"阿四抢着说。"好是好,可是人们不会拿堇跟我们换东西的,我们蹲在路边呆呆傻傻的,人们还一把把我们抓去换堇呢!还有那么多车子,随时都能把我们压死……"老大边说边摇头。"那我们先跟方伯换呗!"小二闷声闷气地说。"我们还可以把方伯给我们吃的米存起来送给老爷爷呢!"小二接着说。

一连几天方伯给麻雀们喂米,它们都不吃,而是一粒粒拾起来装在一个捡来的手机小布袋里。它们还在方伯办公桌旁边地上摆摊,一张张刚落下的杧果叶上摆着一小堆一小堆的草籽、花种、小虫子等,还有一堆堆野花。摆了好几天摊都没有人看一下,车多、人多时它们就得赶快撤、快快躲,飞到字母台上远远照看着。司机们到方伯这里登记也会无意中把麻雀们的摊子踢翻,等人走了它们又慢慢地捡起、摆好,一连几天都是这样。方伯怎么也看不明白,直到有一天他看见小雀阿四把一张旧兮兮、皱巴巴的一毛钱叼到老乐手白鹤仙翁投钱的箱里,他才明白麻雀小兄弟们这几天的异常行动都是要帮助那位在街头拉二胡的老人。

"怪不得那张被人们踩来踩去脏兮兮的钱不见了呢,原来被它们捡去了!"方伯心领神会地挤着右眼看着街对面说。"没有捡出我们那一张耶!"阿四兴冲冲地飞回来说。"我一直没有走开,投了这张堇堇之后我还悄悄地投了两张树叶和一张花花的糖纸。收摊时他把树叶和糖纸都捡了出来，就没有捡出这一张。我知道了，我们这一张就是董董哩。可有意思啦，今天下午……"阿四滔滔不绝地说个没完。"我们帮了忙了！""我们认得秦秦、董董了！"以后看到地上有秦董都要捡起来送给老爷爷啊！"麻雀兄弟们你一句我一句地说着、跳着、欢叫着。"你们都嚷嚷什么呀！"麻雀妈妈不解地说。小二贴着妈妈的耳朵嘀咕一通，只见鸟妈妈频频点头，最后它说："孩子们做得对啊！白鹤老爷爷是好人我们应该帮助他！""妈妈赞成喽！""妈妈夸我们喽！"4个小雀围着它们的妈妈转起了舞圈圈……

三船大楼或三月亮船大楼就是建设银行大楼，它还真的像一艘大轮船，这样的"船"就停靠在府外大街口的拐角处。它高高的主楼远看就像一张高高的大风帆，它还有圆圆的船头和宽边厚沿的甲板，"船头"那里垂着一半牙边布帘的窗口一个挨一个的，晚上鸟儿们就住在这些窗口里边。那里有空着的不知做什么用的房间，有体育器材齐备的健身房，还有叫作"美容SPA"的瑜伽馆。鸟儿们睡沙发，趴地毯，爬健身器械，钻呼啦圈，玩累了便倒地一睡。住在三船大楼里的不只是阿四一家，还有小焕焕、小青青、小月月一家等，它们都是府外大街的前身甘塘坡的老居民，这里本来就是小雀儿们的家，是它们祖祖辈辈生活的地方。

小雀阿四这一代对家园的概念已经非常淡薄了，只听它们的长辈们描述过，那是一片美丽的树林和田野，是水草茂密的地方。说到它们的家园，那就要追溯到它们上上辈十几代以上，那时这里是菜地，周边有参天大树，有它们叫作小河的水塘，没有任何屋子，更没有这样的楼和路，是人们把这片美丽的地方变成拥挤的高楼和繁杂的街区，是人们吞食了鸟儿的家园。

"好美啊！老爷爷拉的就是咱们家园以前的故事，有大树、有小河、有水草、有鱼虾、有跳跳小虫的地方啊！"麻雀妈妈蹲在枝头的最外边，闭着眼睛听着曲子对孩子们说。听了老乐手的曲子或远远地听到他的琴声，阿四它们有时还会羡慕琴声里的鸟儿，特别是街对面大学府里边的鸟儿，因为那里树多。"要不，我们搬到石山大学堂里边住吧！""那不是见不到方伯了！""还有寿星老爷爷呢，谁帮助他啊！"麻雀兄弟们犹犹豫豫地说。

老乐手要收摊了，他已整整拉了一个下午，阳光早已退去，街灯一盏盏亮了起来。晚风吹起老人背后栅栏顶上挂着的那条变黄了的"和谐社会……"横幅。

"石山大学堂"也叫"四石柱大学堂"，或"换门大学堂"，因为这个大学府老在换门、移位；换门的同时也往外移门位、阔道，于是换一次大门就要"吃掉"一大片树，直到吃掉门口所有的树和两条水草茂密的、从校门到外边大路的"护路小河"。

不只是这样的大门在吃树，它里面的那些拔地而起的楼房也天天在吃树，所以每当麻雀小兄弟们嚷嚷要搬到石山大学堂里头住时麻雀妈妈总会说："就待在这里吧，石山大学堂天天在吃树呢！"可不是嘛，它里面那个有那么多大树的花园就眼看着被它这座对着大门的牌楼式的、作为门面的教学大楼给吃了的。

"要不，我们说服方伯和寿星老爷爷跟咱们搬到远处的田野、乡间？"小雀阿四看着下班正骑车离去的"车记"方伯，深思熟虑似的边说边同兄弟们向三月亮船大楼窗口缓缓飞去。

# 企鹅岛与144同胞

"企鹅们又来这里大联欢了！"看着成群结队的企鹅迈着稳健的步伐从远处赶过来，还有一点视力的大鲁咧咧他那皱皱巴巴的歪嘴说。企鹅们越聚越多，它们迅速不断地变换着队形，队伍像三色飘带斑斑驳驳地在雪地上滚动。那端庄的黑背、黑翅、黑尾宛若一件件黑斗篷披在它们身上，衬出更雪白的身子。那一缕缕镶嵌在企鹅们的眼睛周围与耳朵下边的鹅黄绒毛，由浓到淡一直延伸到脖颈与同样的另一边相连接，如护眼，似耳套和浅黄丝带，看得144同胞们眼花缭乱。这里是这些企鹅们的出生地，它们每年都要来这里繁衍后代。"有一对确定关系走出来了！"老大鲁激动得像个小孩子，每当有确定关系从企鹅大群体里双双走出来的他都要喊一声。

大鲁是最年长的，他们来到企鹅岛已经有好多个年头了。他们称自己为十四万四千同胞，是"余剩的民"，是幸存者。可不是嘛，添上岛上这些数都数不过来的企鹅，可能还不只十四万四千呢！确切地说，他们是核试区劫后余生中逃出来的幸存者。他们现在只有144名同胞了，包括抢救出来的大花猫阿菊、小黄狗阿勇、机灵鬼千年龟阿望、老山羊阿杏，还有路上跟过来的"风水牛"阿甲、"槟温猪"阿曼、"衍葛猴"一家等。

他们是从核试区逃出来的，那里本来是个美丽的地方，有着好听的名字叫作"苏芬娜半岛"。自从他们的国家在那里进行核试之后，人们就把那地方叫作"核试区"或"核死谷"。

169

每次核试之前当地政府都动员他们撤离，甚至叫他们干脆搬走，再后来禁止住人，可那里是他们的家园，是他们祖祖辈辈居住的地方。他们只是在每次核试之前逃到边远山谷，过后又回来，可谁知那爆炸起来的蘑菇云是会跑的，特别是最后这一次，跑出来还是躲不过。那蘑菇云就从他们的头顶跑过，山上的树，还有他们脚边的青草都像烧焦了一样。

"鲁爷爷，你哭了？"看着一手在右眼上搭凉棚，一手抹眼角看着企鹅的老人，小布点杰西拉拉大鲁的胳臂说。

大鲁什么也没有说，他还是瞪眼看企鹅，看着它们友好地走在一起，看着它们相识、相知、相爱，乃至看着它们恩恩爱爱、不吃不喝、寸步不离地守在一起"度蜜月"以及怎样分工养育后代。

企鹅们的到来给这片冰天雪地带来了生机，它们聚在一起唱歌、说悄悄话，大鲁跟着它们唱，听着它们聊，他能听出企鹅的种种歌声、语句，欢愉的，离愁的，送别的，相思的……

企鹅们生活的每一段经历都让大鲁他们感动，生了蛋的企鹅妈妈们已筋疲力尽，它们不得不与自己的丈夫暂时分离，回到比较暖和的有食物的地方；而企鹅爸爸们则留下来孵它们的鹅蛋。企鹅丈夫们小心翼翼地用嘴从企鹅妻子身子底下把自家的蛋宝宝划拉到自己的双掌上，兜在它们那毛茸茸的孵囊里，然后开始孵蛋。

企鹅夫妻们一对对依依惜别，母企鹅们两三步一回头，直到什么都看不见。气温急剧下降，公企鹅们还是没吃没喝地站着孵自己的蛋宝宝，它们只有挤在一起取暖，它们越挤越密，越挤越紧，可谁也不会把谁挤倒或踩着谁。"人还不如这企鹅呢！"每当看到这样感人的情景，老大鲁、小杰西或小巴提他们总会不约而同地这样说。

大鲁他们各自想着心事，"不知哥哥他们现在怎么样了，邻居们又怎样了！他们都没有逃出来啊！"小巴提自言自语着。触景生情，大鲁想到他那个跟杰西的父亲去迈卡朝圣被踩死的儿子，在那次踩踏事故中死了好几百人，大鲁的儿子与杰西的父亲都被踩死了，巴提的哥哥是上火车时在月台上被人挤倒、踩踏成重伤的。

"即使逃了出来也已经没有人样了!"站在大鲁身子后吃冰糕的风水牛阿甲不温不火地嚼着冰糕、吐着鱼刺说。"就是哟,看我们有鼻子、有眼睛、有耳朵、有完整的嘴巴,吃什么都香、听什么都明白、看啥都清楚。"同样吃着冰糕的槟温猪阿曼挤着眼说。"就这冰糕他们饿了还不是照样吃,他们除了丑陋及还能站立之外跟我们动物还有什么区别?"变性公猴阿跃嬉皮笑脸地说。"什么没有区别,他们变得还不如我们呢!瞧他们这一身皱皱巴巴的厚皮,黑不溜秋、紫不拉几的,连身上的绒毛都怪怪的,长长短短,稀稀拉拉的。"母猴阿球不冷不热地说。

"闭嘴!猴妖、母太监、同性恋凑成一家的,同病疯牛、口蹄疫猪穿一条裤子的,都来吧,我跟你们拼了!巴提、阿勇、阿杏、阿菊,你们都给我上啊!"杰西气喘吁吁地喊了起来。

"嘻嘻!'穿一条裤子!'你们人类才穿裤子、衣服呢!瞧你们现在的样子,还有资格跟我们说三道四?"风水牛与槟温猪望着远处的冰山拖着长音异口同声一字一顿地说。

大鲁、小杰西与小巴提他们不约而同地把自身看了一遍,又互相打量一番,"可不是吗?大家都长了绒毛和厚皮,要不早就冻死了。"3个人会意地点了点头。"不,不对啊!动物们怎么会说了人话的?它们成精了呀!"杰西像突然发现新大陆似的说。

杰西和巴提怎么也想不起来动物们是从什么时候开始说人话的,从核死谷逃出来时这两个小男孩还不到大鲁爷爷的腋下高,20多年来他们没长多少,看起来还是小孩,不过他们和大鲁还算幸运的。其他一起逃出来的人早已不能说话了,天冷的时候他们都躲在冰屋里烤火、烤冻鱼吃,实在没有东西吃的时候也出来捡冰糕吃。所谓的"冰糕"就是结成冰块的企鹅或海狮们的粪便。大鲁经常领着杰西和巴提还有小茂茂他们一起捡冰糕,主要是做燃料,也做鱼食。他们在冰屋里养海鱼、海虾等用来过冬。阿甲、阿跃它们还在水池里种海带、海草。

天灰蒙蒙白乎乎的,企鹅们还是挤在一起,背朝来风并排站着,犹如一堵挡风墙屹立着,一动不动,它们不吃不喝已站了两个多月了。有一只小企鹅从它爸爸身子底下探头出来好奇地看了看四周，又抬头看了看它爸爸，好像在问："这是什么地方啊！妈妈呢?"企鹅爸爸领着小企鹅向遥远的来风前方慢慢地走了二三步，又赶紧转身往回走，它怕它的小宝宝着凉。这时的小企鹅都还不敢走动，它们乖乖地待在鸟爸爸的身子底下，一动不动地蹲着。

企鹅爸爸们守护着自己的孩子没吃没喝地又蹲了六七天。"天变好了!"大鲁站在冰屋门口右手搭在右眼上看着天说。云层变薄了，阳光从冰山尖顶上面的天际闪露几下，照到这些辛苦了60多天的企鹅爸爸们身上。这时小企鹅们开始在它们父亲的脚背上活动，它们转转身挪挪位，企鹅爸爸们一边用嘴给小企鹅梳理羽毛，一边活动自己的身子，也理一理自己厚实的羽毛，抖抖翅膀，然后俯身吐出一点乳汁状的分泌物喂它们的小宝宝。小家伙们张开嘴接着，有的把小嘴伸到它们爸爸的大嘴里又吸又啄的，有被啄痛、啄出血的就叫了起来。风水牛阿甲和槟温猪阿曼看得出神，看得眼睛湿漉漉的，它们想起自己的妈妈、姐弟、伙伴们，它们都被当作"疯牛""病猪"屠杀了。只有这些从核试区逃出来的人才不把它们当作"疯牛""瘟猪"看，而小杰西他们那样叫它们只是在吵起来时偶尔叫叫或骂一骂出出气罢了。

"风水牛"就是"有疯牛病的水牛"的谐音或友好时候的说法、叫法；同样，"槟温猪"就是"病瘟猪"，它们是从疯牛病疫区和猪口蹄疫区逃出来的，当疫情被发现、就在人们大量杀灭它们时，它们装死才逃过一劫。其实它们没有感染到什么，却要背这样的病名，所以一提这些它们总要发火，不过平时这些大动物们与大鲁他们倒是挺友好的。

144同胞们是最后才在企鹅岛定居下来的，他们住过好多地方，以前他们每次迁移时，病号或走不动的就骑在牛或猪背上，而当时还有阿甲的兄弟和阿曼的几个妹妹阿奇和芬妮它们，现在除了老山羊阿杏和猴子一家，大动物就剩下阿甲和阿曼了。

槟温猪还像以前那样肥肥的，大鲁不由得想起自己被反对派抓去蹲监狱的日子，有一次过节时他们监狱分到一头野猪，每个囚犯分到了3盎司肉，他们喝了4天带肉末的木薯饭汤，喝得香香甜甜的，那时如果有这么一头猪来投奔监狱，不只是囚犯或牢头，就是监狱长都会把它杀了吃呢，可他们一路上走来竟没有一丝要吃这些跟着他们走的动物的念头。"人也有变高尚的时候啊……"鲁大自言自语地喃喃道。

动物们都把大鲁叫作"鲁大",它们觉得这样称呼有平起平坐的感觉。只有机灵鬼千年龟阿望不同,当着动物们的面它把大鲁叫作"鲁大",而单独相处时则叫他"小鲁"。按岁数阿望和大鲁的祖父同辈,它还是大鲁的爷爷的救命恩人。种族战争的时候,在危急的关头千年龟狠狠地咬了对方族长的脚后跟,那族长痛得大叫一声,不得不领着族人匆匆退去,他们全家才幸免于难。从那以后这只龟名气越来越大,人们把它称作神龟。那是大鲁的爷爷旺鲁的童年时代,阿望当时还是一只小龟,它是小旺鲁的好朋友,它跟小旺鲁形影不离,跟小旺鲁一起长大,一直到小旺鲁变成老旺鲁,及至老旺鲁死去它还跟到墓穴里陪伴老朋友几十年。一天大清早,已经做父亲的大鲁一脚踩上了一块滑溜溜的大石头,他趔趄一下,差一点摔倒,一看原来是那只在他们家生活了几十年的龟。从那以后这只龟又在大鲁家住了下来,它被人们称作千年龟老阿望,而它自己则以老者自居。老阿望还会说几句简单的话,它把大鲁称作小鲁。到了大鲁成为老大鲁时,老阿望已能流利地讲当地两三种方言和一种官方通用语了。

在144同胞里,动物说的人话都是从千年龟老阿望那里学来的。在动物当中,要数衍葛猴阿跃一家与大鲁最亲密,因为大鲁觉得猴子阿跃两口子的遭遇跟自家的邻居加难友很相似。阿跃是从实验室里逃出来的,人们把它抓去做变性实验。不幸的是它真的"被做了",自从阿跃与阿甲吵架发过一次大火之后谁都不敢提有关它被做了变性手术的事,偶然提到只说"被做了",而它的伙伴母猴阿球也是一只"实验猴"。阿球是在实验室里长大的,它不知道它妈妈是谁,只听说自己是"试管婴儿",它被饲养员养大,它一直把那个照顾它的女饲养员凯当作妈妈,凯对它关怀备至,直到凯用同样的方法让它也怀上"试管"小猴儿,它才不信任凯了,阿球觉得凯只是利用它而已。凯天天写写记记的,把它的饮食情况、体温状况、生理变化等都密密麻麻地记在一个大本子上。

阿跃和阿球逃出来之后它们再也没有分开,它们也不想回到它们后来住过的树林，它们情愿与大鲁他们在冰天雪地里过着无忧无虑的日子。阿球有时候还会想它那被带到另一个地方做实验的克隆孩子，有时它歇斯底里大叫，特别是在睡梦里它会反反复复声嘶力竭地大喊："不要给我孩子打什么针啊！凯！你不是人！什么科研，说得好听！什么生物实验室，那是'竞技实验基地'。你们人类好斗，斗先进、斗技能、斗残杀、斗武器，还拿我们做试验品。"每当听到母猴的哭喊或公猴那怪怪的叫声，大鲁总要说："作孽啊！作孽！可怜啊，这对猴子！"猴子的哭声不由得让他想起往日监狱里的难友，也就是被关在女牢房里那个带着一个小男孩的年轻女子，她还是他们的邻居，是一个叫作葫咧派的青年领袖的未婚妻，两年前她被另一派头头抓进监狱，那头头让她怀上了这个小男孩，孩子生出来后她就被打了绝育针，于是她就经常哭哭啼啼的，她为自己以后不能有孩子而难过，又为自己生养了仇人的孩子而感到无比的耻辱。

母猴阿球生了试管儿之后接着又被当作绝育试验品，所以它对凯特别气愤。实验猴们总是被关在不同的笼子里，阿球直到生出小猴子还不知道什么叫作树木或森林，后来院子里多了一只走来走去的大公猴阿跃，阿球它们才慢慢知道一些外面的事。

公猴阿跃对自己的遭遇总是耿耿于怀，它经常闷闷不乐，而它的叫声又很特别，特别得让它自己都害怕，可每天总要捂起自己的耳朵叫几声。在实验室时也是这样，起先别的猴子还不怎么注意它，后来它一伸手捂耳朵就知道它要喊叫了，于是谁都条件反射似的跟着捂耳朵，除了跟着捂耳朵之外没有谁搭理它。饲养员凯或茛每天给它送来独特的香喷喷的食物，给它量体温，它总是不配合，经常把电子体温计咬碎了，饲养员们气得把好吃的全分给别的猴子，而且两天不给它送吃的，第三天它就乖乖地配合量体温了，从那以后它对凯和茛总是服服帖帖的。这样一来别的猴子更加看不起它，说它没骨气，骂它"缺东西"或"变声猴"，只有阿球同情它，它们同病相怜。一天阿跃无意中发现铁门旁边墙洞里有一串备用钥匙，那天夜里它们就一起逃出来了。

"企鹅妈妈们来换班了！"看着成群结队急匆匆走过来的母企鹅，144同胞们兴奋地观望着。"别认错丈夫哟！"杰西朝冲在最前面的母企鹅大喊着。远处传来母企鹅美妙的歌声。"对上歌了！"看到企鹅群中有一只对上歌的公企鹅领着小企鹅快步向母企鹅走去，阿跃和阿球异口同声手舞足蹈地说。

所有的企鹅妻子都到了，企鹅丈夫们把小企鹅当面交给它们的妈妈。又是一个壮观的场面，公企鹅要告别娇妻、幼子了，它们依依不舍，又不得不走。"快走吧！你们都几个月没有吃东西了！吃壮了，养肥了再来接家属吧！"大鲁他们朝公企鹅挥挥手说。

公企鹅们走了，它们带着家的牵挂，带着144同胞们的嘱托与祝福沿着来时的路踏上捕鱼、抓虾的"征程"。

# 古越会稽峰

"太祖爷爷，伢回去哉！"长发青年"后生"鸟都文杰对已晨练了两个时辰的白长眉老人说。"回去哉，日头一出来，宁（人）喂咯多，勿好走叻！"老人边说边升腾起来，他要做最后一个健身动作"大雁展翅翻飞N次"，只见半空中黑布衫飘舞起来、银须和白长发也飘起来打着耀眼的圈圈。后生看得眼热，立刻迈着云步、踏上树梢，"Nhatu，nhatu，nhatu-nhatu，nhatututu"地吹着口哨，追了上去。爷孙俩手拉着手，踩着飘过来的牵牛花藤叶向会稽山顶会稽峰走去。

"尼阿都的本领跟伊啦恩爷爷'度羽'差勿离哩！"地面上，舞剑的、打太极扇的，都打住了动作，仰着脖子，出神地看着说。"是'N'爷爷，勿是'恩爷爷'！'N'爷爷，就是'N'代太祖爷爷，也就是数不过来若干多代前的爷爷。"一个跟他奶奶学太极剑的、瘦瘦高高、绰号为"竹竿"的小书生忙不迭地纠正、解释。"尼阿都，是Nhatu的字音，起为这小子的外号，外地人也叫他鸟都；说白了就是度羽家第'N'代的、会吹Nhatu这两个古越音节的重重小孙。度羽（dou yu），也就是"大禹"两字在会稽山这一地带的方言乡音。

"伊勿就是会吹'Nhatu'、会走云步吗？有甚了不起！"竹竿愤愤不平地又嘟囔一句。"啊是啊（就是啊），伊生活啊勿做，吃啥西哩！"同样瘦成一根竹竿的老学究竹竿四公附和着说。"你们轻点讲啊，听说伊是'活无常'当心夜头来抓了你去！"胖得像咸菜桶的竹竿四婆神秘兮兮、惊惊惶惶地说。

　　祖孙俩登上会稽峰顶时，老太爷的昔日群臣早已坐等那里了。"羽爷召唤吾等，有啥事体啊！"一个长发披肩、叫作周单的走上前抱拳欠身说。"介（gga）周旦旦，出啥西风头，看伊个喂咯头留个宁勿宁鬼勿鬼、勿像文士勿像官员慨！"坐左边的范大人自言自语似的白着眼说。"是周单，'单'是家父的姓，要按姓氏读，读山岸切，懂吗？"周单气得脸鼓鼓的，吼一句坐了下去。"读作'善'就是慨啊，啥宁勿晓得侬拉爹爹姓单，侬拉单家老祖宗第N代老爷爷的干爷爷周天子姓'周'啊？"范大人不冷不热地又丢出一句，接着又用询问的目光朝在座老同僚滴溜一转，好像说："这小子拿N代前的'干姓'当宝贝，又拽着本姓不撒手。"大伙只是听着，不敢多言。突然有人冒出一句："他还对大王不敬呢，'羽爷'是伊叫的吗？"此时坐中间大石墩上的鹤发童颜老人发话了，他说："我说你范老弟，也别挑事端，别总看人不顺眼！尔等今后无须对吾以王敬称，同辈就叫我羽兄，晚辈们喊我羽爷，就这么定了。"说这句半文言半白话的正是被当地人叫作度羽或"太祖爷爷"的"理水大王"大禹禹老文命先生。围坐的无论是老旧臣或新弟子，无不耷拉着脑袋，像做错了事似的呆坐，直到听见一声"都别紧张"，才有人敢多瞟几眼老羽爷那对遮脸挡耳迎风飘飞的雪云大眉。

　　听说太祖羽爷正在会稽山大会群臣，人们从四面八方赶来瞧热闹睹风采，哪怕只是远远看一眼，也不想错过这千载甚至是好几千载都难逢的时机。人越聚越多，信息最先是由在半山腰晨练的中老年人"夕阳女士"和"夕阳先生们"用手机电话传出去的，早先爬上会稽山顶会稽峰的也是他们。羽爷环顾四周，他伸出右手扶着大石墩如跳似蹦地站了起来，捋着他那齐胸的雪白胡子干咳两声，边清嗓子边向小重孙鸟都文杰递过来的纸麦克风吹气试音。围坐的忍不住暗笑，一个蹲在重黎身后的小后生说："小心我家融太爷把你的纸麦烧了！"说话者姓祝名义，字重新，是重黎支系的N代重孙。老重黎用右手肘碰碰小后生说："你真是没教养！文命太爷如今是我亲兄弟了，你还以为是争争战战的炎黄时代啊！"此时另一串话音从不远处传来："明明知道这埠子不管用，还瞎摆挞！"说话的是一位光溜无眉的夏朝遗老。"用我的真麦吧！"一个女记者举着方形的有单位标志的大话筒挤出人群说。

"诸位都无须麻烦，吾今日向在座的还有从远近各方赶来聚集的来宾就说两件事，昭雪与伸义。"人们立刻安静下来，连蹲在大槐树枝头叽啾着看热闹的小燕小雀和躲在叶丛里自个儿哼鸣的蝉儿知了也静静地听着。文命太爷要开讲了，他把纸话筒推得远远的，也不用记者们争先伸到面前的传声器。文老高度评价他祖辈及父辈们在炎黄时代的丰功伟绩，也肯定了共幽州或羽山崇伯及他自己在内的两代人的"理水事业"，以及或褒或贬地评议当时的"霸业"与"争战"及其文明花絮火种，乃至阴阴霾霾沟沟壑壑等。老爷子还说要给在炎黄时代蒙冤受屈被贬或被定罪的臣子臣民们雪辱伸义，尤其是对被定为"四罪"与"四凶"者的平反。禹老羽爷不仅会讲满口的大白话，还会用今人的"平反"。禹老说："都好几千年了，还让我们的祖先'背十字架'。"当讲到当今地球村上的陋习、恶事或污点及黑心黑肺事等，老文命更痛心疾首，他说："大家的事要大家管，要敢管，敢于扶持正气和主张正义。有委屈、有恨、有气等，复仇、闹腾都是不可取的，你说呢，重黎世伯?"

围坐的面面相觑，最后将视线定格在老重黎身上，窘得重老不敢抬头，因为谁都知道当年就是他祝重黎"结果"了禹父崇伯的，虽说是"奉命"。有关对共幽州、苗三危、鹏呋崇山、羽山崇伯等所谓"4个不服从控制的部族首领"的处置与处罚，在座的旧同僚们至今仍心有余悸。"那都是老尧头乃至所有帝王们扩充自己地盘和消灭竞争对手的惯用伎俩！"几个蹲在自己"恩"爷爷背后的小后生异口同声地说，有人拿着本子边听边记，有人掏出手机拍照，记者们扛着摄像设备挤上去提问、抢镜头。群英会进入高潮，人们高谈阔论古人昔事，也借古说今谈未来，刺眼的朝阳早已越过头顶转到身后竟然不知。

"天不早了，还是叫大家散了吧！"羽爷伸手扯扯一直跟在他身边的小后生文杰的衣袖说。"我叫饭店送快餐来吧！或开车送人们去吃饭，你不是从火堆里抢出了大把钱吗？还有美元欧元呢！我这就打电话！"小后生边说边掏手机。"那些都用不得的，无论是在今世还是前世。别忘了你那小哥大无绳电话机子还有你的车子和房子也是供品冥器，还有你自己也不是今世的人！"老太祖一口气说一大串。站在不远处的瘦老头儿听得瞪眼伸舌，他身边的胖婆子握握他的瘦手说："老头子，吾侬是啥世宁（人）啦！"原来祖孙俩的低声细语对话被古越遗民竹竿四公老夫妇听到了，不只是他们听到，还有一群挤在最前面的追星小粉丝们也听得一清二楚。

一阵柔风细雨拖着云朵将会稽山头点点缀缀涂涂抹抹，抹得只露山顶树梢，涂得云雾缭缭绕绕，皴得树影斑斑驳驳。风停雨息，复出的阳光更明更媚更清晰。彩虹在会稽山腰搭桥，将山头与云梯及天海相牵相连。"鸟都和尼阿都"字音的欢呼声响彻会稽山顶天边。"这是天地与人及飞鸟等万物的共同欢呼啊！"同样跟着欢呼的几个搭车赶来的周边邻城人异口同声、兴奋不迭地说。人们终于亲眼看见了竹竿四婆一大班人马在会稽山晨练的老"夕阳"们所描述的鸟都文杰和他"恩"爷爷的N次翻飞情景，此时祖孙俩正拨开云帘，走在虹桥上，向人们频频招手致意。

又是一阵此起彼伏的"Nhatu，nhatu，nhatu-nhatu，nhatututu"。

…………

# 瓜洲燕屿

　　"这'大盖帽'又发呆了！""他又在打我们的主意，改不了本性……"这是一对金丝燕阿奈和弥米的对话，它们蹲在一棵刺槐树枝头，目光越过杂草和低矮树丛组成的"树海"，鄙视地对一个站在树头崖边穴口的小不点人瞥一眼。

　　那小不点正是"大盖帽"，他站得远，看起来还没有燕子大，近看却是胖乎乎的愣大个儿，他正用手指揉着他额头上那道伤疤在做开发燕窝的白日梦，也梦也念想，想他做燕窝大王时的辉煌直至落魄时的哀伤乃至永远"戴"着伤疤"大盖帽"的痛，等等。这细辫子一样的明显伤疤成为他的诨号，更是他的心病，在这个巴掌大的小屿上没有人知道他名甚姓啥，都把他唤作"大盖帽"，难怪他发呆时总举右手到额头，食指在两道眼眉上方那道拱出来的肉皮花边上来来回回地揉搓。"叫诨号总比'号'作数字强。"想到这里，"大盖帽"总能释然，因为在这瓜洲小屿上，谁都不用真名，个别是怕惹麻烦暂时不用，多数是被限制不能用，尤其劫持来的人总被编了号，以号为名，加上表示被劫批次或被劫交通工具名称或代号等的英文字母，如F-112，S-203，C-44等，这样的难民也被通称为"阿难"或"难友"。

　　小巧玲珑、远看像歪木瓜似的瓜洲原本是个无人、无版图或国界的无名小岛礁，是金丝燕阿奈家族的家园，"大盖帽"等燕窝商的滥采加蹂躏，毁坏了燕子们的宁静家园，再后来又成为海盗和劫船犯、劫机犯等恶人的避难所及至被劫者的牢营。

"大盖帽"是做砸了生意破了产逃到这个被采燕窝的及淘宝的人们叫作瓜洲的芝麻小岛，他以为来这里还可以东山再起，谁知对手已在他之前对这个岛上的金丝燕做了"手脚"，被"得"上"可传染不育症"，既不产蛋，也不抱窝，更竭绝了吐沫糊窝的本能。阿奈一对算是个别幸免者，它们不仅识破了犒劳它们的药虫美食，也看透了所有恶毒燕窝商们的互斗伎俩，"大盖帽"就是这样把他竞争对手的金丝燕场打垮了的。所谓的金丝燕场就是利用燕子叫声等把金丝燕哄骗到屋里做窝，像种大棚菜、养笼子鸡那样可以不用爬高攀岩就可割菜一样收燕窝。

岛外飞来的金丝燕们都被告知这样的屋或棚或崖洞等，是经"大盖帽"等家伙修建或改造的都不能住，更不能做窝。"大盖帽"忙乎了整整一年，又是筑坭屋，又是搭草棚，最后又把山洞崖穴改建成大"燕舍"，他还整天躲在这洞里边学燕叫、说燕语、唱燕歌，可就是没有一点功效，其他鸟儿也总不往那里飞，连蝙蝠都不光顾这个崖洞。大燕舍崖洞也被鸟儿和小动物们叫作"大盖舍"，因为"大盖帽"有时也住在那里。以前，那里总播放真假燕声录音，"大盖帽"用光了一大堆电池，可出一趟岛不容易，尤其是瓜洲成为一个化名为"水国"的"大劫"麻辣鸭丝阿二的大天下之后，他更不能动弹。不只是他"大盖帽"，岛上所有自由人都被警告不要露馅惹事。但自从阿二半夜三更躲到大燕舍崖洞里叽里呱啦地与他国内老大通了卫星电话之后，这个崖洞口突然变得热闹起来，这里成为鸟儿们的新闻中心，阿二与他上司的对话还成为全岛的公开秘密。

这秘密惊动了岛上不同来历的自由人和由不同方式或批次被弄来的人质，睡梦中的人们被此起彼伏的鸟声鸟气的人话吵醒。只见树上、窗台、土屋顶等，站满了鹦鹉、孔雀、八哥、金丝燕等鸟儿，它们你半句，我一句，它二字地学舌接话龙："喂老大，你那里怎样啊？我这里快撑不住了！""阿二，你再坚持坚持，千万要挺住，眼下是关键，你看着这群牛给我好好待着。我正在跟大龙头谈条件，还要揣摩他盟友或干爹方面的意旨，我累得很呢。""不行啊，大头儿，吃的早没有了，这么一大号人，我拿什么喂饱他们啊！""我说你二老弟，你不会想办法啊！面包果，鱼虾、鸟儿什么的，你那里不是满地是啊！""扛着你大头来看看就知道了。连芭蕉叶都给吃光剥尽了，鱼虾们都听短尾鲨的远远躲开，鸟儿也鬼得很，都快成精了，逮着了也不敢吃，怕得不育病……""这死老二，都这份儿上了，还穷计较……"

人质们交头接耳悄悄谈论，都说："奇了怪了，连燕子都能说人话，看来是上天要帮助咱们哩！"还说，这秘密会越传越远，最要紧的是要让家人知道他们在哪里，他们希望鸟儿能给他们传递信息。麻辣鸭丝阿二被人指指点点，他走到哪里都缩着脖子，"大盖帽"也怪他多事，鱼翅大王独眼阿久则嫌他将瓜洲往死里推，还说他是灾星火种。早先来到瓜洲的"老先劫"头们及海盗头目等不仅讨厌阿二，也看不起他，见面把他呼作老弟，背后叫他芝麻鸭丝粒，他还听说他本国人到处追打他的家人。

阿二和"大盖帽"再也不敢踏进大燕舍崖洞半步，那里成为由金丝燕牵头的人质救援指挥部，洞口有老金丝燕阿奈和猫头鹰阿进把守。鸟儿们按大类分小组去执行救援行动的先期工作，即联络记者及联系家人。几天后各地记者和人质家属都莫名其妙地收到有字迹的纸片，家属们一看就知道是亲人手迹，只是记者们不明白也不敢相信这批人质还活着且被关押在这么个小孤屿。幕后肇事者们慌了手脚，"线人"和知情者怕被追杀纷纷逃命。

人质们静静等待消息、等候时机。他们也做各种逃生准备，包括半夜里悄悄做体能训练乃至洗脸时做水下憋气尝试，等等。执行任务的鸟儿们陆续回到瓜洲，它们不仅给人质难民带来岛上早已吃不到的"美食"，即充饥果腹的野果、稻穗、玉米粒、碎豆瓣及红薯叶片等，还衔来好几种文字的报纸残片。人们从报纸碎片"研读"、拼凑，得出同样的信息：地球村一个不起眼的角落发生一起大"劫"难。阿二躲在他的破草棚里捶胸蹬脚大哭，他童年伙伴麻溜阿四在这一惨剧中竟成为"被害"。

阿二变得垂头丧气，对他的人质也没有那么严了，有时放他们在岛上开荒种地，或赶他们去海边石壁岩缝捉一种叫作海虱的小甲虫充当食物。只有这种煮不烂嚼不动的海虫还可以一把把抓，运气好时还能捡到几个小蛏小螺小螃蟹什么的。这些受难者每次被放出来干活总有鸟儿在他们头顶盘旋，叽叽咕咕地给他们唱没有一句听懂的歌，好像是在保护他们，又像是什么启迪或警示。鸟们也做游戏，但总做大鸟背小鸟的单一游戏，唱的也是反反复复的一句歌。直到有一天在海边捉小海虫时看到鸟儿们"各从其类"、有次序地唱着歌走上那条短尾鲨霓尔鱼背，难友们才看明白，也终于听懂了鸟们此时的歌，原来鸟儿是在做进方舟的游戏，唱的一句歌词是："鱼背方舟，普渡难友。"不仅站在短尾鲨霓尔背上的鸟组鸟群在唱这歌，游在水面的大鱼小鱼们都在此起彼伏地唱这同一句歌。"原来是鸟儿和鱼儿们的联合救生演习啊！"老半天，难友们才突然开窍似的朝游向远方海岸方向的鱼鸟列队挥手致意，直到满载鸟儿游在最前面的霓尔和它身后紧紧跟着的大鲨哥小鲨妹伙伴们成为看不清楚的舴艋小不点。"知道了，明白了，我们可以这样被救出去！"难友们异口同声合唱似的轻呼低吟着，这些阿难垂着手，一动不动地张望、注视、遐想，直到远远站着的小监管喊收工。

这一夜难友们失眠了，天快亮时才有睡意。有人梦见大家很顺利地被救回家；有人梦见自己再也不敢搭乘交通工具；有人梦见自己再次被劫到一个更糟的地方；有人梦见自己一直不肯离开瓜洲，因为他要见证一个再也没有恶人恶势力的鸟儿的美好家园，最后他梦见自己到了上帝家里，上帝对他说："别指望鸟或鱼们能救你们，它们自己的生命和生存环境都难保，更别指望短尾鲨霓尔，它要是有能耐就不至于被捕鲨人伤断尾巴了。你的梦或想更不切实际，瓜洲再也恢复不了原先那个鸟儿美好家园的样子，除非用天上的硫黄大火烧它一次。"梦者频频点头，他听到四周响起了远远近近的回音及附和："对啊，地球村何尝不是此等情形，要想没有污秽、丑陋、罪恶、不法、不义等，只得用天火彻底烧一烧！"

翌日及一连几日难友们都在做被救的准备，他们显得心事重重，主要是因为各自的梦。"可能我们早已是地府里的人了吧，还庆幸自己有逃生的可能，可笑，可笑啊！"一个名叫马可的青年揪着自己的金黄长发自言自语地看着大家说。"很有可能，我们只是活在诗人、作家们的美好想象里！"一位光头的大个子年长者左手揉着自己的后脑勺说。

窗孔外出工的铃声把难友们拽回现实，这一回还是捡海虫，尽管多半人认为"或许只是梦里的现实",但生还的希望还是让他们脚底生风,阿难们三步两脚就到了海边滩头,金丝燕阿奈与由短尾鲨霓尔领着的大鱼救生队早已等在海面滩边,阿奈蹲在岩柱头"派船",喊话:"方舟列队准备就绪,出发在即。阿霓等大白鲨各坐两人,白鲸可坐三人,其余大鱼一载一走单骑……"难友们迅速有序地坐上鱼背,只听一声"出发",鱼们像火箭一样向远在天边的斜对岸直冲,身后的瓜洲越来越远,最后变得看不见。"管他真不真、梦不梦的,这一回就是龙宫、地狱,也要走一遭。"鱼背上吓得腿脚抽筋的阿难们心里叨叨念念哆哆嗦嗦地说。

这边,瓜洲岸上,小监管阿九傻愣愣地站在滩边呆看,好不容易回过神,还以为是自己刚梦醒。

# 猴子阿城

"到处都一样，城市就是路和屋，房屋、住家组成城池、街区和店铺。"一只猴子边说边用右手揉眼睛。

它是一只叫作阿城或"特城"的流浪猴，也叫城猴或猴城或自称城弟，因为它去过很多城市，它还会写汉字"城"。它正蹲在街头草地上，看着汽车往来飞奔疾驰。"太阳还没有上山哪，都是讨厌的汽车这么早把老子吵醒！"猴子阿城打着哈欠揉着眼睛，倚立在高出地面的树根嘟哝着。

阿城已经完全清醒，它双手插在牛仔裤兜里，挪着身子像人一样两腿站立。这身蓝布牛仔服紧紧地裹在身上，让它记起自己是从这个城市的一个马戏团逃出来的。它抓起衣角嗅嗅，还闻不出自身的汗味等难闻的气味，但觉得有一阵阵酸臭味向它飘来，那是从右边长石凳那里的两袋废物瓶瓶罐罐里散发出来的。袋子与其中的瓶罐一起依在凳边，守护着正在酣睡的主人拾荒妇，她正在凳上酣睡。

"她还不如俺，身盖破麻包袋片，脚绑塑料袋……她可能太累了，公交车来来去去，搭车的人们上上下下都没有吵醒她。"

阿城说着，扭头瞄一眼依然沉睡的拾荒者，一边双手来回揉搓自己这身棉布衣服。这里虽然不清静，阿城还是挺喜欢这路边的，尤其是这片有树荫的草地，这曲曲弯弯像渔网支架的树根领着斑斑点点的小蘑菇伸向草地，这蘑菇也可以让猴子阿城充饥，可它早已习惯吃熟食，因为在马戏团待久了。

　　还好，再走几步就是公交车停靠站，那里有3个垃圾桶，还可以让阿城找出一些丢弃食品或剩饮料等。

　　"可怜的瓶瓶姆！难道她也像我一样无家，她儿女呢？"

　　猴子阿城在心里咕叽着，它把这个捡拾废品的中年妇女叫作"瓶瓶姆"，它还没听说以这为业的人可美称为"拾荒者"。虽说它与这位依然酣睡的老姆姆连招呼都没打过，瓶瓶姆还是让它想到自己远在国界外深山里的母亲。另一位让阿城想到自己母亲的是阿茶小姐茶姑，她是马戏团的女饲养员。自马戏团那里逃出来后，阿城已经整整三天没有见到茶姑。可她那身粉青色的漂亮连衣裙似乎总在它眼前晃，不由得使它想到自己的妹妹以及让它想象穿上这样连衣裙的妹妹，乃至想到自己在马戏团时的情景。那时它也偶尔穿包括连衣裙的女装，在舞台上扮演女孩子。在马戏团时，它最拿手的戏还包括打城战或邦国械斗的古装戏，而最卖座最受欢迎的也是这样的猴戏。

　　"妹妹穿上连衣裙一定很好看！可惜匆匆奔逃，一件也没有拿。自己就穿这一身牛仔服出来也不得换洗。"阿城叹着气轻轻地说着，它伸出左手插进牛仔裤口袋，希望从裤兜里找出一两个硬币，因为它想起钱可以买包括衣裤等服装的物品，由于曾常常被驯兽师打发买香烟，或帮他们买酒买日用品等，每次可得一点小钱奖励，使它懂得用钱。

　　在马戏团里，阿城和它几个猴子伙伴都是清一色雄性"特仔"，因为怕它们为争母猴打闹，驯兽师们都是男的，也是特仔，只有叫作阿茶的饲养员是女的，特或仔是驯兽师们的标志，甚至与名字同呼并唤。猴子们喜欢被叫作特仔，它们觉得这样平等、友好，包括与它们分享糕点或糖果甚至香烟或酒。

　　在马戏团茶姑也给全团员工做饭，阿城管她叫"小姆姆"，因为她很友善，像亲妈妈一样照顾猴子们，对待别的动物演员也都很亲切细心，伙伴们都很爱戴她，却不敢表示，因为怕被驯兽师瞪眼踢脚。连小黑熊和小白羊等，其他动物伙伴都小小心心战战兢兢的。而他们自己却总明争暗斗，争着向茶姑这一"美女"献殷勤，甚至连老掉牙的团长都对她垂涎三尺。这个马戏团团长，还被猴子阿城叫作"假香客"，因为这人在一个寺庙院子里用两个香蕉把阿城骗出来跟他走，这家伙还是那寺庙住持的朋友。从那时起他牵着阿城在城镇街头卖艺，到处流浪，后来与几个艺人合伙，组成了这么一个马戏团，从那以后阿城更看不起他。

阳光早已洒满半条大街，这里与其说是大街还不如说它是宽阔马路，路边已三三两两地站着"摩的族"，他们守着各自的摩托车装着等朋友，与公交车争乘客揽生意，其中还多了一张熟悉的面孔"大英柴"。

"大师哥，大训仔，大训！"猴子阿城冲他叫了一声，"连驯兽师都逃出来做这事了！"阿城心里咯噔一下，他还不知道人们换工作或改变谋生方式等并不意味着逃亡，不像它们猴子等动物被骗来卖去的，大英柴回它一笑，轻轻说了一句："叫我大师叔！"之后连忙把头上的鸭舌帽檐往下拉，盖住额头，生怕被熟人认出。

阿城爬到树上远望，不想再理这个高高在上的"大训"，它一边看街景一边心里嘟囔："都流浪街头了还跟俺老猴论辈分！也没什么，毕竟你教了我很多有用的本事，大师叔就大师叔！"大训确实教了猴子阿城很多本领，包括写自己的名字和简单字，尤其是写各种书体的汉字"城"，它还知道"郭"与"城"的偏旁转换及它们之间的关系，任何与郭或城的古老字体有关的图形都能激起阿城对城或街乃至铺面房舍的联想。对"郭"或"城"两个字，猴子阿城太熟悉了，而写这两个字也是它在马戏团的城战戏里的内容或花絮等有趣细节，那里舞台上背景与模型城郭就是"郭"的甲骨文本字"享"的形状，"成"在这样的戏是表演战斗的武器。

享：（图），成：（图）
············

路对面不远处是三岔路口，里边有花园广场，那里高楼大厦林立，不像阿城待过的马戏团里戏台上那些纸板或泡沫做的仿古城楼或民屋，只有这路边写着停靠站名的车牌还是"郭"的主体部位"享"形的，或可称作"亭子"形的。花园里歌声隐隐约约此起彼伏，声音大且远的是站在中间的小青年唱出来的。

声音小的是一个摇篮来回播放的流行歌。摇篮里坐着长不大的小大人儿，他没有腿脚，只有小手，阿城把他叫作"冬瓜宝宝歌手"。他除了播放歌碟，也偶尔唱几句。那唱歌的小青年黑黑高高的，阿城把他叫作"靓仔歌手"，他唱的歌婉转动听，阿城听出歌声里有鸟儿欢唱，有高山流水，甚至还有猴子们的嬉闹声音，猴群成员们的音容笑貌等，让阿城感慨万分，都想立刻跑回远在国境外的深山家园。

猴子阿城窃窃发笑，边笑边用左手揉着嘴角，它笑自己昨夜的梦，它梦见自己衣锦还乡，面对亲切地围在它身边的猴妈妈和猴兄弟猴姐妹们，它说自己在山外远处城里做大事，特意抽空探望还要回去等等。它还说它城里的住处怎么体面、衣服有多美等，兄弟们争着要穿他的牛仔服，在它身上拉来扯去，它们不知道解扣子，差点把阿城的衣裤扯烂，它只得乖乖地脱下来，羞得没有了衣服遮体的阿城不知往哪儿躲。梦里的猴子阿城更担心，没有了衣服，再也不能回到这个城市。

"这身牛仔服也实在可爱，难道不是吗？ 和对面的歌手穿的衣服一样。就连那冬瓜宝宝也穿了牛仔服！"

猴子阿城说着，边说边双手来回抚摸着自己的裤腿，它嘲笑自己把人类的虚伪学到家。梦里阿城眼见就要到家了，还躲起来洗脏衣服一直等到晒干，它也为自己学到人类的一星半点文明而窃窃自喜与自我陶醉。

大半天过去了，猴子阿城还没食物下肚，附近垃圾桶被它翻个遍也找不出可吃的。它爬到一棵椰树上，坐在粗叶梗上，一手拽着长叶片，一手打自己的脑门儿，一边打一边嘟囔："只知道傻想，傻想能当饭吃啊？都错过了翻寻食物的时机了！"

一只小花猫侧躺在草地上眯眼休憩，它时而睁眼觑瞟一只蹲在裸露的树根上晒太阳的流浪狗。那狗总伸腿扭腰打饱嗝儿，好像有意逗猴子阿城，一个长发飘飞的流浪汉，还冲猴子阿城歪嘴做鬼脸。

"见鬼！今天谁都知道老子饿肚子！"猴子阿城朝早已走远了的流浪汉的背影丢了一句。

街对面一个中年男子推着摇篮车，车里坐着宝宝冬瓜歌手，这人边走边啃食手中的食物，向街尾走去。"怎么都给自己吃，不给摇篮里的冬瓜宝宝吃?"猴子阿城看不过去,大声喊了起来。

"那是冬瓜歌手的假养父,指靠这个小人儿在街头卖艺过日子呢!整天不做事,躲在屋子里,喝酒吃肉的,连他家小狗都吃得肥肥的,就苦他一个不知从哪里弄来的小不点。"流浪狗扬着脖子、探着头、耷拉着耳朵,对树上猴子阿城开发布会似的说了一大通。

"喵!喵!"

小花猫点赞似的应了两声,眼睛睁得大大圆圆的看着这只瘦黄狗。"都在这个街角流浪一年了,还有什么不知道?还有你,装斯文的小花猫,都一样的流浪,还要装成富贵人家的宠物,连正眼看我都怕有失身份!"流浪狗接着刚才的话题又多说了几句。小花猫早已紧闭双眼,还打起假呼噜,装深睡。

"装什么装,大黄狗又不会吃了你!"猴子阿城看着半躺半蹲的小花猫说,边说边用手抓抓自己的脸,"是啊,都一样地流浪,就连冬瓜歌手也流浪!他是孤儿?长不大的弃婴?他妈妈不要他了吗?"猴子阿城心里念叨叨的,它用手在心口画了一连串的问号。

猴子阿城饥肠辘辘,它甚至想去打工,或到街对面的广场,做一个上面写着自己会什么手艺的纸牌,拿着蹲在那边的草地上,像找活干的人们那样守着、等待被雇用,或干脆回到马戏团,那里虽说也总不得薪酬,至少能得温饱且有住处。

阿城心里犹豫着、盘算着,它蹲在树上,眼睛看着遥远的前方,然后踮起脚扶着树枝站起来,眼睛溜来望去,希望发现哪里有食物,或能找到可吃的,突然看到树底下有一位老农妇坐在石磴上歇息,旁边有小扁担和两个篮子,篮里有几束卖剩的香蕉,它轻手轻脚地溜下树,绕到老农妇背后要拿香蕉充饥,可几次都没有到手,因为行人走来过去的不好下手,最后被这老姆姆看见,她拿了一束递给它,阿城赶紧双手合十拜谢,接过大半束香蕉缓缓退去。

蹲在树杈上嚼着香蕉,猴子阿城边嚼边回想,它为自己刚才想偷拿的行为感到惭愧后悔,但即刻想到自己当摘椰工时的事,它曾与主人椰王进城卖椰子,在集市上卖椰子时它看到有买主用手从大堆椰子里划拉几个到他那过了秤的小堆里去，就趁他们大椰王和猴子不注意时，想到这事却让阿城释然了，可再想又觉得不对："为什么不学好的呢？人里也有好人啊！如这位很像亲娘的香蕉姆，那饲养员茶姑，还有前主人寺院老住持，乃至自己第一个主人椰王老大等，那瓶瓶姆呢？"

猴子阿城站在树杈尽头，它已吃完最后一个香蕉，心满意足地抹着嘴，目送着卖蕉姆挑着空篮子往郊外方向走去，看着她越走越远，直到看不见。

"谁说香蕉姆不像自己的老妈妈？她那双裂痕斑斑的辛劳苦累手，那皱纹里透出善意的亲切脸！"阿城舔着有香蕉末的手，将卖蕉妇定格在心里，连同有这样街景的城市，成为甜美的念想与永久的回味。

# 小象阿为的乡愁

　　小象阿为来到这个陌生国动物园之后就被唤作"坤为"，"肯定是这里的人不善于发音，把'昆（con）'说成'坤（khôn）'"，每当饲养员或游客这样唤它时它心里总嘟嘟囔囔地这么想。当叫它用鼻子在沙土上写自己名字时，还故意写作"昆为"。因为这用正体汉字写的名字太熟悉了，小阿为家族里大大小小全会用鼻子比画出这两个字，尤其是后者"为"；它们还知道，原指人牵着象的"为"的字音字形，被借到它们国度就指象。只有一路上护送它、照顾它的饲养员阿德明白小象的心思。"这是对你的尊称，这里人们对哥、姐、学长或长辈才加敬词坤帽呢，真不识抬举！快吃你的玉米棒吧，我还给你多拿了两个呢！"阿德拍拍它的大扇耳爱护地说。他正站在栅栏外，看着小象爱吃不吃的，他知道这小子肯定又想它们家那些陈年旧事了，因为他见过阿为家的传家宝，一块挂在千年古树上的牌匾，上面刻有"英勇象群，功臣昆为"等楷书大字，从落款草书小字看还是邻国某一皇上手书钦赐呢。且不管这位皇上是否把这象群主人的乡音国语弄混了，或"昆为"是特指"象"还是泛指"象"。总之，阿为家族以战象，包括作为贡品当援外战象为荣。那树上还挂有好几块用南亚一种古老字母刻写的荣誉奖牌，那是象群主人的国语本字，当年战象们保家卫国时，它们的国王手写钦赐的。阿德看不懂，也不说那种话。

　　阿为的经历很让人同情，它因被捕猎者设置的捕器夹住一只后腿受了伤被动物保护组织人员救治，伤愈后却无法送其回归自然，因为那象群早已被捕象者吓跑四散，它被转移到一个个保护区，最后寄养在这个语境不同的动物园。在动物园每当看到别的象随便让人骑耍，小象阿为总是一脸鄙视，叫它做这样的事更加办不到，因为它的记忆库里随时会蹦出一句先祖遗训："功臣苗裔、勇士战象家族岂能受此等奇耻大辱！"这小象还有一个好听的外号叫作"小诗童"，因为它的郁郁寡欢和总有心事的样子。晴朗的夜晚，阿为爱看月亮，一边看月亮一边用鼻子轻轻揉抚自己左脚踝上的伤疤，它深信，走过月亮的另一边就可以走回家园。那月夜下的惊恐成为小象阿为脑海里永远抹不去的阴影，它在明明亮亮的月光下被暗器夹住脚整整一夜，母象在旁边泪流满面地站着，不时用鼻子敲击那粗实冰冷的铁制暗器，直到天亮时被人发现救走，它眼睁睁地看到不愿意让自己被带走的母象被"药箭"射倒，因为母象不让救助者靠近，它以为人类都是要害它们，人们只得采取这紧急措施。阿为不知道母象能不能活过来，心里总很难过，它甚至把救它和收养它的与设暗器捕它们的人看成"同党"或都想得象牙，唯独对饲养员阿德例外。"美你们的'小诗童'，还以为我真有你们人类的奇思妙想与花花曲肠啊，我不吃那么多那样快只是不让尔等轻易得吾之象牙罢了！"望着苍天、明月，小象阿为每每这样吟吟自语，还不知不觉地以其老祖母偶尔学舌逗笑的口吻说起先祖老主人掺文言的邻国"官话"，或边想边用它那只受过伤的左脚踢踢跟前这层高过它的铁栅栏，它真想跃出去；它也对月亮嘶鸣，希望自己的声音能通过月亮传给娘亲，或把月亮当镜子，照来看去，希望照见自家阿母。

# 猛犸那遥远的家

在银河彼岸一颗遥远的小星球猛犸星上，一群鼻梁上架着超级望远镜片、昵称为小眼镜的猛犸科学家们正在兴致勃勃地遥观远望地球的一个实验室玻璃窗口，看那里几位穿白大褂的研究人员在一堆冻干肉与工作台之间来回走动。"人类又在鼓捣我们祖先留在地球的那块木乃伊了！"站在中间的猛犸蹙蹙鼻梁推推镜片说。这说话的与围观的猛犸被它们同类唤作科学家，它们也把自己叫作新星犸、土著犸或新猛犸、星球猛犸等，是生长在这颗星球上的第十六代猛犸。它们的祖先是一对来自地球的小猛犸，3000多年前在地球上猛犸濒临灭绝之际，被神鸟阿鹏兄弟俩接救到这颗遥远的星球，在那里它们繁衍生息，体态变得轻盈，不再那么庞大笨重，还开发使用超高新科技。

这木乃伊，只是猛犸身上一大块冻肉，还是一位猛犸专家千方百计在一个严寒地带花重金从一个猎户那里买到的，之前一直存封在那户人家的冰窖。这块冻肉摆在实验室玻璃冷柜子里，旁边地面陈列一副完整的猛犸骨架，墙面镜框里还有再现猛犸当年生活场景的彩色图片。不同肤色的科学家在这里进进出出，个个双眼紧盯这块坚硬如石的干冷肉，毕竟是这种叫作猛犸的大型象科动物在地球上消失后，当今人类找到的可提取血液、干细胞等有用成分的珍贵标本，想倒腾"造"出猛犸胚胎，也只有从这块干肉了。

"嘻嘻，还想让大象生出猛犸，象母的肚子不叫猛犸宝宝撑破才怪，难道猛犸比象大都不知道吗？"星球那边，一直微笑、默默观望的猛犸元老级长辈老院士“智多星”阿智，忍不住似的笑着说。猛犸科学家少壮后生们被逗乐了，摘了超级望远镜，开始谈笑，还说人类的实验是小儿科，人类想再现猛犸的一系列实验，包括实验计划都成为星球猛犸的笑料。对星球猛犸来说，人类弄到的这堆猛犸冻干肉已经没有意义，有用成分早已被收取到它们现在居住的猛犸星上，包括可复活再生的“灵气”。

在老院士的带领下，猛犸的复活或再生实验早在星球猛犸第二代就开始，那些生活在模拟地球生态园里的精灵猛犸“坤犸”就是它们的研究成果。坤犸也叫天犸，或自称后身犸或飞天犸、超犸等，被星球猛犸奉为老祖宗；样子与其“前身”差不多，它们具有在地球时的全部记忆，智能则介于星球猛犸与原先地球猛犸之间。

“别只顾瞧热闹、说闲话！快点完成我给你们拉来的星宇飞车订单哟！”工作台左侧那排星际可视电话的第一个小“平板”一闪，亮出了神鸟大阿鹏蹙眉噘嘴的头像，同时还叽里呱啦响起对方电话录音的自动播放声。老院士不紧不慢地回了一句：“知道了，误不了你大鹏先生的美差！”小眼镜们早就不耐烦了，“哼，这老鸟头，我们还不想接他那单生意呢！”“到现在还要掌控我们，甚至监控我们，看我先把这自动播放‘病毒’破掉！”猛犸科学家小青年们你一言我一语嘟囔着。“还是先忍一忍，没有它们阿鹏兄弟，我们还来不了这里，更没有尔等生在此星球的猛犸子孙‘星球猛犸’！”老院士摆摆以前脚为手的“脚手”，今言古语地说，又觉得不够分量，搬出口头禅：“再多嘴我就回到地球去！”科学家小后生们相互挤眼，顿时鸦雀无声，只在心里嘀咕：“‘回地球！’‘回地球！’回去不被当作怪物、不被关起来做实验样品才怪。3000多年前就没有我们的生存环境了，幸好得阿鹏哥们救助来到这个遥远陌生的星球开辟了我们猛犸新家，回去吃草根树叶再变回愚昧啊！还说叫我们都回去，连草根也没有那么多，还有那与日俱增的环境污染、恶劣气候等，是回去治理还是回去受罪？”

老院士知道这些大孩子在想什么，这样的想法它阿智何尝没有。“永远不老真好！叫我老院士，我还不愿意呢！”阿智走出屋外，来到水边树下，它沉浸在从地球来到这颗星球的回忆，没有细节，只有紧闭双眼想看不敢看的神奇感觉；神鸟阿鹏兄弟叫它这么一个当时还没有长大的猛犸小哥和另一猛犸小妹妹万万不能睁眼，否则一切营救计划必将付之流水。老院士阿智的学问都来自阿鹏哥儿俩，但怎么个授予或接受过程它却没丝毫印象，只知道让它们睁开眼睛看时已经来到这颗星上，且会说人话，衣人服，会看书写字，乃至探知世界等所有"人间"事。"或许跟这里的食物和居住环境有关吧！"阿智举起早已具有手之功能的前右脚，揉抚它那变得光滑永远年轻的脑门儿，自言着琢磨起自己不见老的原因，最后思绪与这只"脚手"定格在眼帘，就这样仰着头，踮起一双后脚向遥远的家乡地球张望凝视。

# 僕哥傩弟

"原来俺们长得很像僕哥阿英耶!"傩弟们在镜子前上下左右照个不停,他终于看到摘去面具卸了装的自己。

"英"是傩弟对僕哥的敬称,傩弟们步入古稀之年还不知道自己还有僕哥,直到有一天被园丁姑姑带到文字苗圃参观学习,姑姑让他摘了面具傩脸,卸去扭扭曲曲的符号与线条及小圈附点和碎帽帽织成的长披风才看见了原本的酷似僕哥的自己。

园丁,在僕哥的国度里是教书育人者的代名词;姑,在傩弟那里,除了本义,更特指女老师,称呼时"姑"与老师名字的最后一个字组合即可。傩弟把他的导师称作园丁姑姑或简称丁姑,也差不多是这个意思。

在丁姑的电脑文字苗圃里,文字样品像大棚里的蔬菜,垄垄渠渠地分门别类栽着长着,有的还真的像树苗菜尖草叶,如下面:囿、邦、青等字图。

囿 　邦 　青

"那是僕哥们的古老形式。这里还有我们的方块字样品呢!"傩弟兴奋地说,他差点忘了自己就是一种文字,直到瞧见一垄代表自身这一文字体系在完全使用汉字时代什么都还没有的空白,及至看到两大筐借用汉字与改造汉字组成的汉喃体系的不同字义的样字或不同体裁或题材的样书。"比较近代的事啦!"傩弟们指指点点拖着电脑鼠标,看了几本汉喃样书的出版年代说。接着他又拖出一整版的汉喃样字及相当于高丽谚文的用纯汉字书写的本民族喃文，感慨万千地说："也相当于汉字的正楷时代啊！"

傂弟们兴致勃勃地在丁姑的文字苗圃里浏览参观，时而惊叹欢呼，尤其是唤作阿真的小傂弟更加活泼雀跃。那苗圃里还有闽字区和粤字角及壮字田园与瓯越字音等，随着阿真的欢呼声，样字们都跳跳蹦蹦地走过来，争着与傂弟等园丁领来的客人打招呼、自我介绍，有叫"法通""会使""偌久"的，有言自己名为"乜野""晗邦俍""屋企""琴日""喈喈"的，有自称某某伝的，有问"你伬纽宕走来"或"渠伬是学何乜"的，也有推敲共同字音和有音无字的，有字的也有以喃们通称或"字"冠以地名自许的。

样字们越聚越多，连园圃西北角的老字仙们都过来瞧热闹。"哇，甲骨飞毯耶！"喃们或这字那字挺身探头异口同声惊叹着围观这些乘龟甲片片飘飞奔来的甲骨老字仙。还有从相反方向飞来的甲骨鸟族字，它们个个带翅膀，能走会飞，早已在苗圃上空盘旋俯瞰细看，边看边用喙尖梳理翎羽，时而翻飞旋转，与立在枝头树梢的八哥、金丝雀等比风姿。

"不会飞的也很好看哟！你们看那'为'，还有那'羊玄恤拼'或'羊底连赑'。"鸟们指着在树底下吃高粱叶的大象和嚼着草的羊羔及大羊说。"好看什么，一个被人牵着赶着干活的样子！"大象不高兴地嘀咕着，它肚子依在树干上蹭来蹭去，想把写在自己身上的甲骨文"为"字蹭掉。"往好的地方想就没事了，人们作为不作为，就是你这为字呢！"园丁姑姑走过来拍拍象耳说。

"'羊玄恤拼'会误读或误解成买羊，帮我们改改吧！""还有我们'羊底连赑'，也就是'羊底'合字的名称，也太突出我们会抵角打架呢！"看到大象得到丁姑的抚慰，羊和鸟等不同名称或品种或语言环境差异的动物们都走过来，希望园丁为它们解决问题。只有老山羊一副不以为然的样子，"何名甚称的，都叫唤了几千年了，有啥好改的？我们的孩子叫作'羔'，还不是烤全小羊吗？不过我们羊族字群里也把善美等好字囊括了，包括原本指人们恭敬敬献烤羊的'羞'字"。

最后赶来求助的是瓯越语族里的鸟类代表，它要借用古南越的"鸟和占"组合字作为它们的通称，因为字音几乎吻合。听到这个表示鸟的组合字有可能是越王勾践时的越地通用字，鸟代表心领神会似的直点头说："看来这'鸟占或占鸟'组合字学问大着呢！"说得如吟似唱，余音袅袅，边说边转身飞离。"这家伙，火急火燎的，一声招呼都不打，至少跟我们同类告别告别啊！"树头短尾鸟阿佳和小雀们叽叽咕咕嘟哝着。

鸪，鞑，为，羔，佳，羞，美，善

# 葡橘溪埠

　　"赳赳的瑗必归归，咯欬来埠埠！"这句原本是小主人学说话时学不到位的童声歌语成为葡橘云每日必唱的歌。"要认真唱，反复唱，唱出主人们的'溪埠'情结！"至于"溪埠"指什么，橘云说不清，葡云更道不明，它们只知道主人总唱这句，但必定是全句，而不是掉字添词的前半句。当然，还有别的歌句或诗节等，橘哥葡弟们深信它们记得最牢的这几个词肯定是最重要的。

　　葡橘云或这两种树魂果魂或它们的精灵是失去家园后的葡萄树与橘树们继续存在的"永生"方式。小主人说它们是云，是因为梦里可见，称其为魂或精灵乃至葡哥橘弟是它们时时处处可感知。在葡哥橘弟的眼里，小主人还是当年彼此梦里的样子，确切地说还是那次碰巧走到小主人的梦里，与变了模样的小主人同梦时的样子；那梦境，那凄苦的高喊，总云雾缭绕的重现，让睡梦中的树兄果弟们惊心，甚至做起不同版本的《鹂父》续梦。

　　在《鹂父》故事里，小黄鹂总梦见自己那俊美青壮的鹂父，梦里的鹂父还像劫难前那"当年"的样子，一身靓丽的白羽上点缀花纹的美丽衣衫，神采奕奕地向它飞奔过来，小黄鹂跳跳蹦蹦迎上去……

　　鹂鹂时常做这样的梦，且梦里的鹂父也总是那样青春健美，没有一丝老态，因为小黄鹂没有见过自家阿爸变老的过程。

　　多年以前鹂父确实那样青春俊美，那还是在鹰王统治时期。鹂鹂一家是鹰王的眼中钉，因为它们一家不向鹰王跪拜，鹰王一想起小黄鹂一家就气得在地上打滚，后来黑心秃鹫大臣终于想出招数，它诡秘兮兮地伏在鹰王耳边叽里咕噜一通之后鹰王龇喙一笑，再也不生气了。

不久黑秃鹫领着一群鹰家打手把小黄鹂一家洗劫一空，然后改装成它们的出租鸟屋。鹂鹂一家被搬到一个小草窝，秃鹫们三天两头闯进骚扰、威逼，小黄鹂一家还是没有向鹰王屈服……

后来鹂父莫名其妙地不见了，鹂鹂记得有一次来了一只传话的鹦鹉，那鹦鹉蹲在小黄鹂家门口对鹂父嘀咕了一个下午才走，鹦鹉离去时鹂父对它礼貌地说了一声"再会"！鹦鹉不冷不热地说："鹰王那里再会！"几天之后鹂父被鹰王秘密弄走，小黄鹂只有在梦里才能见到自己的慈父。

小黄鹂每天夜里都在梦里找鹂父，它梦见父亲在鹰王那里做苦工。它还梦见鹰王坐在高高的宝座上审问鹂父，只见鹰王伸着爪子凶狠狠地指着鹂父怒吼："拜，还是不拜？拜就立即放你回家，不拜就死在这里！"鹂父还是没有一丝顺从的表示，气得鹰王大钩喙一张一合喘大气打哆嗦、颤舌大嚷："给、给、给我狠狠地打！"于是秃鹫、隼、乌鸦等打手们一哄而上，猛扑过去……

小黄鹂哭着不顾一切地飞奔过去，却被老黑鹫一翅膀打过来，将它打醒。

…………

有一次鹰王的继承者鸳王发了一丝慈悲让鹂父回家看望。小黄鹂也已长成大鹂鹂，看到眼前憔悴衰老、老得快认不出来的鹂父，难过极了，心里一遍遍责问、高喊："还我俊美青壮的阿父！"这梦，这梦里的喊声成为没有了家园的葡萄树和橘树等树魂果灵们的永久伤痛！

（写于1995年仲秋，2016年末修改）

# 云雀三苴

"你看，那不是云雀三苴吗？那昂头站立的样子，那头顶上3根大竖特竖像公鸡冠的花翎。像极了，就是它！"大树拐角楼头笼子里一对鹦鹉远远看着，对蹲着沉思的那只小鸟指指点点。

"轻点说！别让它认出咱们，让它看笑话呢！"笼中另一只鸟儿轻声制止。

"没什么，听到就听到，认出就认出！它那么精，也不是三进三出！逃来逃去的，总被抓住，被卖了好几次，要不我们还不知道它这三苴、三呆子大名呢！"前者更理直气壮地嚷嚷。

这被叫作三苴的小鸟看起来更像麻雀，起先在居民楼群间盘旋，自言自语的，口中念念有词，说西北角那个窗口里边是救治过它的恩人的家什么的，直到落在这棵被它叫作刺刺树的枝头歇息，还在沉思、念叨，一边念叨一边用爪子梳理顶头花翎。

树干被虫子吃了一半，弯弯欲倒的样子，树旁底楼车库边墙角地面飞蝴蝶草大叶丛里侧躺着一座比鞋盒还小的毒鼠屋，枯黄菜叶色，很显眼。鼠屋开着圆洞门，里面泡过药水的谷粒黄里泛红，半里半外地散落着。"更像没有浸过毒水的！"小云雀恨兮兮地瞄它一眼，自言着，想起自己误食的那次谷子是粉红色的；那毒米折腾得它肺腑撕裂似的，幸亏有人把它抱去救治，给它喂了解毒药，调理了好多天。

一阵阵带哭声的哀叫打断了小云雀三苴的沉思，一只麻雀的左翅膀尖尖被树身伤疤里流淌出来的胶汁粘住，它不停地哀叫，三耷立刻飞下去救助，连拽带啄的，总算把麻雀小弟解救出来。树上鸟儿，还有路对面二楼窗口笼子里关着的紫莺、花鸠们一阵叫好、赞许、欢呼。

"讨厌，又看到鸟笼，不是鼠屋就是鸟笼！"眼前这些鸟笼勾起三耷一阵刻骨铭心的伤痛，屡屡逃亡的经历恍恍惚惚地在它眼前闪现，虽说总有办法逃出捕鸟人的魔掌或囚笼，但每经历一次都像得一场恐惧症，脱了险还不由自主地到处奔逃。对面笼子里的两只鹦鹉吃着玉米碎粒、呡着水，开始打盹儿，看得三耷直摇头，转身说了一句："真没出息，美得享受鸟笼呢！无可救药！"

"这叫'乐不思蜀'，主人们就是这样说我们的。"树边窗口鸟笼里一只小花鸽学着鹦鹉的口气打着自家主人的闽腔说，接着又没头没脑地蹦出一句："爪引诱佤，佤就夹了！"

三耷挤眼咧嘴心里一乐，它听懂了把吃说成"夹"、把蛇叫作"爪"的话，可一想到自己有一次差点被蛇吃掉，不由得对树下草地多看几眼，还学着松鼠对付蛇的绝招，使劲儿晃尾羽充大个儿，尽管什么也没有看到。

"呆子还在那里想心事呢！"

"在想它的阿琦吧！"

"还想解救我们呢！"

笼子里打盹儿醒来的一对鹦鹉头对头低声细语地说悄悄话。

…………

"琦琦不知被卖到哪里了！"三耷低头猜想、发愁，不时跺脚，嘴里嘀咕，"讨厌的抓鸟人，恶毒的卖鸟商！都怪我没有叫琦琦提前行动！"三耷骂着，自责着。小云雀阿琦没有逃跑成功，它阿耷别提有多难过。那可是它天天唱求偶歌，唱了很长时间才求到的。那是云雀三耷第一次被抓前后的事，它们双双被抓，被关在有好几只鸟的大笼子里一起卖到一个花鸟市场。

三耷跺着脚，嘴里念叨着，慢慢展翅，向身后居民楼群飞去，边飞边念叨："再找找吧！也许琦琦就在这个大院子里！不管怎样，先看看恩人也好！"

# 窗花纸鸡的除夕狂欢夜

鸡年前夕，窗玻璃上各种各样的剪纸亮丽舞姿鸡无不跃跃欲试，等待除夕时刻⋯⋯

随着爆竹声中一岁除，纸鸡们纷纷跳下窗台、翩翩起舞，伴着噼里啪啦的鞭炮声，和着天边那欢腾的焰火，还引来天鸡阿瑱和鸡前身重明鸟赶来共舞助兴。它们以"五德之禽"自称、互勉共励，还翻出《韩诗外传》比红冠、紫顶：文德；伸足亮后距，比武德；比敢于拼搏：勇德；比有食物招呼同类：仁德；比报更、守夜不失时：信德。比来比去，都比不过纸鸡可以待在窗玻璃上耐得寂寞，不吃不喝恪守天职、甘于看家护院、做辟邪神官。

"停，停，停！都别比了，等一下天一亮就回不去了。"天鸡阿瑱抖翅抻脖喊了起来，它悄悄走到重明鸟身边、头对头、喙贴喙，嘀咕说："我说你老重明也来凑热闹，小心尧帝把你贬回友邦，或让你下辈子变个不鸟不兽的蝙蝠。"

"我都快憋闷坏了，好不容易有个鸡年对鸡日的。"重明鸟不以为然地说。

"我们年年除夕出来狂欢，迎大年初一鸡日，管它猴年、马年、虎年或是不是鸡年的，"一只剪成花条纹的纸鸡侧头看着被焰火点亮的天边，心不在焉地说。

"我更喜欢虎年，这一年可以骑虎守更！"另一只细花纹大红纸鸡抢镜头似的挤出纸鸡群说。

"说你在虎年很有可能被剪成骑虎的模样得了！纸鸡骑纸老虎，有什么值得炫耀嚷嚷的?"屋边木板和草席搭的鸡窝里，一只花公鸡听得不耐烦，钻出布帘窝门、打着哈欠说。

河对岸灯火通明，屋檐、枝头映入波光浪影河面，古刹、钟楼倒立水中。半夜里那当当两声，大钟敲开了新岁鸡年、震撼大地、响彻夜空的钟声余响袅袅依依。

噼里啪啦，万家鞭炮此起彼伏；纸鸡、天鸡、家鸡、山鸡们和它们的先辈重明鸟等听得酣然畅兮，再三频频展翅，翩翩起舞，互贺同欢……

（写于2017年1月10日，发表于越南《西贡解放报》2017年2月5日）

# 新诗、古韵

杖与竿的随想；荷塘秋语；纸鸢；越南椰桨；阳光镜子⋯⋯

桥；清迈晨语；那些年知了不一样的叫；心屿孤舟；伏尔瓜⋯⋯

# 杖与竿的随想

杖即竿

竿亦是杖

那是游牧民族心目中的杖与竿

主要用于牧羊

如摩西的杖、雅各的杖

在大卫《诗篇》"你的杖和你的竿都安慰我"里

那杖与竿却是无形的


直的

无论粗糙或光滑

都被归之于竿

这是人们对竿的普遍概括或认识

也是画家笔下的竿

杖通常有装饰

如弯头

刻花等等


杖

原本只是枯木一根
它被赋予权力或威力的象征
乃至用于牧羊与驱赶野兽的工具等
也不过是很一般的开发或利用

亚伦的杖
开过花结过果
又不同
它向我们揭示
枯木有逢春的时候
在一定的力量的作用下
枯与死酝酿着新生
或生生灭灭都不是绝对的

杖或竿
无论取材于树或竹
握在手上
是看得见的
权柄掌控于手
却是无形的

可见
杖与竿……

（写于2012年仲夏）

# 荷塘秋语

荷塘尚不干
唯吾等荷叶枯焦
枯黄
枯萎
也说是
…………

不
尔等是成正果
圆寂
涅槃
画师与游子深有同感地瞧着
摄录着

都成残荷了
还拍它们做啥
闲逛者不解地说

不

不是残荷

是美丽的枯荷

是生命延续与存在的另一种方式

瞧它们站得有棱有角的

那球成花朵一样的枯荷与之映在水面的影子

还有那曲直伸张的叶梃儿

错落有致地与站在水下的花梗的组合或重叠

富有韵味

饱含诗意

它们枯而不倒

依然站立

俯瞰

守望

…………

那站姿

是向藕根致敬

行注目礼

…………

游子再三强调

絮絮叨叨


焦黄的枯荷与未枯的绿荷叶挤挤挨挨

站满了整个荷塘水面

枯的又似乎都挤在中间

成为荷塘中的枯荷浪礁


一只白肚黑背大鸟

匆匆飞出焦荷叶丛枯塘

很不情愿地扭头飞向杧果树梢

好像责怪说

嚷嚷吆吆

什么枯荷残叶

穷计较

都耽误我捉鱼

品食美味虫儿佳肴

（原名《枯塘和枯荷叶浪》，写于2012年深秋，发表于《新加坡诗刊》首刊，2016年4月）

# 荒园劲草

守荒园非清高
迎风送雨成喜好
不计枯荣逆境土贫
勿爱庭院御寒遮阳

吐绒花比云絮翩跹
生叶儿照拂日月星星
与树梢相携
舞稻浪天边

# 圆与圈及叉之释义

圆表示"零"或"0"的时候
它就是一个圆圆平平板板
没有立体感的圆圈

作为句号
何尝不是一个平平圆圈
只是更小
或看似更圆的小圈圈

这圆或圈乃至叉
为符号
亦用之于给某人圈圈点点
如判官或上司之手笔或口谕
也好比按指定或有范围的选举
在不知谁是谁的名字旁边画圈
晕晕乎乎随随便便
像阿Q画圈

（写于2012年仲秋）

# 脚们的悲哀与不幸

脚

没有自主的时候

脚们总被沉重的身子拽着

拖着走这儿走那儿

无论是泥潭或水坑

身子叫脚们走

脚们不得不走

直到身子觉得自己不能挺立

而不是吾等脚们肿痛得不行

天可怜见脚们的悲哀与不幸

（和新加坡文友同题接龙诗歌《脚》）

# 思念如歌

思念
遥遥无边
又近在眼前
如箭似针引线
穿越千山万水
穿起一片片挂牵心田

思念是一曲如歌慢板与跳跃音符组成的画面
慈母亲人挚友心线绣成的彩图
游子手下的工笔淡彩与写意重墨
无不蒙太奇在同一幅活生生的画页
…………

（写于2012年12月13日，和狮城文友同题诗《思念》）

# 等　待

有忙乎大半生者
不识微信为何物
有人为其开通
更是兴致勃勃
点添挚友旧故

一友人总不开启
这一简便通信
也就无法得到"验证"
还好知道缘由

就这样期盼等待
走在生命的夕阳日暮
奔向永恒的彼岸
…………

（发表于印尼《千岛日报·千岛诗页》第108期）

# 云水话如果

云说
如果没有你
就不能有飘在天边的我
可你总希望我变成雨
变成和你一样的水
好回到你身边

水说
如果我是云
我会领着众水四方云游
而不是让它们待在一池
一溪一河一江一海
傻傻呆呆

# 纸 鸢

我的名字叫纸鸢
无论你把我做成纸鸟
纸鱼　纸虎　纸蝴蝶

你拽着我
我牵住你
你我一线相连
感谢你领着我飞向天边
你松手我还要飞得更高更远

我不敢使劲强飞
唯恐挣断连线回不到你身边
可我好想遨游太空纵览世界
你总不在乎我能飞几高多远
只要能飞在你眼前
头顶　耳边
…………

# 茶 韵

古道茶风中华

吹遍五洲四海万家

糅进各自酸甜苦辣

方俗地貌文化

泡作千壶万葩

（作于2013年初，刊于印尼《千岛日报》2013年5月27日）

# 越南椰桨

我那椰壳被做成叫作椰桨的饭铲
你无法看到我那可爱的圆溜溜脸蛋
游客带我远走他乡
置我于灶台厨房

掌锅铲饭搅糊糊成为我神圣的公干
锅湖饭海里总有我溢出的椰香
那小屋里烹饪时亲切的调料香气弥漫
总让我分不清是中国酱油
还是越南鱼露"嫩芒"

（写于2013年春,发表于《越南华文文学》第26期,2014年10月15日）

# 牵牛花——无声的号角

俺不会牵牛管禽

也不会赶狼牧羊

还不如叫我七彩小喇叭

那是无声的号角


每天清晨

欢送明月星星

唤醒睡梦中的大地生灵

吁请太阳早起

是我们的天职神圣事

用的就是吾等藤蔓上那些不起眼

却用之不竭且天天开放的鲜艳小喇叭


（发表于印尼《千岛日报》2016年3月29日）

# 鸮　你的名号

鸮枭鸱鸮

鸮角鸱　怪鸱　鵩鸱

乃至洋名Owl等多如涛

还被喻指邪恶之人

此乃奇耻大辱与误导

岂不知

高祖帝俊帝喾原型图腾

商民族的生殖神玄鸟

农业保护神和太阳神星昴

就是你猫头鹰鸱鸮

你是远古冬至天文标号

人们把你做成图腾

及至与你相关的崇拜

还让古物候历法

与天文历法统归一致

互补相照

…………

# 写作 笔杆的前行

写作 笔杆的前行

哪怕像蜗牛那样缓爬行进

也能爬出湿冷钻出泥泞

爬上草尖攀上树巅

赶上朝阳

喝上晨露

吃到叶儿清甜

蜗牛爬过

留下身影印上足迹

道道条条闪闪烁烁

晶晶莹莹

文人行笔

锤炼字词琢磨句子

磨尖笔端荡起诗桨

练就文思悠然篇章

飘飞墨香

…………

（和同题接龙诗《前行》，写于2016年11月6日）

# 水镜明鉴

人走在河沿水边
望见游鱼与其碰头擦肩
树照水面
瞧见叶儿与水草嬉戏翩翩
蜘蛛远眺
见自己织的网尚可捞虾鲜

白云照见自个儿是风帆点点
明月察觉自身每天在变
变瘦　成弯弯小舟
长胖　像大饼　圆盘
木盆或采莲摘菱船

水镜让你我不再遥远
…………

（和同题《镜子》，写于2016年9月15日）

# 阳光镜子

清晨第一抹阳光
从对面墙体折进窗台
穿过窗纱照进厅堂
把邻家楼屋影影绰绰
投放在你家釉面地砖

你怕阳光刺眼
总拉上三层窗帘
出门戴墨镜防晒

你爱看荒野沙漠
浑身严实紧裹
更不让镜子脱落
怕我的沙土镜粒烧灼

（和同题《镜子》，写于 2016 年 9 月 16 日）

# 瞳人眸子

你美且善……
悦己者看着彼此眼睛说
不　不是说
而是从对方心灵窗口
眸子里瞧见　读出

牛郎织女被对方读一辈子
那永远走不到对岸的天河
也似乎更美更值得想象了
以至于制造隔阂者成功臣

瞳人里可望见彼此
不仅能说话发光
还可照见各自的身姿
古人就指瞳人为眸子
而不是当今常用的"瞳仁"

瞳人眸子

也好比天河
深邃悠远
只有都发光时
才能看清
读明

（和同题《镜子》，写于2016年9月16日）

# 锡安　请不要哀伤

锡安　请不要哀伤
虽然你被野火烧去华美衣裳山林绿装
愿来自各方的祝福如春风吹绿你心田
上主拉朵乃会给你披上更绿更美衣衫

你手中有约伯从苦境转回的福杯
有亚伦那会开花结果的杖
立约的彩虹总与你相伴
圣城和雅各的子孙对你仰望期盼
你对他们数数点点
比作沙粒看作星星

你看着他们
将大卫的根系繁衍　盘桓
长出健朗挺拔植株
犹如荒野中的玫瑰
沙漠里的蒲公英
谷中的百合花

迎向旭日走向朝霞

…………

（为以色列遭森林大火而作，写于2016年11月30日）

# 笔墨砚海

笔蘸蘸舔舔点点
吸满笔肚到笔尖
书书写写画山田
水草溪流黑白间

崖壁树边添夹叶
犹霜花耳际鬓边
浓墨淡彩有飞白
走笔抹雾云海天

砚海黝黝笔墨见
············

# 启明长更

黎明前你狂奔
闪烁清丽星灯
为新一天引路
启晨光携希望

黄昏前
夕阳未退时
你挤星眼
开始值夜守更

旭日嘟囔
说你星光耀眼
爱抢风口浪尖
不等不待夕阳

人们感念期盼
早晚仰望观看
夸你太白星仙
点亮黑夜世界

# 仙 人 掌

别看吾等满身披荆挂刺
牛羊驼儿夸咱沙漠王子
不恋人类阳台花盆泥池
只爱大漠广宇风鸣沙嘶

鸟兽携咱甜酱瓜儿远行
悬崖峭壁亦有吾等身影
攀爬匍匐亦倒挂荡秋千
梳行人驻足翘首惊羡头
听小贩山口路边叫卖吼
仙山仙人掌果为游客留

吾等族群植物形态多多
青掌玉指绣球灵山妙石
亦衣花冠叶挂果婆娑姿
不愧"仙人"美名冠之

（第一段写于2016年5月，和同题诗《仙人掌》，发表于印尼
《千岛日报·千岛诗页》第126期。后两段为同年中秋续写）

# 邻人的黑布鞋

一双方口黑布鞋
鞋带倒扣脚踝边
总被左右反穿着
成为无声的代言
那是黑白颠倒夜
左右乱划混沌年

# 四弟家的庭院

屋前有沙兰　喜鹊栖树上
觅食抱雏忙　日日欢歌唱
开门见白杨　芳邻枝头望
赞我庭院宽　玉米粒儿香

（丙申金秋丽日偶得，贺武家四弟添丁在即。写于2016年10月9日清晨）

# 墨鱼——墨法无边

墨汁　障眼
搅浊水　脱凶险
溜溜开道　隐形战舰
疏霸海江河　彰墨法无边

（和同题《墨鱼》，写于2016年6月30日）

# 缀眼点睛

白发　老人华冠
青山　绿水屏障
题目　文章网纲
苔点　笔尖草浪

人物走原野
山水画亮点
屋檐镶瓦当
门窗见风光

夕阳洒金大地
旭日染红天边
明月当空高悬
虫歌院外眼前

（和同题《缀》，写于2016年10月14日）

《一七令》（七首）

# 桥

桥

飞丝　一条

牵蕉叶　连树梢

盘丝结网　吊床一方

捕食网星星　捉虫兜月亮

促膝旭日枝头　携手朝阳罗裯

雨丝风尖绣珠袍　蜘儿蛛母织天蛟

（《一七令·桥》和林子《蕉》，写于2016年6月29日）

# 清迈晨语

桥

电网　天道

走松鼠　憩飞鸟

迷你车佬　穿街索高

领枝头叶儿　秀靓果朝朝

度小僧化斋潮　观施主跪弯腰

遣鲁登摩托飞飙　载雀儿地面唵犒

（写于2016年7月1日，记泰国清迈早晨街景：松鼠走索道"楼窗边电线"穿街走巷，犹如开迷你有轨电车；索道下，路面，出来化斋的僧人三三两两走过；路边，施主们敬献斋饭时通常要跪拜听受施僧人祝祷。）

（唵犒：泰语、壮话，意为"吃饭"，在此借指觅食、啄食）

# 身底双脚

桥

身底　双脚

履平地　踩山坳

披荆斩棘　开路辟涛

闯坎坷低谷　越悬崖壁峭

穿阴霾出雾霭　奔无垠迈广袤

立白杨刚正不阿　舞青松风头云霄

# 屈原离骚

桥

屈原　离骚

通幽境　达天庭

统领精灵　号召神明

哭国难民殇　泣无丹可疗

记吟楚风诗魂　诉唱哀愁悲悯

冥思苦想独哀唱　满怀壮志汨罗涛

# 汨罗江涛

桥
汨罗　江涛
感楚地　憾华堧
竹叶唏嘘　粽箸泣泪
举菖蒲艾草　鞭虫蛇鹰脑
包粽子祭忠魂　撒雄黄驱毒蚝
赛龙舟千河五洲　念汨罗诗怀宽辽

# 诗页千岛

桥

诗页　千岛

行诗文　飨读者

热土南洋　风骨华府

椰林比云蒿　诗友晒文稿

赛诗龙话笔锋　同耕耘共提高

乘诗页海舟千岛　栽聿竹乐土沙捞

（载印尼《千岛日报·千岛诗页》；聿竹，在此指代笔）

# 解惑开窍

桥

解惑　开窍

疏心结　阔视野

风渡云天　虫乘飘叶

船可舫筏篙　草何止青蒿

暖心话比炭火　犹彩虹搭天桥

一根筋走细条条　石木藤蔓穷计较

（《一七令》（七首），完稿于2016年7月3日）

昔年的夏日（三字令，三首）

# 那些年知了不一样地叫

俺知了　知唑唑
烽火年　狼烟天　殃良田
哭枝头　泣草叶　叹酷炎
哀盔甲　怨罗翅
不管事　不飞驰
唯趴树　只哀思
…………

# 夏日那狼烟

赤夏炎　酷热年
红布条　扎袖圈
点狂火　挥狼烟
烧心头　熏天边
斗无辜　游黔首　焚书卷
字悲泣　册无言　贤良冤
叹平头　挨铁鞭　捂痛脸
那岁岁　那天天

# 夏夜狂飙

三脚猫　半夜闹
统一行　有名号
美其名　查门户
被叫作　刮台风　吹狂飙
端的是　闯宅院　抓凡高
续狼烟　接皮鞭　延荒年
充命官　贬细儿　遣小姓
修地球　补天边
…………

飙回头　风返路
猴妖猫　成正果
飙成霸　修为派
革余命　组虾兵
刮战风　雷派鼓
游街头　战巷尾
…………

《西江月·荷塘麻鸭》等

# 荷塘麻鸭

独享枝头凉意　自得荷塘月影
观群鱼戏水游欢　听雏儿啄草吟唱
眼收星河云山　怀揣明日朝阳
背后楼林呆站　添了几许屏障

# 伏 尔 瓜

客地园翁种蔬果　喜送瓜爱自夸
佛手玉肘紫青荚　金鼓雕笼黄莎
千年河流万世葩　伏尔加拉西垭
唯吾大邦此特产　四海他乡齐仰
岂知契丹客连说　给大依苴弩尕
…………

（"给大依苴弩尕"为俄语"китáй мнóго"的谐音，意思是"中国有很多（此类瓜果）"。"苴弩尕"指"多"；"给大依（китáй）"原指"契丹"）

# 夏宫孤舟芬兰湾

圆圆塔顶白墙　清清俏影靓湖
昔日俄皇避暑处　今朝景观古屋
倘阿房明园如故　堪称三施比妩
怎教咸阳燕山　羡叹彼得稀物

《江城子·心屿扁舟》等

# 心屿扁舟

瓯江心屿如扁舟，载双塔，立风帆
比翼扬帆好渡江，优哉游哉有叶桨
承载仙迹古刹，迎旭日，送夕阳
流芳千古，宋明屋，苍天树，
诗亭浩然，碑帖李杜谢韩天祥
指点潮涨潮落、云聚云散
望对岸古埠麻行，观东头城门温澜
邀松台巽岗牛岚、翠微岭积谷九山
…………

# 统万流芳

匈奴白城　夏都统万
岁月尘风　千古战雨
涮去阁台　楼宇殿堂
沥出残垣　断壁马面
记下建者　勃勃赫连
修成永恒　日长天年

　　（统万城建于公元413—418年，由汉奢延城改建。后于北魏太武皇帝拓跋焘一统北方期间被攻克，从此设置统万军镇。）

# 人驼吻别

戈壁滩平明霞光。蓝衣汉，老骆娘。

人骆相送，一蹲一跪拥吻。

千言万语谢不尽，骆驼乳，世代哺。

知汝今朝要远行。奔永恒，辞岁寿。

饯行美餐，五谷青草蛋汤。

细咽慢嚼听叨喃。猛转身，上征程。

诗说汉字

# 聿 竹

案头有聿竹
总爱纸上游
若与常牵手
点墨见飞流

# 黑本如斯

吾名取之炭火星点沾脸
可艾草细烟灸病画黛眼
亦浓墨诗意写青山峻岭
秀发鬒鬒黑巾黔首平民

（和同题诗《黑》，写于2016年5月15日）

# 石言石语

依我者谓我靠山磐石
用吾者视吾房脚基石
画我者称我奇峰异石
写吾者赞吾如画胜诗
践我者贬我愚岩顽石
爱吾者置吾案头赏之

# 牛文牛字

一人一牛件字当头
亦半亦判如刃解牛
宰牛充物祭宗祀祖
犊特牺牲唤牝牟牡
牵牛犁田鼻绳翻卷
禾青苗壮犒牛牢圈

（"特"指小牛犊，尤其是用作祭祀的小牛犊，也有"雄""公"的意思。公牛为"牡"，母牛为"牝"。"半"是"判"的本字，与"件"同，原意均指分解牛。）

（发表于印尼《千岛日报》2016年5月28日，《千岛诗页》第122期）

汉字的旅行

# 俺在越地

俺在越地分弟俺妹仔俺
写作合字弟奄女奄汉喃
用于自称弟弟我妹妹俺
及至孩儿或孙辈说话者
相对英姊伲母姑柱翁妣
俺是阿弟阿妹昆召你我
俺亦指称弟妹小辈晚生
俺字的远行变胖增内涵
囊括谦词或昭穆孝悌等

## 黐、婯

（相对英姊伲母姑柱翁妣，即：相对哥姐父母姑叔公婆/爷爷奶奶。）

# 出 木

屮出苗长可谓之木
此乃木与出相关义
可见，木亦囊括草
有屮头有根本植株
出为其破土第一步
木比之扎根站立姿
越语里有出木合字
或直接用木指生长
指升现词组"木莲"
谓太阳出：面天木
雨后春笋：木莲如懵
树长叶等等：荄木萝纭纭

# 銮的光环

銮　御驾铃铛
随銮舆走四方
响声大名嘹亮
出傣地跃壮乡
飘暹罗游扶南
千历百炼闪金光
荣升为御词帽冠
城冕塔帽尊称专
京都勐銮巨塔銮
銮布銮珀师爷方丈
銮大銮波銮哥乜銮
銮字一族串串班班
…………

# 行笔走读

千古绝唱；中原之旅；
大白上国人的咏叹；荷田晨歌

# 千古绝唱

## ——读柯文辉先生的长篇小说《司马迁》

柯文辉先生的《司马迁》读来似唱、如叹，无论是人物的内心独白，还是对人物及至场景的描述都令人耳目一新。洋洋五十八万字，字字好比不同音位、音长的音符，而全书的十三大章犹如十三首主题相关的乐章，或重奏，或变奏，或低音轻弹，或鼓声擂动，或唱，或吟……

有些篇章的开头还有精彩的片段作为前奏或画外音，如《廷辩》篇里司马迁与汉武帝的对话，《出狱》篇里的《铁窗诗梦》，《宦海》篇里的《作者的梦》，《壮歌》篇里的《续题词》，《璧沉》里《看客与司马迁的对话》，等等。《续题词》是肉体与灵魂的对话，这与本书开篇之前的题词相呼应。这些前奏或画外音不仅仅在全书各篇的开篇之前或篇首，也有在篇中的一些专题、片段之前，如《杀庙》篇里的《梦中游侠歌》，《宦海》篇里司马迁舞剑时的内心独白或可叫作《剑歌》，以及其他篇章中穿插的一些吟、唱片段，等等。柯先生笔下的《司马迁》既是壮歌、诗剧，又是精美的画卷、挂图，书中的人物犹如一组组、一张张立体图。要仔仔细细品读每一幅图，连角角落落都不要放过，才能品味出一个个完整、鲜活的人物。有些人物奇丑、奇恶，可恨、可咒，读了三分之二大本，你还在恨他，并且打算咒骂他一万年时，然而转眼之间他却变得可敬可爱了，如管犯人的牛大眼及他的上司邴吉，前者是受司马迁的影响或被感化变好了，后者是貌似酷吏，实质却是正义、义气之士。

出奇制胜是作者柯文辉先生妙笔生花之处，奇就奇在被"错判"为坏人、恶人的人物，读到本书将近尾声时却"峰回路转"，竟然发现此公乃好人。如司马迁的学生郭穰，他原来是司马迁出使"昆明国"时收养的苦命孩子，他在司马迁临难时投靠杜周，谋得看管宫廷书籍一职，他被认为是"卖主卖友"者，出卖老师，受天下人谴责、被人们唾弃的人。读者们不免一边读一边骂，不只是骂，还把他打入十八层地狱，而实际上郭穰是为继承师业，即修史书才设法"打入"宫廷的，他甚至终身不娶，为写史书后继有人而做好可能搭上性命的一切准备。在那里郭穰可以读到史书等有关文献，甚至看奏折、诏书等。郭穰这个人物出现在不同的篇章里，如果把郭穰写成一篇或集中一两个段落，读者对他就没有那么深的印象了。郭穰出乎读者意料地最终被作者"平了反"，而柯先生的手笔也让读者开了眼界。此乃大师的手法也！真人不露相，真人以假象伪装更把人都骗倒，武帝、贰师将军、杜周之流都不在话下，要不他郭穰、一个朝廷钦犯的学生怎能在虎穴里周旋呢？郭穰被读者所骂也是天理常情，因为他装得太像"犹大"了。我甚至曾经把郭穰与他老师司马迁的骡子相比，觉得司马迁收养他、教导他，还不如养大一匹骡子，那骡子走散多年都认得主人，相逢时难舍难分。其实，比对了。

在《骡魂》那一篇里，司马迁的这匹爱骑——骡子被描绘得活灵活现，就差它不能说话了，它是那样的顺从，善解人意，它对主人百般信赖，酷似司马迁对皇上的信赖。它被灌药打虫，被热油烫脚治伤，无论对它做什么都不起疑心，伤愈之后的骡子天天护送主人上朝，像司马迁对皇上那样尽忠尽职，"骡魂"也是司马迁的魂吧！可见作者的妙笔。司马迁的宽宏大度、一身正气让人敬仰、令人钦佩，而他的愚钝或极端的天真却是他的致命弱点。一个假装可怜巴巴的、杜周派来的小密探假女子歌郎玉香就骗得他的怜悯，骗得他推心置腹，甚至还想替这样的小人去死，亏得廷尉右监邴吉当机立断除了恶。

在《出狱》这一篇里，读者看到这里不但会为司马迁捏把汗，也为同样被骗的狱中别的钦犯担心，因为一个歌郎这样的小粉脸，一夜就挪了好几个窝，为了保全自己的小命可以陷害无数忠良。感化人、劝诫人似乎是司马迁的天职，上至皇上，下至庶民，只要有机会他都要劝其为善，并随时准备着以身殉职，甚至不惜性命去保护杜周之类的仇人、恶魔，他似乎觉得谁都可以变好、改善，只要有人谆谆善导。

《璧沉》与《晨帆》里的"鲤鱼跳龙门"的故事相呼应，就这个故事来说，司马迁的"沉璧"之举不是轻生，而是跳龙门，是永生……

读完柯文辉先生《司马迁》的最后一篇《余响》，合上书，脑子里净是书中一个个活生生的人物，老石匠东方朴、书儿、杨敞、司马夫人等等，他们的时代、境遇乃至风雨组成了一幅永恒的余响图！

# 中原之旅
## ——走读贺州客家堂第

　　去广西东边的小城贺州，无论走公路还是搭铁路，沿途都是可读的。读树、读山，读水，读镶嵌与掩映在蕉丛或蔗田间的农舍，尤其是品读车窗外路边那些与树等反向飞驰的写着"槐树堂"或"清白第""天禄第""柱史第"等有"堂第"标志或横批的客家屋或堂。

　　这样的或堂或第标志或名号，说它们是横批，是因为这些屋子门口还有与名号相匹配的红纸对联；说这样的房舍是屋，因为那是一户户居室，或独户或与邻家相连；说其是堂，是因为车窗外这些向旅行者身后倒退着飞驰的屋宇似乎都正面朝路。这正面也就是出入口、堂屋或现代概念的起居室等。其实，屋与堂是不可分的，江南一些地方就把房子叫作屋堂。屋堂，亦即房子，尤其指含有正间即堂屋或厅堂的房舍。屋堂虽说不等于堂屋，但却涵盖着堂屋。堂屋通常是敞开的，可做店堂，有坐息、用餐等日常用途，也可以是通往内室或边间、楼上等的大通道。

　　贺州这些农舍房屋门口几乎都贴有红纸黑字的堂第名号，尤其是"第"，号作"清白第"的特别多，其次是"柱史第""天禄第"，等等。有个别房屋则以"宝树堂""三槐堂"等堂号为标识。堂号通常是贴在摆放祖宗牌位的一间堂屋即"祖屋"里，从房舍门口外边一般是看不到的。堂号置于门口的，大致有三种情况：或该姓氏没有第号，用堂号代替；或堂号与第号相同；或没有堂号，第号却叫作某某堂。如"三槐堂"王氏，就只有堂号；邹氏、周氏、邓氏，没有堂号，其第号分别为：天禄堂、爱莲堂、南阳堂。

堂名或第称，也是门口对联的横批，两者只能见一，门楣上一般不会既贴堂号又写第称，但只要有一个，通常会有固定的对联相配。固定对联一副或两副，供同一姓氏的不同家庭选用。第号或堂号也有两个的，如：

| 姓氏 | 堂号 | 第号 | 相配对联 |
|------|------|------|----------|
| 谢氏 | 宝树堂、陇佑堂 | 敦睦第 | 东山世泽，宝树家声 |
| 李氏 | 至德堂、陇西堂 | 柱史第 | 陇西世泽，至德家声 |
| 曾氏 |  | 三省第、武城第 | 三省门第，一贯家声 |
| 杨氏 | 四知堂 |  | 四知世泽，清白传家 |
|  |  |  | 四知世泽，三相家声 |
| 古氏 | 新安堂 |  | 乡贤世泽，国宝家声 |

贺州堂第，可说是古老中华姓氏文化的流传与延续。第名，也是官府世家宅第的标志，如三省第、柱史第或进士第等人家里有的还珍藏着当年皇帝手书颁赐的第名匾额。三省第，是指祖辈做过三省六部官员宅第的通称。三省六部始于隋朝，由隋文帝创立。当时的三省，即中书省、门下省、尚书省；六部为吏部、礼部、兵部、度支（后改为户部）、都官（后改为刑部）和工部。

现代农舍堂第现象，是古老官堂第院文化的延续。在一个古建筑群宅第大院里，不同屋子还分做不同名称的堂或第、厅等，如浙江东阳的卢宅明清古建筑群。其中，沿肃雍堂、树德堂两条轴线，就有方伯第、柱史第、大夫第、世进士第、五台堂、龙尾厅等六组建筑，可见"堂"也是房屋的名号。"堂"的本义指正房或高大的房子、大殿等，也用以表示与祖辈的亲属关系，如堂房、堂兄弟等。古时候官吏衙门也称公堂、大堂，后来多用于书院、店铺字号、祠堂等，如敬爱堂、膺福堂、林海书堂、通州师范学堂，老字号中医药店济生堂、同仁堂等。作为房屋名号或店堂字号乃至祖宗堂号，这样的"堂"可理解为广义的堂。此外，也就是狭义的堂，如令尊、令堂的"堂"或宾朋满堂的"堂"，后者既指居室或某一家庭，也指这一家的厅堂。狭称堂或小义堂，也好比有堂号或无堂号或第称之房屋中的堂屋，某一宅第乃至一般大户、中户人家中之大堂、厅屋等。有名号的，如卢宅里的大夫第东吟堂、进士第忠孝堂等等。堂号，无论作为宅屋名号或作为置立祖宗牌位的祖堂等专用厅屋、小间等名称，通常都会有与该名号相应的一至两副楹联，其格式如徽州古宅承志堂的正厅，"承志堂"下的案桌上方正中那幅中堂画轴两边相对的第一联即内联为：清白传家，淡泊明志。外联：嚼诗书其味无穷，敦孝弟此乐何极。可见，当今贺州乡间农舍门口那最常见的"清白第"，就取自这样的内联，而这宅与厅同名的堂号，也完全可以作为同宗之名称。

在一个姓氏的宅院里集中了好多个与官名或身份有关的"第"，也说明这一家族"科第不绝"、官运显赫等。大夫第，一般指文职官员的私宅，即士大夫的门第，而不是平民百姓的屋宇"草芦"。如进士第、翰林第等，都是身份显赫的标榜、标志。作为官名，大夫之称始于西周，废于明清。西周以后先秦诸侯国中，在国君之下设有卿、大夫、士三级。大夫不仅可世袭，还有封地。后世遂称一般任官职的为"大夫"。秦汉以后主要指中央要职，如御史大夫、光禄大夫、谏议大夫等。唐宋有御史大夫、谏议大夫。隋唐以后以大夫为高级官阶之称号。清朝高级文职官阶称大夫，武职称将军。

方伯第，或可理解为地方长官的官邸。方伯，为殷周时代一方诸侯之长。后为地方长官之泛称。汉以来的刺史，唐之采访使、观察使及明清之布政使等均称"方伯"。方伯，为诸侯中之领袖，也就是管理某一地带地方诸侯的长官，即所谓的"千里之外设方伯"（《礼记·王制》），多为比较大的诸侯担任，如殷商姬昌（周文王），继承其亡父季历的西伯侯之位，成为管理当时诸侯视野里的中华之西的"西方"一带的诸侯之长方伯：西伯，或西伯侯，也按其名被唤作"伯昌"。这名为昌的西伯管理有方，"天下诸侯多归从"，及至其子姬发（周武王）得天下，建立周朝之后，被追尊为"文王"，亦即周文王。可见，连周武王得天下之前，也不过是一个大"方伯"或"伯发"。而这方伯的"方"，也相当于所辖之地域方位名目的代称，是可置换的，如管理鲁地山东一带的齐侯，也自称为齐伯。秦始皇统一六国后，尽管没有了诸侯，但地方较大的官吏还是习惯以方伯自称。

贺州客家人一般都很注重姓氏堂第，尤其是第号，通常不会张冠李戴，如张氏：金鉴第；罗氏：紫源第；马氏：荥阳第；梁：安定第；杨姓：清白第；赵姓：水天第；虞姓：陈留第；田姓：淮阳第；肖姓：河南第；周姓：爱莲第；王姓：三槐第；谢姓：乌衣第；苏姓：眉山第；李姓：柱史第；等等。柱史第人家不仅自己宗族里有出任过柱史等官的，且还与同样当过"柱史"的老子李耳老聃同宗，可说是有双层光环的人家。柱史，就是柱下史，或柱下，即御史。老子就做过这样的官，其具体工作是任当时东周国都洛邑的"守藏吏"，即相当于国家图书馆馆长，不过那时的"国"，也就是一个小城邦，但能做这样的官，在当时已经是很了不起了。后人把御史及老子所做过的这一官职统称为柱史或柱下史。御史，被叫作柱下史，还与古代为臣为官者均要站于大殿、廊柱下等上奏或听差的习惯有关。御史，可能还包括其他方面的工作；作为宅第名称，也指进士人家，如以进士第为宅名或照壁的院落里，也可以有题为柱史第的屋子、堂室等，如做过河南封丘知县的余缙，他那进士第"名居"就是这样，不仅有据说是康熙皇后赐的"柱史第"匾额，且还衬以五个石雕荷花柱。

从庐宅的建筑式样来看，广东梅州或福建客家旧屋，或浙江瑞安、平阳等地的一些旧民居，乃至现代村镇、乡间一些刚建不久的木结构房子，均与其很相像，比如平阳下里汤镇的木板屋的那些顶梁柱或所有柱子上围撑着的伞状花样的柱托或梁托等。至于庐宅人家是不是客家人，或怎样解读客家这一概念等，且另当别论。

庐宅建筑群的名称，完全可以囊括当今那些散见于广西贺州乡间的"堂第"现象。唯一不同的是，贺州的堂第字号是写在纸贴于门楣，而不是在其上镂刻或挂木制牌匾，且这些房屋亦不讲究雕梁花柱或门楣装饰、砖石浮雕等。

贺州村舍表面看来，与只贴普通横批与对联的不加装饰的农村屋子没有什么不同，但读起来却很不一般。总之，有点深奥莫测，尤其是在缺少古文化与传统韵味的当今。走在这样的乡野，无不让人觉得恍若隔世，走在昔日、古时。

# 壮乡彩糇，似画，如歌

凡到过壮乡、吃过彩糇者，无不以其悦目的天然色泽叫绝，为其醇香宜人的滋味赞叹。

彩糇，确切地说，是彩色的糇糯，即彩色糯米饭，是壮族节日美食，或席上主食，如农历三月三这样的壮族大节日更是少不了彩糯饭。此外，还有清明拜山（祭祖），也用到彩糇。

壮话"吃饭"叫作"哽糇（gwnhaeux）"。糇，在壮话里，既指米，也指米饭。种糇糯，食糇糯，是壮族人自古以来的耕作方式与饮食习惯。有关"糇"的来历，有很多美丽动人的故事。据说，连姓侯都与"糇"有关。"糇糯（haeuxniu，糯米饭）"与"岜夯（Byaeksomj，酸汤菜肴）"，是壮族的日常饭菜。壮族民间有"无米不成席"之说，尤以糯米食品为最。

每逢农历三月三壮族歌节盛宴上更少不了一大盘醒目的彩色糇糯饭，四色或多色花形，及至杂色等。那是用枫叶、黄饭花、红蓝草、紫番藤等纯天然颜色染出来的。细闻起来，每一种都有不同的清香。先用汁色泡糯米，再上笼屉蒸。如果是自己吃或拿到集市出售，就不考虑花样形状及至各种颜色的比例。有的甚至像大写意彩墨画的彩云图那样，泼墨、洒彩似的随意、自然摆铺彩糯。总之，合而蒸之的花样，随各人创意或选择。出锅之后，也有撒上熟芝麻、炒豆粉等做点缀的。清明拜山用的彩糇，就不能"太写意"了。这时，菜市、集市上也出售精心制作的"小笼彩糇"，一笼一笼地包装好，连简易屉子一起出售，有花样点缀的供品蒸糕也是这样。

壮族的饮食通常以稻谷、玉米、芋头、红薯、木薯、荞麦为主。壮族的春节、蚂拐节、三月三歌节等的五色饭彩糇、包生饭、猪仔粽、牛角粽、羊角粽、驼背粽等，均是色味俱佳俱全的特色食品。驼背粽，大的有二三斤，小的也有一斤。色彩斑斓悦目、味道香醇的彩糇，象征五谷丰登。在城市里，彩糇也当早餐，吃法有蒸热吃、炒着吃，等等，因此也被归于壮族著名小吃之列，与宁明壮粽、状元糍粑等齐名。壮族著名菜肴主要有：马脚杆、鱼生、烤乳猪、壮家酥鸡、龙泵三夹、火把肉、壮家烧鸭、盐风肝、脆熘蜂儿、五香豆虫、油炸沙虫、皮肝糁、子姜野兔肉、白炒三七花田鸡、岜夯鸡等。壮族的饮食文化与民间信仰及祭祀等有着不可分割的联系，节日主食或著名小吃、名菜等，同样也是祭祀的供品。从糇与节日的关系来说，蚂拐节与糇有直接的联系。"蚂拐"就是青蛙，"拐"字应写作虫字旁的。据说稻苗原先是雷神赐予壮族先民骆越民族的，后来由于族人违反了与雷神的协定，以致稻禾被收了回去。于是女巫姆那之子、骆越首领"德那"毅然别母、舍妻，变成稻禾。随之，姆那即刻化作稻田，而雷神的儿女、特那之妻"布柳"与其哥哥雨神"犊嘎"则化成稻田"那"里的水与青蛙。女巫的名字"姆那"，按汉语来说，即"水田之母"或"德那的妈妈"。壮字"那"的正确写法是上"那"、下"田"的组合字。根据壮文的特点，"德那（dei naz）"如写作"特那"更为合适，因为"特"在壮话里有"男""公""雄性"之意，如"特怀"即"公牛"。当然，这里的"特"还应该写作反犬旁的，"怀（vaiz）"还要写作牛字旁的才对。彩糇，也是祭蚂拐的供品。蚂拐节，也叫蛙婆节、青蛙节、敬蛙节等，时间从正月初一至二月初。蚂拐节是为了求风调雨顺，有很隆重的仪式，有些地方的表演者手足套着布做的青蛙的足蹼，扮作青蛙，模仿青蛙的动作，唱着蛙歌、跳着蛙舞。首先抓住青蛙的男子，立即被配为"蚂拐郎"，然后进入仪式的高潮，直到结束。

蚂拐节的仪式主要有：寻蚂拐、迎蚂拐、守蚂拐和葬蚂拐四个环节。当有人找到蚂拐时，人们便会欢呼雀跃，虔诚地将蚂拐安放在事先做好外贴彩纸的竹筒里，然后装上花轿，在法师的引领下，抬着蚂拐挨家挨户进行赐福，然后各农户举行各种"迎蚂拐"活动,将准备好的红、黄、蓝、黑、白五色混合的糯米饭彩糇,以及红鸡蛋、鸡鸭猪肉等,迎接蚂拐,向蚂拐祈祷心里的美好愿望,法师则祝贺主家新年万事如意、六畜兴旺、五谷丰登。迎接完蚂拐后就是守蚂拐环节,人们将装有蚂拐的彩色竹筒从花轿上拿下来,供奉在蚂拐亭里,人们自发地将各种上好的食品放到竹篮、木桶、瓷器里,整齐地摆放到蚂拐亭前,燃香烛,烧冥币,举办蚂拐歌会等。其间有些地方也请当地剧团为民众表演歌舞、小品、戏剧、曲艺、山歌等精彩的节目,或唱山歌、对歌等。

"糇"字的汉语本义是"干粮",也写作"餱";方块壮字,一般写作"米"与"厚"的组合字,或"米"与"后"的组合。彩糇或彩色糯米饭,俗称五色饭,也称乌饭、青精饭或花米饭,因其黑、红、黄、紫、白五种颜色而得名。其天然色素对人体有益无害,甚至还有滋补、健身、医疗及美容等作用,是壮家用来招待客人的传统食品。每逢清明节、农历三月三、四月八、牛王节、端午节等民间传统节日,壮族家家户户都喜欢做五色糯米饭吃,以做赶歌圩食用,或祭祖祭神之用。当今在壮族节日里,五色糯米饭更为盛行。苗族也有五色糯米饭,制作过程与壮族相同,但通常都做成方形饭团,一层一层的,上小下大,花纹一圈圈的,象征美好生活。每年四月初八,早稻已插完返青,苗人便用五色糯米饭揉成小团团,黏附在竹枝上,插于祖宗神龛,又从田中取回一蔸生长旺盛的禾苗,以南瓜叶包根,放在碗里,一并祭祀祖宗,祈求祖宗保佑五谷丰登。五色糯米饭是苗族人民的吉祥物,表示生活像百花灿烂,象征各族人民如糯米饭团一样团结在一起,勤劳耕耘、有福同享、有难同当,它也是苗族儿女们表情示爱的一种情物等。

壮民过蚂拐节的虔诚,让人觉得种出"糇"的不容易,尤其是糇的种子或禾苗的神话故事,更让人觉得稻谷糇类的可歌可泣、可描可述、可画可写。而五彩糇糯,权当是一种概括,以及寄托与祈愿,每每食之,以求不忘糇之歌、糯之史,人们怀着感恩的心领受谷神与草木之君的共同赐予。因此,最佳的品尝方式莫过于带着彩糇走出家门,漫步田野,在蛙歌、虫鸣、鸟叫,乃至树叶或草尖与风儿的摩挲微语声中,用手一点点地送入嘴中,慢慢咀嚼,细细品味。

# 我们离读者有多远

记得我国著名翻译家、文学家、外国文学研究家叶君健先生曾说过这样一句话："中国为什么没有像安徒生那样的童话作家，是因为国人对童话的挖掘、重视不够，乃至对童话作家的重视与培养欠缺。"对其他的文学作品也是这样，正如瑞典汉学家、诺贝尔文学奖评委马悦然先生所说，中国不是没有好作品，而是好作品没有被翻译、被介绍出去。对本国作品的挖掘不够，是指不积极向国外读者展示力作，或者是由于翻译的平直、呆板或裁枝剪叶使作品减色而不能让境外读者借助译作对原著乃至其作家的重视。

马老先生很看重业余翻译工作者，当然这样的业余译者都是一些学者型的，就像已故的叶君健老先生，还有马悦然自己，都是著名的学者。马悦然说自己从事过的作品翻译都是业余的，但他认真去做了，而且做得比专业的还要好。专业翻译工作者，或者某些工匠式的人员兼翻译，他们如果只求数量、不讲品质，不只是误了读者，也误了作者。这里的"工匠"是指那些始终以某种技能谋生，而且其头脑里的知识总不更新或其所传授的课程永远是"旧酒装新皮袋"——只换名称、不换内容的人。谁说这样的工匠没有水准呢？人家退休后还吃香，因为有高级职称撑着，哪怕一本书稿当讲义念了几十年。

读者不是没有能力比较译作的好坏或等次如何，而是没有更多的选择余地，除非去读原文。在大多数情况下读者是被迫去读编译过的"次品"甚至简写本。这不由得让人想到文学资料受禁锢之后的"荒年期"，虽说已逐渐开禁了，但国内外名著还是奇缺，逮着几本同名连环画都如饥似渴地当宝贝看。一个下午就可以把老师布置的必读书看完。而过了"荒年期"，又是另一种现象，那就是进入"读物遍地开花时期"，一种同名的名著可能有三到五个译者，或不同的出版社出同样的译著。人家都译过了，你还去译，是译还是抄袭？如果看起来都差不多，你让读者怎么区别真伪或权威版本呢？

译者考虑最多的往往是译出来的文本能不能发表或出版，这样一来，译者不是跟着别人去挤独木桥，就是当"美容师"；别人译什么，你也译什么，要不就借不同的名义包装别人的书，如编译什么选读、某某作品精选，等等。且不说译者的翻译技巧或翻译水准，或裁枝去叶等问题。为了取悦读者，或迎合某些读者的趣味，为了畅销，为了能刊登出来，等等，都有可能会添油加醋。正如一位译文编辑所说："给我这里译稿的，谁都挨枪毙过，我以前就挨枪毙了好几次，你们慢慢地就会知道怎样译才得发表。"这位编辑把为这家杂志社代译的文稿不得发表、译了也白译，这样的白白辛苦叫作"挨枪毙"。可见这位从外加工——代译稿件者到专职编辑的"苦难"历程。也可见读者与作者的权益都不在考虑之中。好在登这样杂志里的文章不会那么碰巧被中国通或懂中文的国外作者瞧见。

同样，对待本国的作品也是这样，只要哪位作家得一个什么比较大的奖项，译者们必定抢着译其作品，而不会积极去寻找其他的、别人还没有发现的好作品来翻译。这样一来，好作品被发现的机会就越来越渺茫，而译者自己也变得越来越被动，甚至懒惰。译者是否懒惰可以看其"成果"情况，但成果又往往与升迁或评职称有直接联系，于是完成这样的所谓成果的学术态度似乎不那么有力度了。有人说评职称是把人评下去，不是把人评上来。也就是说，职称评到最高点就什么学问也不做了。当然，文章、成果什么的也就不再有了。其实所谓的前面那些"成果"何尝不是为了评职称"赶制"出来的！

那么怎样才是学术力度够的成果或纯学术型的译者呢？学术力度够的成果至少不是粗制滥造或东拼西凑的，为了交差、凑数的文章、论著。纯学术型的译者除了公认的有造诣的翻译家之外，应该还包括一些研究人员、作家、评论家兼翻译，或翻译人员兼作家、学者，等等。如：上面提到的瑞典汉学大家马悦然；中国学者、翻译家、作家林语堂、叶君健、巴金、鲁迅、苏阿芒、萧乾等等。

林语堂先生的英文作品《生活的艺术》让青年时期的马悦然不知不觉地对中国文化乃至汉学产生了浓厚的兴趣，以至汉学成为他终身事业，而他的暮年之作《老马的乡愁》用地道的汉语情趣并茂地写出了他对第二故乡中国四川的眷恋。叶君健先生写了不少英文作品，可我们好像只知道他是安徒生童话的权威译者。巴金从世界语都翻译过来一些什么作品似乎没有人知晓。鲁迅先生都译了些什么也几乎没有人提及，还有萧乾的英文作品也似乎没有几个国人知道，别说学习他们的治学态度了。还有20世纪80年代被"解放"出来的自学者苏阿芒，我们的榜样也不少了，我们也可以把什么"家"都兼起来啊！

苏阿芒能用世界语及多种外语写诗词发表在国外，也翻译、介绍中国的诗歌，我们也可以尝试。然而努力出成果了又怎么样？除非媒体推举其为"大榜样"，然后大宣、特宣，号召人们向其学习、效仿，那不过是热一阵子，过了那阵热劲儿，很可能又不得不退回到起点时的山重水复路。

难道我们越走越远了吗？不，那只是大潮流吧，只要不随波逐流，自辟蹊径，必有善果。因此，这里的"我们"似乎太笼统或有鱼龙混杂之嫌，应该分为"大我们"与"小我们"，甚至"大多数"与"极个别"。

…………

# 日本院号文化大观

汉字"院"在日本总被用于相当于中国谥号的"院号"尾字，如德川家康之子、第二代将军秀忠的院号台德院；其名为江与的正室院号崇源院，名为静的侧室院号为净光院，等等。天皇、将军等男子院号尾字通常也是"院"，与其墓所名称相关、相同或无关等，如室町幕府将军足利尊氏的院号与其墓所名称都是"等持院"；同一墓所"相国寺"的足利义满、足利义正、足利义尚等分别为鹿苑院、慈照院、常德院；足利义荣，光德院，墓所"西光寺"。也有用"寺"或别的与其"墓所"有关的字，如镰仓幕府的源赖朝，院号"白旗大明神"，墓所"大仓法华堂白旗神社"；源实朝，院号"大慈寺"，墓所"寿福寺白棋神社"；德川幕府第一代将军德川家康"安国院东照大权现"，墓所"日光东照宫"，等等。

局字，也用于女性院号，通常见于侧室，如德川家康侧室西乡局（宝台院）、西郡局（莲叶院）、阿茶局等。"局"在日语里相当于宫廷或大将军大院里的女眷住所，如"大奥"里的"长局"，该字也作为女官级别，如将军女侍"御中﨟"，就是局级女官。"局"也用于当时女性的封号，如掌管将军后宫"大奥"的女总管阿福在其当将军乳母时曾受天皇封赐"春日局"。中国谥号原本是死后用的，但日本德川幕府时代那些将军的夫人们在她们的将军丈夫过世之日起就开始用院号，甚至连装束都从头到脚改换成蒙头遮脖颈的白色尼姑服，居家或拜访亲戚也是尼姑装束，与个别出家住寺庙的穿戴相同。可见日本的院号"院"或"局"也是对上层阶级寡妇的尊称，与其说是院号，还不如说是法号。而对那些居住在御用屋敷的大多数所谓有身份的、打扮如尼姑的日本幕府时代的将军遗孀们来说，则相当于别居修行兼守寡。然而寡妇再嫁，在古代日本上层阶级里比平民还普遍，那是不由自主的，是按政治需要被嫁的。只有产下继任将军的正室（御台所）在将军死后还可以继续留在将军家的后宫大院，如德川幕府的"大奥"里，否则也如其他侧室"落饰"并迁出大奥到"御用屋敷"，以类似尼姑的生活方式及至装束，每日对将军灵位祈祷度其余生。

侧室院号通常也是某某院，如被号为某某局，也可以同时称之为某某院。正室寡妇除了被称为其谥号"某某院"之外，还可在其本名后加"殿（读作：どの（dono）"称之，如：筑山殿（清地院，家康正室）、乐殿、满殿等。如果这些夫人被称为お筑山，お乐，お满等，那么她们必是侧室无疑，这也是接尾称词"殿"与接头敬词"お"在特定环境中的明显区别。从大奥里的礼仪来看，这样的称呼是延续其丈夫将军或城主等在世时的习惯，在这样的家庭里所有的侧室几乎都要向正室行躬身礼，呼其为某某殿，包括同样受尊敬且排名第一或事实上取代正室的侧室。

殿，在日语里相当于"先生"，多用于男性，接在姓名下面表示尊敬，当今主要用于颁发奖状等正式场合。"殿"在古日本官场是个普遍称呼，用于对上司或同僚及至女眷们用于对其夫的同事等的称呼，相当于中国清朝对官员或上司尊称"大人"。

日本天皇或幕府时代的将军等人的同一院号既用于生前也用于死后，前者也可以看作谥号提前"挪用"了，可见谥号的用意延伸了。谥号文化源于中国，遍及朝鲜、日本、越南等亚洲国家，用于死后的君主、诸侯、大臣、后妃等具有一定地位者，根据其生平事迹与品德修养等评定褒贬，而给予一个寓含善意的评价、带有评判性质的称号，也是对故人的尊敬称呼。中国谥号分公谥与私谥，一般为褒扬之词。帝王的谥号由礼官议上，经在位或继任帝王确定及颁赐；臣下的谥号由朝廷赐予；文人、士大夫等有名望的学者，则由其亲戚、弟子、门生、故吏等为之议定，如曾文正（曾国藩）、岳武穆

（岳飞）、陶靖节（陶渊明）等。日本幕府时代那些将军遗孀的院号的命名有两种可能，一是家族内定，二是取之于寺院，且有些院号就与寺院名称有关，如寺院、庵等专门为被称为某某院的什么遗孀建的，那么该寺院名称则会参照"院主"的院号，或相同或不尽相同。

"院"最初是指太上天皇，"女院"则是指接受等同待遇的女性。受封者能得到仿效自上皇的礼遇，设置院厅，有别当、判官代、主典代等官职，制订殿上，任命藏人等，即从前负责照料服侍后妃们的后宫职，在后妃出家后便随之停止了服侍的职务。直到一条天皇正历二年（991年）时，皇太后藤原诠子出家，并随之失去了照料服侍皇太后的政府机关"皇太后宫职"的服侍，一条天皇因而特赠与东三条院的院号，于是"女院"称号便从此开始出现。

女院原本是指日本历史上宣下给太皇太后、皇太后、皇后等所谓"三后"或身处相等地位女性的称号，这个制度由平安时代中期一直沿用至明治维新为止。初期受女院号宣下的后妃仅特别限于其孩子是继承天皇之位的国母，到了承保元年（1074年），后冷泉天皇中宫章子内亲王的院号宣下后，非尊贵之女也能得到院号。再后来，白河天皇的皇女媞子内亲王被尊为皇后，首次确立院号宣下的对象扩大到尊称皇后。在应保元年（1161年）的八条院，首开不经后妃之位即可成为女院的例子。不过女院宣下主要还是以后妃与内亲王为前提，只有乾元元年（1302年）的永嘉门院瑞子女王（父宗尊亲王）与应永十四年（1407年）的北山院日野康子（夫足利义满）是非常破格的例子。平安末期到镰仓时代，受到内乱与两统迭立的影响，女院宣下非常泛滥，一时之间多达十几人成为女院。其中诸多皇女以继承领地为前提而授予院号的情况相当多见，往往都是在内亲王宣下、准后宣旨后，当天就得到院号。不过，把庞大的庄园群让出，使皇女们得到权势，这是极为严重的情形，她们利用这样的财富来操控政局，如八条院、宣阳门院、安嘉门院等人。

室町时代到江户初期，因皇室的财政极端困难，为了节省开销因而将立后和内亲王宣下中断，使之很长一段时间都只有国母能够成为女院。在出自德川家的德川和子成为后水尾天皇中宫后，幕府与皇室之间的紧张关系获得改善，因此又开始有内亲王及皇后成为女院，如礼成门院和东福门院。最后一位女院是江户后期的孝明天皇生母正亲町雅子。

明治维新后，女院制废止，但对于身为国母的中山庆子和柳原爱子两人（明治天皇和大正天皇生母）的待遇，有意见应使女院制复活，但最后因大量的反对声浪而作罢。

"院"也是对退位天皇的尊称，包括让位或被推翻的，如镰仓幕府时代的"本院（后鸟羽院）""新院（土御门院）"等，有几位上皇就有几个院，这里的"院"已不仅仅只是称呼，也指院政与残余势力等。上皇相当于中国的太上皇，是逊位后天皇"太上天皇"的简称；如皈依佛门，包括出家为僧或在家修行等在寺院"挂了号"的，则称为太上法皇，如公元897年退位、899年出家的宇多院太上法皇；952年退位、同年出家的朱雀院太上法皇等。但天皇出家多半出于无奈或避守、准备东山再起等政治需要，并不意味着法皇就不向往政治，且也未必真的出家。还有先出家后退位的，如后高仓院太上法皇，历史上记载他1221年退位、1212年出家，如记载没有错误，那么他出家后还当了9年天皇。那时天皇退位多属不正常退位，好多是被迫的，退位后出家的更多，如白河院太上法皇、鸟羽院太上法皇、后白河院太上法皇、后鸟羽院太上法皇等，他们之间的关系或前辈、后辈，或前任、后任、隔代任、交替、取而代之等等。法皇有权立谁为天皇，而法皇上面往往还有法皇，后白河院与后鸟羽院既担任过天皇，也做了法皇，他们争得很激烈，后鸟羽当天皇时其御台所（正室）生的是皇女，没有生皇子，他的侧室源通亲（土御门通亲）的养女却生了皇子为仁亲王，后鸟羽斗不过他岳父源通亲，被迫把皇位传给年仅3岁的儿子为仁（即位后成为土御门天皇），而源通亲则以天皇外祖父的身份执掌朝政。源通亲死后，后鸟羽院开始着手实现他的"院政"，他以两度出现彗星为由，勒令还没成年的土御门天皇退位，扶自己另一个儿子、12岁的守成亲王登基，称为顺德天皇。于是顺德就有两位上皇，亦即两位院，后鸟羽院称"本院"，土御门院称"新院"，天皇与新院都要听本院的。日本历史上有21位法皇，时间分为897年至1212年及1246年至1713年两个阶段，即从宇多院太上法皇至后鸟羽院太上法皇之后的后高仓院太上法皇，及后嵯峨院太上法皇至最后一个灵元院太上法皇。法皇通常都担任过天皇，只有守贞亲王一人例外，他是后堀河天皇的亲生父亲，没当过天皇，儿子即位后尊其为太上天皇，由于此时他已经出家为僧，所以也被称作法皇。

日本幕府时代将军们的"男院"与"女院"等院号或谥号与皇家的不能同日而语，很可能是参照皇家自封的。对这些将军来说，其生母的身份很重要，最好出自御台所（正室），而不是侧室，两者虽说都可以有院号。前者也可能一直用"殿"，后者也可能是"局"，如果连"局"都称不上就很没有面子。在幕府将军家里，将军一死，正室与侧室等所有妻妾凡能称得上院的统统被换成了院名及至个别局名，同时还换上一身全白的相当于尼姑装的蒙头出家服。在取消院号的明治维新以来，这样的装束是否还影响到日本当今的丧葬礼服、寡妇修行装等，将有待关注与另议。

# 从"台所"与"御台所"看日本女人的地位

　　日本人的居室，最深奥最神圣的地方莫过于厨房"台所"，那里是"奥さん（夫人）"的领地，外人通常是不许进的，尤其是女主人在里面做洗碗、烧饭等家务的时候，甚至连很熟很亲密的女性都不可迈进一步。老一代人更讲究这些。而"台所"与"奥さん"是可以互通的，幕府时代将军的正妻就称为"御台所"；那么，称不上"御"的，也就是平常人家的"台所"了。

　　日本人介绍自己之妻时称之为"家内"，尊呼他人之妻为"奥さん"，书面语是"奥样"。

　　汉字"奥"在日语里，除了其本义的"深奥"或"奥秘"等之外还有"深宫""女眷"等意思，以至于把女宫称作"大奥"。但这大奥里既住着御台所，也包容其他女眷等"小台所"们。因此，"御台所"与"台所"，就相当于"御厨房（包括其中的'女御主'）"与普通"厨房"或平民"夫人"的代名词。

　　"台所"一词在中国古代主要指中央政府机构，如："诏卫军文武及台所兵仗可悉停待葬。"（《南齐书·王俭传》）该词进入日语之后，主要指"厨房"，它被解释为："料理をする所（烧制菜肴的场所）"，即"厨房"，也就是"台所（だいどころ）"，如：台所で料理を作る（在厨房做菜）、台所仕事（厨房的活儿）、台所用品（厨房用具）等等。当然，这样的场所必然也在其中做饭，虽说日本料理是指日本风味的菜肴或日式菜。"台所"也被解释为金

钱上のやりくり（经济状况），如："会社の台所は火の车だ（公司的经济状况极其困难）；一家の台所を预かる（掌管一家的财务）；掌管家务等。

"御台所（みだいどころ）"，是古代日本对将军或大臣的首位夫人"正室"的称呼。"御台所"，即"御台盘所"，该词最早出现在平安末朝院政时期以来的文献。"御台"是指身份高贵的人的食台，"台盘所"指的是贵族宅邸的配菜室。镰仓幕府初代将军源赖朝之妻北条政子是第一位被称为御台所的将军正妻，于是"御台所"一词也就逐渐成为将军正妻的称号，如室町幕府、德川幕府等时代皆沿袭这一称呼。御台所在名义上是大奥女性中身份最高者。御台所的住处是在大奥御殿东北称为"新御殿"的地方。如果把"御台所"比作日本的御厨房兼指其中的女主人"御厨"，那么，"台所"也就是一般（平民百姓）的厨房兼指在其中烧制料理的主妇。

作为将军的正妻"御台所"是有条件的，如德川将军家的御台所自第三代将军正室鹰司孝子起，多从五摄家（一条、二条、九条、近卫和鹰司）或皇室迎娶，作为朝廷与幕府之间信任的默认。即使是武家出身的御台所，也必须以五摄家养女身份方可入大奥（如第十三代将军继室笃姬）。当上御台所，还要看她得不得宠，有没有诞下继承人等。在德川幕府的大奥里，实权掌握在大奥女总管"总取缔"及诞下继承人的侧室和将军生母手中。至于平民百姓家庭，他们的"家内"或"奥さん"，无论如何都能把"台所"坐稳了，将其中的"厨娘"做定了。

日本女人把自己的丈夫称为"主人"，也相当于中国古代女子自称"奴家"。日本丈夫下班回家，妻子要弓腰欢迎，说一句"お帰り（您回来了）"，可见日本女人的从属地位，即使她也上班，早几分钟回到家也要这样。不过，孩子回家时，家里所有人，包括祖父母等长辈都要说"お帰り"。那么，这句话也就失去了其敬体"お"的意义，作为"你回来了"用了。从这个意义来说，妻子对丈夫躬身低头、说句欢迎词，在当今也不过是文化习惯罢了。但从总的印象来看，日本女人的地位还是打了折扣。

# "关白""纳言"等日本古代官制与古汉文化的思考

  汉制、汉习俗、汉语言文化等，一直影响着日本的方方面面，"关白""纳言"就是比较突出的例子。前者作为官名取自于中国典故，也是该典故之后的文化背景的演绎和概括；后者直接借用中国这一古官名。中国的纳言，也是"喉舌"与"喉舌之官"的代名词，而关白也有异曲同工的效果。古日本，除了效法、吸纳、提取中国文化之外，也不断创新。从古日本的汉字官名看，日本人更喜欢直白。直白，也是古老汉字文化圈内文化的共同特征，可谓之为"直白文化"。

  中国的"纳言"一职，最早可以追溯到遥远的尧舜时代，《尚书·舜典》记载：舜曾当着部下宣布说："龙，朕堲谗说殄行，震惊朕师。命汝作纳言，夙夜出纳朕命，惟允！……"龙是人名，纳言为官名，所谓的"掌出纳王命"。纳言，即"喉舌之官"，是中国古代官名。新朝王莽时，改大司农为纳言。隋朝因为隋文帝的父亲名叫杨忠，为忠避讳，改门下省主管侍中为纳言。武周又改侍中为纳言。日本律令制时代借中国的纳言之名，设大纳言、中纳言、少纳言，作为太政官的属官。大纳言、中纳言作为次官，少纳言作为判官。大纳言汉名雅称侍中；中纳言汉名雅称黄门侍郎；少纳言汉名雅称给事中。

  所谓的直白文化，是指直截了当或直言不讳地指称、说道某事等，因为它一目了然，或一说乃至一听就明白等等。中国古时候的官名似乎不怎么讲究美词雅字等悦目悦耳的修辞效果，尤其是远古时期，但比日本却讲究许多。古日本官名的直白之外也备有"唐名、雅称"，即"和官"的"汉名"对照，但后者也不一定"雅"，如：关白——执柄、摄录、博陆；摄政——执柄、摄录、大宰、殿下、冢宰、纳麓；左大臣——左丞相、左相国、左相府、左仆射；大纳言——亚块、亚相、黄门、黄门监、九列、献替、献纳、元恺、上列、门下侍中、柳门、龙官、龙作；中纳言——黄门、黄门侍郎、九列、献替、献纳、元恺、子向、上列、门下侍郎、柳门、龙官、龙作；少纳言——给事中、尚书郎、门下给事、门下给事中。

唐名，即日本律令制下的一些与中国相应的官职名及部门名称等。日本的律令制，可说是中国唐朝律令制的翻本，而全面吸纳大唐法律文化则始于飞鸟、奈良时代。但那些太不起眼的下官、杂役、小卒等就没有什么唐名、雅称了，如右笔（随军文书）、阵僧、足轻、兜着等。兜着，是指替上级武士"穿戴"铠甲跟着跑的下级武士，好让前者轻装甚至赤膊赶路；阵僧是室町时代随军负责供养战死者、书写文书及充当使者前往敌军阵营的僧人；足轻是下级武士的一种，平时负责杂役，打仗时作为步兵。日本安土桃山时代，继织田秀长称霸日本的丰臣秀吉就是从一个小小的足轻、武家奉公人做起，然后当足轻组头、足轻大将，直到被提拔为"士分"才有了武士身份。足轻，也指下级步兵；武家奉公人，也就是武家用人，与武家、雇主有严格的上下隶属关系，要求对主人的绝对忠诚。这种关系与要求，也成为模式与定律，武士之间，上自将军、大名、旗本，下至武家奉公人均以此为鉴、为序、为规范等。而此定律不仅适合武家，也用于店主、商家、农民与居住在街上的工商业者町人之间的上下礼仪秩序等。日本的奉公人，既是受雇者们的统称，也是这一传统终身雇佣制的代名词，相当于终身奴隶或中国的"长工"，如江户时代请到家里参与经营的"住入奉公人"。

汉词"关白"本为"陈述、禀告"或"报告、通知、通告"之意，如宋代陆游《东篱》诗之三："家事犹令罢关白，固应黜陟不曾知。"清代蒲松龄《聊斋志异·张鸿渐》："（女）曰：'幸是风雅士，不妨相留。然老奴竟不关白，此等草草，岂所以待君子！'"《新唐书·陆贽传》："边书告急，方使关白用兵，是谓从容拯溺，揖让救焚矣。"清代严如熤《三省边防备览·艺文下》："各州县地方寻常事件，固无庸彼此关白。"严复《论沪上创兴女学堂事》："设无别故，无他人代绝不关白本人也。"这里的"黜陟（chù zhì）"是指人才的进退、官吏的升降等。关白，作为官名必然提取于《汉书》有关霍光的典故。《汉书·霍光金日磾传》："诸事皆先关白光，然后奏御天子。"意思是说任何大事要先陈述或禀报给霍光知道，然后上奏于皇帝。霍光受封博陆侯，故又名博陆。源于中国，本意为"陈述、禀告"的"关白"一词被古日本引用为一位像中国的霍光那样在皇上与臣下之间起作用的官。日本关白一职，相当于中国古代的丞相，但其作用与职责也就是一个专门为皇家跑腿传话的高级奴才，或可美称之为专员或特派员之类，尤其是在德川幕府时期，他们出使于朝廷与幕府之间，两头都不讨好，又不得不两头说好话。"关白"成为日本与霍博陆相关官职的实际名称，实在是贴切至极，可以说是一项了不起的创举。实际上，日本的关白们就做霍光的事，即位于天子一人之下、百姓万民之上的"天下第一人"，兼摄政或总理国事于一身的朝廷高官。关白，也可以理解为当中国汉代霍光那样"博陆"，况且其唐名就是博陆，但也还有其他雅称。

霍光，字子孟，约生于汉武帝元光年间，汉族，西汉河东平阳（今山西临汾西南）人，政治家，麒麟阁十一功臣之首，是汉昭帝的辅政大臣，执掌汉室最高权力近20年，为汉室的安定和中兴建立了不朽的功勋，是西汉历史发展中的重要人物。霍光，与名将霍去病是异母兄弟，但后者更被后人纪念。霍光还是汉室"内戚"，汉昭帝上官皇后的外祖父，汉宣帝霍皇后之父；他历经汉武帝、汉昭帝、汉宣帝三朝，先后任郎官、曹官、侍中、奉车都尉、光禄大夫、大司马、大将军等职，封为博陆侯，谥号宣成，也被称博陆宣成侯；其间曾主持废立昌邑王。宣帝地节二年霍光去世，两年后霍家因谋反被族诛。霍光还是当时的美男子，其辅政等事迹常被人与商朝著名的丞相、政治家伊尹相提并论，而行"伊霍之事"也被后世用于指代权臣摄政废立皇帝。伊尹，名挚，居于伊水，以伊为氏，尹是右丞相的意思。霍光和伊尹官位与政绩相仿，但伊尹的仕途及出身很不一样。伊尹本是有莘氏的陪嫁奴隶，陪嫁到商汤那里，成为商汤的厨师，他给商汤烹饪的不仅是可口的饭菜，也调制精神美食为商汤佐饭，在侍候商汤用餐的时候大谈天下政事，以博取商王的好感，逐渐实现了他的远大抱负。

日本的摄政与关白总分不清，通常由一人承担，天皇年幼时太政大臣主持政事称"摄政"，天皇成年亲政后改称"关白"。因此，摄政与关白也合称一职，唤作"摄关"。日本关白这一官职的作用或权力犹如中国当时的汉朝诸事先向霍光通报，然后上奏天子那样，诸事先经关白过问，然后奏闻天皇；关白握有实权。摄政在古代日本并不常见，关白一职始于平安时代的藤原氏。当时藤原氏掌控朝廷且架空天皇，致使摄关成为常设职位，几乎每一代天皇都有摄关执政。藤原氏的嫡派后胤继承摄关之职，亦即摄关家。后来太上天皇的院政与武士兴起，摄关家的权力衰落。藤原氏又分为近卫、九条、二条、一条及鹰司等五支。自此五家轮流担任此职，称五摄家。至室町时代以后，摄关与朝廷一样变成有名无实。关白退位后称太阁，若太阁出家为僧，则称为"禅合"，自丰臣秀吉后，有鹰司政通适合此称。关白除丰臣秀吉（1585—1591年）及丰臣秀次（1591—1595年）两任外，概由藤原氏或五摄家担任。日本最后一任关白是二条齐敬，任职于孝明天皇文久三年（1863年）至庆应二年（1866年）。

丰臣秀吉，可说是日本历史上最霸道的关白，而他的打打杀杀等所谓的扫平"天下"的行动也被称为"关白作乱"或"关白之犯"，如《警世通言·杜十娘怒沉百宝箱》所记："话中单表万历二十年间，日本国关白作乱，侵犯朝鲜。"当时的朝鲜是大明的"唇齿友国"，据明朝沈德符的《野获编·兵部·斩蛟记》记载："关白之犯朝鲜，朝议倾国救之。"丰臣秀吉（1537—1598），是日本战国时代、安土桃山时代的武将及大名（类似于中国的诸侯）。"丰臣"是天皇赐的御姓，原名木下藤吉郎、羽柴秀吉等，绰号秃鼠、猴子，本是一名小不起眼的"武家奉公人"，后来在织田信长麾下当差才渐渐崛起，及至信长死于本能寺之变后秀吉跃居众大名之上，自室町幕府被信长推倒后秀吉再次统一了日本，其做关白期间发动过攻打朝鲜的文禄·庆长之役，其人生最大的愿望是做当时中国大明的皇帝，朝鲜是其入侵大明的门户与必经之路，在借道不成之后便发兵大举攻朝，欲在踏平朝鲜之后再攻打大明。然而秀吉的愿望却没能超越他自己的"天数"，文庆之役打得再凶也不得不因当上"太政大臣"的秀吉的"西去"而匆匆撤军收兵。太政大臣是日本律令制下最高的官，秀吉把关白之位让与其养子秀次之后就当了太政大臣。

早期的太政大臣一职是皇族的专利，通常由皇太子担任，后来条件逐渐放宽，到明治维新之前，该职位必须是为五摄家或者清华家的人。清华家，是公家（为天皇、朝廷工作的官员的泛称）家格的一种。家格位于最高位的摄家之下、大臣家之上。官位方面，可以兼任近卫大将、大臣，最高可以晋升至太政大臣。然而，江户时代的太政大臣仅限有摄政、关白经验者担任，因此清华家能就任的官职（极官）实际上只能到左大臣（实际上在江户时期担任左大臣的情形仅有10例，且任期相对短）。江户时代，清华家初任官可任从五位下侍从（摄家为正五位下近卫权少将），之后可经近卫权中将、权中纳言、权大纳言（虽然也可兼任近卫大将，但当时左近卫大将被摄家所独占，因此实际上只能兼任右近卫大将）的顺序成为大臣，但是晋升速度比摄家慢，而且成为大臣后任期很短的例子也很多。清华家也被称为英雄家、华族。因此明治以前，华族是专门指清华家的。这个时期摄家与清华家的子弟被称作公达（きんだち）。五摄家，即前两大摄家近卫氏、九条氏及后三大摄家鹰司氏、二条氏、一条氏。摄家是公家（为天皇、朝廷工作的官员的泛称）中最高位的家格。是可以经由大纳言、右大臣、左大臣等职位的晋升最后成为摄政、关白等高位的家格。经历了藤原北家藤原良房的嫡流时期，一直到镰仓初期藤原忠通之子基实和兼实从嫡流中分出，分别建立了近卫氏和九条氏。

及至丰臣秀吉时代，太政大臣一职更形同虚设，织田信长虽然生前没有当上关白，其死后却被追封为太政大臣。而这样的太政大臣倒颇如谥号，其追封事例还酷似现代中国那些舍己救人的牺牲者被追认为党员、被称为什么英雄等。而作为对退位关白的闲职或合理安排，太政大臣之位也好比中国国家党政领导卸任后被安置到人大坐相应高的"交椅"。对丰臣秀吉来说，文官关白或武官征夷大将军是其仕途的最高追求，尤其是后者，他甚至意欲当室町幕府末代将军足利义昭的养子，以便继承征夷大将军的位子，在遭到拒绝之后不得不买个文职过把官瘾。在讨伐光秀等所谓的平定本能之乱后，秀吉被天皇朝廷任命为"从五位下左近卫权少将"，接着他又铲除了织田信长的保家卫国者柴田胜家等，被提升为"从四位下参议"，及至后来升到"从三位权大纳言"，成为公卿时才有了向"关白"冲刺的基本资历。平民出身的秀吉，能当上关白，除了打拼与用银子打通关节之外，还有他那做了藤原基经的"后人"近卫龙山的养子的所谓高贵出身的身份"包装"也多少起到一些作用。可见，纳言是通向关白的捷径，但不是唯一的。

日本关白或中国博陆与纳言，有其共同的特性，除了都沾有"挟天子以令诸侯"习性之外，还都兼有"喉舌之官"的共性。中国的纳言，也相当于现在的国家总理兼发言人，但纳言不仅仅要替皇上、大王等至高者发言，还要传话，乃至"纳王命"和执行任务等。

# "大白上国" 人的咏叹

## ——读《小东方》

史志学家姜自力先生笔下的《小东方》以宁夏宁静县（今永宁县）西夏故国"大白上国"遗址地带"小东方"村为背景，以如唱似吟的笔调，洋洋86万字巨著，将姜氏家族三四代人的风风雨雨、坎坎坷坷、沟沟壑壑、哀哀怨怨、生生息息娓娓道来、哀哀唱出。作品分《海子风雨》《朔风吹过》《风展红旗》三部，以姜家人给已故老祖母朱葵花补念经文"拔苦楚"为全书之开篇序幕，从而峰回路转地切引出姜氏祖宗姜源父子"红砖爷爷"的辉煌年代，及至导入以朱葵花为主线的《海子风雨》各章，红砖精神、祖训、祖风等贯彻全书。

朱葵花的磨难与苦楚是无法拔除的，两鬓斑白的儿子、前公社老书记姜文旗深知老母在世时有多苦难。朱葵花死在"文革"武斗时的小东方风雨桥边，她听到激烈的打斗声，以为她的命根独子"链链"儿文旗又挨斗被打了，就循声出门赶去要救子，远远地只见把人往死里打，闹得天昏地暗，她就吓得头顶旧外伤大疙瘩剧痛大作昏过去，再也没有醒来。这伤疙瘩是朱葵花抗拒抢寡妇时落下的，对朱葵花来说，这多出来的硬疙瘩不仅是一辈子伤痛，也是永世的耻辱，以及被抢过的标志或佐证，让她这朵葵花妹子连去来世都不能回到早早等在彼岸的丈夫姜明身边。姜文旗有意趁大拔苦楚之机让先母与先父合墓，但见儿子张鸡换搪搪塞塞、顾前瞻后的，只好作罢。"文革"后期，身为县革委会农业主任的姜文旗还把被打斗得到处流浪、最后死在风雨桥下的旧日同事"四清干部"陈芝敏的遗体抱回家，像料理爱妻后事似的，体体面面地让她入土为安，既不听旁人的劝阻，也不顾及妻子或儿女等家人的感受。

身为"红砖爷爷"后代的姜家是个大家族，分为上下庄两支，姜文旗的先父、朱葵花的丈夫姜明共有兄弟六人，他是老二。张鸡换是姜文旗有了3个女儿之后才"喜得"的"老爱子"，怕不好养，认了干爹"随姓"了张。鸡换、鸭换、羊换等，是小东方常见的"贱名、小名"。张鸡换"生在红旗下、长在红旗下"，出生时姜文旗还想把儿子叫作"解放"或"幸福"，但他奶奶朱葵花却说她自有道理，她杀了此时最先进入她视线的墙头一只鸡，提着这热血淋淋的鸡做仪式、转圈子，将鸡血洒在婴儿身上，说这孩子的命是鸡换来的，于是就叫定了"鸡换"。

"文革"犹如一场瘟疫，很多人为之疯癫狂妄，借之胡作非为，小东方人岂能例外？用姜文旗的五爹（五叔）姜老五姜昉的女儿秋花的话来说，那里的武斗与打砸抢就是土匪"杨尕娃来了"，但这样的真话只有此时被武斗情景惊吓得疯病发作的秋花才能毫无顾忌地吐露、喊出，可见没染上疫病的也都傻成一片，失明失聪、装聋作哑地过糊涂日子，唯独秋花能清醒地喊叹在病中。

杨尕娃起先在民国军队当排长，后来上贺兰山当了土匪头子，他当排长时就看上了上庄里姜岿的女儿桂花，后来桂花被抢上了山。杨尕娃等土匪不仅抢了桂花，还多次下山抢掠，成为当时的首患，吓得当时上下庄的女孩们一听到说"杨尕娃来了"都拼命躲藏。桂花不仅做了"压寨夫人"，还被转嫁到官府当姨太，最后又不知怎么回到了土匪窝。当姜文旗与上下庄族兄们领着"解放兵"攻上贺兰山头时桂花已是干尸一具，她老父姜岿哭得死去活来，把她与许配过的准女婿"亡夫"结阴婚合墓相伴过来世里的永久日子。人们看稀罕事似的瞅着姜岿终于认真地把变成干枯柴棒的女儿尸骨嫁了，这回还贴了钱人家才愿意，以前都是他坐收聘钱彩礼的。每到用钱关头姜岿总要把他宝贝女儿桂花许一家，从她还在她娘段氏腹中就开始被许，老姜岿早已记不得自己把女儿许了多少家，只记得许了都早已不认账了。如果桂花不被抢，或抢了还有机会回来，还可以接着不断地再许。为了弄到钱，他姜岿什么事都干得出来，包括谋财害命或美人钱财尽掠于怀，他的段氏就是这样得的。段氏可说是上了姜岿的贼船，她最后疯了、死了；段氏最见不得人的事是，帮助姜岿谋害了娶她的新郎，弄得人家家破人亡，还得了那家人的钱财田产，疯病中的段氏倒是说了真话。姜岿年轻时这谋害人家新郎的首度"人命案"被下庄族弟姜昉姜老五与族叔姜秉川看在眼里，只是不说穿罢了，这也是上庄姜氏族人与下庄姜氏族人生疏或隔阂的根本原因。

小东方的灾难，还有兵灾，包括逃壮丁的苦、躲逃兵的难及死于战争的痛，乃至国人自相残杀致家人于困境的惶恐，等等。为了躲壮丁，人们情愿把自己的手指砍断或戳瞎一只眼睛，逃兵被抓还会被打死，告发者则得高赏，姜岿就得过这样的昧良心钱。有人逃壮丁时绝境逢生走向红军，姜明的三弟四弟姜昭姜晖就是这样加入"解放兵"的。当家的老五姜昉一直说自家三哥四哥因逃壮丁被逼跳黄河死的，最后还是被姜岿告了，害得姜老五自己跳了黄河，还搭上老大姜昕一条命。

老大是被打伤之后死的，为此事老五姜昉还打赢了官司。姜昉到底有没有跳黄河始终是一个谜，总之，从那以后他就失踪了。

对朱葵花来说，五叔子姜昉早已不是可恨的家人，而是可怜的人儿；以前朱葵花也只是怪姜老五，怪他管家无方，既无能又刻薄小气，怪他抓住家不让兄弟们分开过小家日子，害得她榆木疙瘩丈夫姜明英年早逝；可怜他姜昉是因为他二度丧妻，带着一对双胞胎幼儿，还不会家务，不知道做饭、饥一顿饱一餐地熬日子。朱葵花被"抢寡妇"逃回来在海子湖边搭建的棚屋小家成了姜昉父子改善伙食的免费餐馆，想改善的时候总领着大双小双两个儿子去他二嫂那里吃，他自己不好意思吃总吃儿子吃剩的，朱葵花只得给这对小侄子盛大碗，她不仅这样管待他们父子，还经常帮他们家料理家务；尽管她要照顾自家一大班孙辈，包括抚养大女儿的一双遗孤，已经够忙且家里日子过得紧巴巴的。看到姜昉家大旋小旋一对可爱的双胞胎小侄子，总让朱葵花想到孩子的母亲迟翠花，以及姜昉那可怜的第一任妻子曹氏。如果不是那个"坏事头"老六家张氏逞能，自己一个人接生，迟翠花很有可能活下来的。张氏不但不请妯娌们帮忙，还关起门来不让别人知道，孩子生不下来，她用"土办法"指挥姜昉把翠花绑在磨盘上让牛拉着走圈，转出了孩子，转死了孩子的娘，连上庄姜岚家莫氏都怪她总坏事。双旋兄弟俩后来死于"通共"分子的临时避难所保安寺。说姜昉"通共"也无非是与"进步人士"有些私人交情罢了，说他是"共党"家属，那年头这样的情况可多了。

保安寺是姜昉一手重建起来的上下庄姜氏家族宗庙。保安寺让姜昉躲过一劫，但一双年幼的儿子却被活活熏死了。事情又坏自老六家张氏，虽说是出于好意，她怕庙屋有阴潮湿气就点了炉子，结果却让煤烟把人熏倒了。昏睡过去的姜昉梦里天上人间地神游了一回，梦里的他见到已故爹娘与因丢了家里的三只羊连惊带吓愁死了的二哥姜明，还看到他二嫂朱葵花被抢"寡妇"后逃回来，破衫单鞋全身湿乎乎水淋淋的样子。他梦到姜明牵着自家的一大群羊，让姜昉无法面对，也无法相信他二哥能回到人间，能回到他那劫后重生的二嫂在海子湖边与儿女苦守的小家，还能从这小棚屋里牵出这么多羊。姜明在世时是给大家子放羊或种地，五弟姜昉是一家之主，姜老五的话就是"圣旨"，他姜明总洗耳恭听，总诚惶诚恐小心翼翼地低着头干活。老实巴交的姜老二姜明总被派到最累最重最脏的活，放羊时住远远的山洞，跟长工没有两样，姜昉连饭食都提供不周全，他总挨饿或不得不以羊奶充饥，丢了羊，他没法跟主子老五交代，愁得他吃不下、睡不着，病倒在山洞，是他妻子朱葵花把他救下山，用板车推回村子，回光返照的姜明还一路上唱类似信天游的山歌，还下来给儿子缝缝（姜文旗）抓蛐蛐、摘了草，然后躺在车上编蛐蛐笼子，那是姜明一生中最美好的时光片刻。被妻子悠悠地推着，姜明感到自己很幸福，他还像第一次在路上见到朱葵花那样给她唱"浪"歌，听得朱葵花一脸羞涩、满心的幸福。此时的朱葵花根本意识不到她的姜明正在走向另一个世界，她更想不到自己又要听别人在背后指指点点说她克男人，或克了第几个男人。与朱葵花前准丈夫们相比，姜明算命长的，前面几个男人都是还未娶到手就撒手人寰了。当朱葵花把丈夫姜明推到家时，姜明已经僵硬了，连同他的歌、他的愁，永远定格在一张写满笑意的脸上。

姜昉还梦到二哥姜明家的儿子缝缝院子里的大树栽到了祖坟地头，那可算是他梦对了,他侄子缝缝长大还确实成为大树,做了村官、乡官,及至县官,甚至连姜文旗女儿姜雪芬都当了村官"铁姑娘"书记。姜昉没有梦到的是他的宝贝侄子官名为姜文旗的缝缝领着人将这片祖坟风水宝地变为良田,梦不着侄儿文旗官场上那些必须经历的名目繁多的运动或风潮,那千锤百炼,那瞎整般的诸多磨难,他更梦不到想不到经历一切磨难或种种非常时期,进入幸福的离休生活、过上"楼上楼下电梯电话"日子的姜文旗反而想不透过不惯。保安寺避难那一夜,姜昉最后梦到的是滚滚黄泉的召唤,或许他真的跳黄河了,带着丧失双胞胎幼子的哀伤,带着他的"解放兵"三哥姜昭四哥姜晖不要战死的祈愿,带着对先后两任妻子曹氏和迟翠花的亏欠乃至对他二哥等家人的歉疚,同时还带着上下庄姜家族人的团结平安心愿,走之前他还将姜嵬最初谋财害命的罪证交给上庄族兄姜岚。

　　风回云转,一晃又是几十年,不仅祖坟宝地变为大寨式良田,连姜老五姜昉苦心建起的祖庙保安寺在姜小五姜文旗为官的"火红年代"里被"破"为封建迷信废墟。没想到一眨眼到了"现今",不仅保安寺重建了,而且更"迷信"了,为官的都光明正大地开车来烧香,祖庙更像佛寺,姜昉在世时不可能想到他的女儿春花会在此寺为尼。这一切都让早已步入老年的姜文旗看不惯想不明白,包括他女儿姜雪芬当书记时带头分田单干的事情以及从那以来富人越来越多,还比从前地主老财更富得多、狂得多、显摆得多,等等。城乡已没有多少区别,当张鸡换开车带着老父老母姜文旗夫妇"下乡"到小东方给他奶奶朱葵花"拔苦楚"时,姜文旗注意到来参加仪式的族人青年晚辈们穿戴得比城里还开放。这样的情景有点洋或太洋气,可能与姜文旗一辈子为之奋斗的理想中的艰苦朴素的新中国出入太大。姜文旗心里最过意不去的是他母亲朱葵花在世的岁月太苦了。确切地说,是苦了小东方两代人,尤其是苦了那里的女人,包括迟翠花,刘菜花,文旗那两个死去的姐姐红花与香香,他五叔姜昉家的春花、秋花,或嫁到姜家的山丹、山花,等等,只是朱葵花苦难最多罢了。这样的苦难岂止是小东方,在内忧外患或这个左那个右的多运动等非常年代,整个"大东方"各城乡人们无一例外不处于水深火热之中。可见《小东方》作者姜自力先生以小见大的苦衷。

# 孔乙己长衫飘飘落落

## ——读路遥的《人生》

　　路遥笔下的《人生》写出了所有孔乙己形的"书呆"或"愚生"们的心态、嘴脸。摆谱与清高是其主要表现，稍有点"墨水"总要给自己穿上"文人"的臭长衫，非要做"教书先生"或管人的大小官员等"文事"不可；宁可饿死，也不想做"有失文人面子"的事。其读书的动力或人生目标的主导思想与评判标准就有问题，职业或行业的不同，更被曲解成为划分尊卑的标志；求学读书纯粹是为改变境遇或出人头地或成为人上人等"上品"的手段，而不是为求知解惑。

　　《人生》的主要人物、农家出身的高加林就是这样一个小青年。高中毕业的高加林，在高中生稀如牛毛的非常年代的陕北农村，他被当作"高知"宝贝，有机会进县城中学当了3年正式老师，他以为这个讲台站稳了，谁知却被本村支书的儿子、高中同学顶了回来当农民，虽说人家学识不如他，但有为父的支书与为二爸（二叔）的县领导做坚实后盾与硬朗靠山。

　　高加林不会农活，更看不起农活；从上学到当老师，他几乎没有干过农活，被"刷"回来的他连用锄头都使不上劲儿。他母亲蒸了一锅面馍叫他拿到县城去卖，他一个馍也没有卖出去，羞得躲在图书馆里看一天书，还是同村女友刘巧珍帮他处理了。

　　在去卖馍的路上除了碰见女友巧珍，还遇见中学同学亚萍、克南等，当克南问高加林是不是去卖馍，他还不敢实说，谎称"走个亲戚"。刘巧珍在一旁看着，悄悄跟着，她知道加林羞于说去卖馍，更没有脸去卖馍。巧珍把高加林的面馍拿去送给她大姨，说帮加林卖了，还把馍钱交给他。

作为《人生》的第二号人物，刘巧珍是典型的助长"乙己文人"的贤内助，宁可苦了自己也要让自家"老爷"装体面文人，尽管两人还没有确定关系，但巧珍心里早已把高加林当作自己的男人，她爱加林、宠加林，把自己终身幸福托付给高加林。一边是心灰意冷、拿锄头猛铲瞎掘出气的高加林，一边是温馨小家庭宏图美景挂前川的刘巧珍。在巧珍的眼里，高加林永远是才子，种地只是暂时的，做文事才是长事、正事；巧珍说加林窝在高家沟施展不开，说他从小没有劳动惯，地里苦受不了，迟早要外出工作。她可以在家种自留地抚养娃，加林有空就回家看她，她农闲了，就和娃们"五五搭里"来和他住在一起，等等。这是首次被"贬"回农村种地、闷闷不乐、心事重重的高加林。巧珍眼前尽是遐想中和加林婚后生活的幻景，她还说加林和她结婚后让他"七头上歇一天"，像在学校一样每周让他过星期。看这架势，他高加林即使不锄一下地，刘巧珍也会尽力种地干活供养他的，只要成为一家。

高加林享受着巧珍爱的抚慰与甜美的信天游歌声，他深感幸福又觉得心里忐忑不安，他认为此时恋爱是沉沦，尤其是与农村女子恋爱，他似乎忘记自己的"村哥"身份，难怪同村的老孤男德顺爷说他是"无根的豆芽菜"。在感情上高加林又与巧珍难分难舍，地头、树下总见他们偎依在一起的身影，还成双成对相跟着走在村头、大道，这样的事在男女不敢牵手的保守年代的农村，更认为是伤风败俗。巧珍的父亲刘立本更看不上高加林，更何况是被"贬"回来的，气得他去找加林的父亲高玉德教训一顿，还说如再见到加林和巧珍在一起非要打断他的腿不可，为这事同一个村的双方老父差点打起来。

高父玉德老人不想让儿子高攀，刘父立本也不想让女儿下嫁，两人的约会更进入地下。德顺爷很同情他们，刘立本的亲家、大队书记高明楼也同情与支持他们，还有意安排他们一起干活等。高加林只是享受着爱，他总不表态，也不让别人爱巧珍。旁村马店青年马栓爱慕着刘巧珍，他来高家沟找巧珍相亲几次，不是巧珍跑了，就是都被加林挡了。

时来运转，潮落又潮起，人家三星有二爸，他高加林有二翁，都有当官的叔叔，只是他二翁在外埠听差，鞭长莫及。高加林刚被"贬"回村时老玉德就叫儿子去投奔他二翁，他没有去，谁知二翁大人突然官回本县，让上上下下、一手刷了加林的县领导和村官们慌了手脚，一两天时间就把高加林"安"回到城里工作，他被安排到县委宣传站当通讯员，包括恢复了城里户口。

高加林在县委工作如鱼得水，采采写写、送送信、打打报告，给领导布置会场什么的，干得不亦乐乎，做得得心应手的，还可以接触到人脉，发表豆腐块文章或报道等。在县委高加林又碰到高中同学王亚萍，她是县广播员，高加林采写的报道就由亚萍向全县播念，来往官员身前身后、会前会后讲台前有他们互帮相助的身影，通常是加林在台上给讲话的领导等大小官员照相，亚萍在台角录音，等等。已是干部派头的高加林，"夹着文件夹，迈着轻盈的步子从石台阶上下飞跑，穿过县委大院"。

王亚萍满面春风地出现，让高加林眼前生光，他们高谈阔论，一起散步，一同去图书馆看书，在同一个国营食堂吃饭，尽管吃饭时还有另外一位高中同学克南同吃。

当高加林看到自己的文章被《光明日报》登载时，他扬扬得意，觉得他这次进城已不是一个匆匆过客，而已是该城的正式一员了。高加林深感自己的前途无量，此时的他可说是事业爱情双丰收，亚萍与相处两年的男友克南绝交，主动投到高加林的怀抱，他吞吞吐吐地向大雪天里赶到县城给他送狗皮褥子的巧珍摊牌。当巧珍兴冲冲地从身上掏出"练习"了一夜的小纸片向高加林展示汇报她习字、学文化成果时，高加林不但没有丝毫表扬或鼓励，连伸手接纸片都很勉强，当看到纸的上半部分歪歪扭扭地写着：吃、穿、劳动、大地、我们，及纸的下半部分"高加林"字样时脸上更是一片"苦不堪言的阴云"，他一点也没有顾及巧珍的美好心情，只想到赶快摊牌说自己另有选择，但吞吐着说不出口，只说自己要到远方工作。

巧珍早已听出加林话里的话，她没有责备加林，反而处处为他着想，絮絮叨叨哽哽咽咽地关爱着，直到泪水唰唰地流淌，她摇摇晃晃地去推车子，转身说："加林哥……我走了！"

加林痛苦地叫了一声："巧珍！"他没有抬头，连巧珍猛一回头向他投去的希望一瞥都没有看到。

彻底绝望的巧珍摇摇晃晃跨上车子，迷迷瞪瞪恍恍惚惚地骑在雪路上，连狗皮褥子掉在她身后的雪地上都不知道。

那一夜加林痛苦地靠在办公室的铺盖上没有合眼。

翌日白天老父亲玉德和德顺爷来加林办公室训斥他。德顺爷用烟锅指着加林，说他把良心卖了，说他把那么好的娃娃巧珍搁在半路上是作孽，说他是"咱土里长出的一棵苗，应该扎在咱的土里"！说他已经成为"豆芽菜，根上一点点土也没有了"！老爹玉德老汉说，加林他进城工作后巧珍给他们家担水、喂猪，帮老母亲做饭，样样事都做，这么一来加林更没有良心了，老父说一川道的人都在骂他们的祖宗，弄得老父老母不敢在人前露脸，想起人家说他家儿子高加林又找了城里工作的"洋女人"，老玉德更加来气地说："咱穷家薄业的，怎能伺候（侍候）人家……"他叫加林趁早把这宗亲事散了。

德顺爷说："人常说，浮得高，跌得重！你小子可小心着！"

加林说自己已经上了这钩杆，下不来了，他说他有自己的活法，不愿再像"你们一样，就在咱高家沟的土里刨挖一生"！两个老人听得震惊不已，又气又失望。

中午回到村子的巧珍病蔫蔫地卧在床上，刘母端来一碗汤放到巧珍枕头边，她没有反应，老母只是抹眼泪。墙上广播匣里响着王亚萍的声音："社员同志们，刚才向大家广播的是高加林采写的通讯，题目是《新的时代，新的青年》，……记我县建设社会主义积极分子代表大会……下面请听歌曲《青年圆舞曲》……"

高加林沉浸在完全拥有"新欢"亚萍的喜悦里，他与亚萍泡电影院，光顾天然溜冰场、冰冻的河道，双双穿着鲜艳的运动衣，手拉着手，笑着，嬉闹着，溜出令人眼花缭乱的优美舞姿。

早已卸掉了包袱，且拥有新欢的高加林带着美好的心情被派到省城学习半年，学成回来时他再次被"刷"的文件已早他一天到了高家沟村。这一回他是被克南妈妈告了，说他是开后门来的，哪儿开来回哪儿去，这次他又被"贬"回老家农村。亚萍说要跟他到农村，他说自己爱的人是刘巧珍，当亚萍祝他们幸福时高加林才说巧珍已嫁人了。

背着破铺盖、脑子一片空白、两手空空甩着的高加林走在进高家沟路上，老远就听到熟悉的信天游，那是已成为马栓妻子的巧珍在路头迎他唱的。巧珍她姐巧英听说高加林再次被刷回来，正要进村，她要等在村头羞骂他，被巧珍劝挡回去。巧珍说："你不要这样对待加林！不管怎样，我心疼他！你要是这样整加林，就等于拿刀子捅我的心哩……"巧珍说加林落难已经够苦了，感动得两姐妹相拥而泣。

可见巧珍爱加林有多深，只是这样的"臭长衫"不值得爱。

# 四舅子的困惑与舅或家的沧海桑田

"四舅子" 是越南著名作家阮诗（Nguyễn Thi）的小说《家里的孩子们》（Những đứa con trong gia đình）中一个叫作阿越的青年人物的称呼词"cậu Tư"的不达意汉译。不确切的译词不仅迷误了读者，也让该人物在译作中对这一在越语里原本很亲切的称呼感到困惑。这困惑或迷茫或译词不妥的根本原因主要在于译者对汉词"舅"这一称谓了解不够，包括对其源头或来历乃至其古今及域内外差异等不够明白或没有理顺。

舅与父曾经有过概念混淆与内涵模糊的年代，要理顺舅，还需追溯家的初始结构。"舅"的本义古今有异，它曾经与"父"换过位，是母系社会走向父系社会的里程碑。舅，在越南语里读作"cậu"，既指舅父、小舅子、少爷、小伙子等，也指父亲，如舅妈（cậu mợ）就指父母；舅也相当于"你、爷儿们"等，可做人称代词或指人的单位词用，如 cậu học trò（男学徒），một cậu ngoái lại（没舅外来）；前者意思是男学生，后者即"小伙子"，括号内是其汉字式的越南文"汉喃"的形式。"舅（cậu）"作为人称，可译作"你"，各舅（các cậu）即"你们"，如：Cậu cho mình mượn tờ báo.（你把报纸借给我。）如写作汉喃，则更清楚，见字图下：

# 舅朱躺摱詞報

指父母的汉词"舅妈"，在汉字式的越南文汉喃里有三种形式，如下面字图。单个 "mợ" 或 "cữu mẫu" 才是 "舅母"。

# 舅媽, 舅嬤, 舅嬤

　　以上三组字图里每一个共同 "mợ" 音 "妈" 的变体或异字都可以表示 "舅母"，但这 "cậu" 字音的 "舅" 或该字读作 "cậu" 时还不一定表示本义的 "舅"，因为还有 "舅（jiù）" 的音变 "cữu"，用为实在意义的 "舅"；或者说，在越南语里 "舅" 被分为两个字音："cữu" 与 "cậu"，做人称通常用后者，而其汉喃形式是唯一的 "舅"。上例中的 "cậu Tư" 也相当于 "老四"，用汉喃写出，即舅四，可译作 "四舅" 或 "四爷"，但要说明是年轻人之间的亲切称呼等。"cậu Tư" 被理解为实打实的 "四舅子"，不仅搅糊了句子，也导出不达意的译文："弟兄们称阿越为'四舅子'。阿越每次听了就张嘴笑。这个'舅子'听起来似乎有亲戚关系，也很有趣。班长阿晋曾经问过他……（Anh em gọi Việt là 'cậu Tư'. Mỗi lần nghe, Việt lại toác miệng ra cười. Cái tiếng 'cậu, nghe như có họ, lại vui nữa. Vậy mà trước đây, tiểu đội trưởng Tánh có hỏi...)"——赵玉兰《越汉翻译教程》。这里，阿越与伙伴们之间的亲密感没有了，尽管 "có họ" 被误译成 "有亲戚关系"，却还是让 "四舅子" 对 "舅" 字被误解感到困惑，好像他不是这一团体中的 "爷儿们""哥儿们"。

　　"họ" 是借汉字 "户"，在越南语里指姓、家族、种属、人家、他们等，"户" 或 "户" 与其他汉字的组合字为其汉喃形式，如：

# 戽、戽、戻、戽

　　"舅" 与 "家" 两字，最初指男子的起居状态或一定行为的男子，可说是一对相关字。家是男子居家的稳定形式，"舅" 是男子隐秘漂游时的代名词，那是母系社会。汉字 "臼" 不仅仅是舂谷物的器具，亦指代家畜的食槽，隐喻为彼时男子寻觅情感食粮的族外女子屋，这羞涩的情感生活可用越南语 "咹於" 表达，咹或食与安的组合字，意思是 "吃"，"於" 或 "於" 与 "居" 的组合字均表示 "居" 乃至 "在"。"咹於" 两者组合词指家庭生活、夫妻居家过日子等，可见这食与居是包括家庭生活所有内容的。男字顶着 "臼"

字，组成"舅"，其作用，与宝盖头"宀"做"豕"的屋宇构成"家"字有着异曲同工之妙。屋是家的另一表达形式，家字，可指屋或室或棚或穴，从小家庭意义来说，就是有男主人和女主人结伴生活的住处等；"室"指女；"豕"指男，是"豭"的省略形式，可与后者一样读作"jia"，其与宝盖"宀"组成"家"，可见"家"字的声源来历。《说文》："家，居也，从宀，豭省声。"其实省不省声或借不借音，豕字照样可以读作"家（jiā）"，或"猪（豬）""猣（zòng）""豨（xī）"等等，如以"豕"为组件的其他组合字：琢（zhuō）、逐（zhú）、潴（zhū）、篆（zhuàn）、塚（zhǒng）、猣（zōng，小猪）、遂（suì）、豚（tún）、彖（tuàn）、豗（huī）、（豢huàn）等。这豕（sh/s）或豬（zh/z）或豚（t）乃至象（x）及居/家（j）等声母尽在其中。

"豭"，如今也写作"猳"，即公猪，其甲骨文或金文就写作"豕"。"豭"也通意及读作"夹（jiá）"或"嘎（gā）"，在方言里后者两个字分别用以描述公鹅挟持母鹅的行为或动作，也指动物或人的行为；"嘎"，除了模仿鹅叫之外，还有"背负、肩扛、角角落落、隐蔽处"等意，可与前者"夹或挟"一样读作"ghà"或"ghò"，如温州话：背背嘎嘎（bāibāi ghàghà，背人的动作）、镬灶嘎（wò zher ghá，炉灶与墙壁或家什之间的夹缝、小小空间等）、嘎褴襟下（gá là zà whò，夹在腋下）；平阳话：挟屋里（ghò ú li，背回家）等。家，除了：jie、jia等字音之外，在方言或越语里还有更多的读音，如上海话"宁家（ning gā，人家）"、温州话"大家（dha go）"、闽南话"少年家（siàu-liân-ke，青年人）、"大家（dak gē）"、越南语"家庭（gia đình【相当于汉语拼音ria ding】）"，"茄姊娥（nhà chị nga，娥姐的家）"等。

"男有室，女有家"或"男娶女嫁"是今人对家与组建家庭等这一基本意义相关内涵之一致认同或解释。但在原始社会，尤其是母系社会，男子只能是"外来舅"，像豭一样奔走借寄。《史记·始皇本纪》既有"夫为寄豭，杀之无罪……"之说。这"寄豭"现象被秦始皇明令禁止，可见在秦初时还比较常见，虽说彼时早已是父系社会。此一类似现象可用"走婚"一美词来描述或解释乃至比照等等。在母系社会，男子有家无室，家庭成员是兄弟姐妹、姐妹的孩子、母亲、外祖母等，家对他们来说是崖穴广宇、天棚大厦、石屋子及至偶尔拜会过的女子或梦中"阿夏";男子与族外女子隐秘交往,被外族人叫作"舅",生的孩子由女方兄弟们抚养,即由真正意义上的孩之舅"巴或多"们负责去打猎等寻找食物供养;作为外甥们的巴多,他们同样养着"外来舅"与他们姐妹生的孩子。这分工或分寸,保持着族里族外有别。外姓诸侯可通婚,也是遵照着这分寸。这也是为什么外姓诸侯称为"舅"、同姓诸侯称作叔。"巴"原指肉,族里打猎能手被尊称为"巴",进而演用为指称提供肉等食品的男长辈也被叫作"巴",及至后来衍生为"爸";多,即肉多,是"爹"的原形,意思是提供很多肉的男长辈。

"阿夏"是摩梭男子称呼情人女子专用词,其相对称呼词是"阿注";注即柱,也就是"叔",主要指手足同胞关系,作为称呼相当于阿姐、阿哥。摩梭人的家屋"祖母屋"由男柱和女柱,两根柱子分别支撑,代表男女平等,且这两根柱子必须取自同一棵树。注,在越南语里是"chú(叔)"的汉喃形式。叔,在汉语里也是兄弟排行用词,当今人们总不留意这一层意思,其实阿夏与阿注这一相对称呼没有辈分上的困惑。夏通厦,是大屋子的意思,引申为家,作为亲密称呼或指称,与家或屋相似,如民间对别人指自己夫妇一方为"屋里",或越南语的"茄(nhà)"。茄即家,也写作"家",是汉喃的常见形式,在夫妻对话里也译作"你",如"茄喂茄,茄皮…(Nhà ơi nhà,nhà vào,你进来)""茄於徕(Nhà ở lại,你留在家里),"皮"或"包与入"的组合字,指"进入"。

摩梭人的"祖母屋"也被译作"家屋",即大屋子"厦",摩梭语祖母有"大"的意思,这祖母必然或通常指外祖母。那么,"阿夏"也可以理解为"阿大",即"阿姐",虽说"大"作为称呼,指父、指叔及与父同龄长辈等,却也有称姐为"大"的,如浙江瑞安马屿就称姐为"阿大",还有其他县市如平阳、苍南等地也有同样的称呼,更有父与姊倒换称呼的,如越南语的"cha"其汉喃形式是咤与父上下组合字。

夏,原本指人,指相当于神农炎帝或壮族布洛陀式的伟人、族长或领袖等人物,其甲骨文字形是使用尖嘴锄的能人。夏是人生最佳年华,夏是岁中火热盛季;夏不是具体什么人,至于夏指"南方人"或"面向南的人",或夏表示"面南止步"等字义是根据篆化简笔改型后的字形牵强附会的。

夏

"四舅子"的困惑是亲疏的倒置或内外模糊。在父与舅指称换位的社会里，叔或父、爹等相关称呼均指母舅的亲兄弟们，甚至还包括"女叔"，即母亲的姐妹们等。

舅，本指生父，娘舅（母舅）为养父，至于具体称呼则因地而异，摩梭人称娘舅为"阿乌"，生父经指认之后也尊称为"阿乌"。舅与姑指公婆或岳父母，是姑表与舅表互婚所致，从群体或姓氏来说，双方也确实属于两个不同的团体或家庭。

阿夏、阿注，还指比较固定的情人关系。阿注，也叫阿肖，意思是朋友，其真正意义可能连摩梭人都不知道了。把朋友看作阿注或把情人男友叫作阿注，是对外人、"外来舅"的认同与接纳，正如指认后的生父可称"阿乌"。越南人把新郎叫作"注婿"、称小伙子为"外来舅"，或湖南人把女婿叫作"郎巴公"也是这道理：认同，却有外延或内涵或用意上的差别。在叔与舅同一称呼的民族里就只有意识上的内涵区别，比如英语，一个"uncle"连姨夫、姑父都囊括了，但必须在每位uncle后面加名字才能区分，中国人也越来越趋向于这样的区分方式，笔者家乡年轻人就爱这样指称长辈亲戚，没有长幼次序，更不知排行，说是怕记不过来，这样更简单。这简单，亲情也减了，困惑可能还要多。

# 走进路遥的《平凡的世界》

白面馍、玉米面黄馍、高粱面黑馍，是《平凡的世界》里人们的主食，更是这个世界的基本色调及至贫富或中层生活的外在表现，这色调还包括各类"取食"者们的相应神色和衣着羞涩或光鲜程度，等等。在"平凡世界"，甚至在食各类面馍的"普遍世界"里，在那颇为长久的初世纪与几乎没有中世纪的过度而步履匆忙又维艰地跨入20世纪80年代后的"新世纪"之前的各地城乡也都是那样的色调，只是主食不同或观念有别或只是主食的名称差异。馍，也就是馒头或蒸包，甚至炊饼，通常由小麦面粉制作，还有玉米、高粱、山芋丝粉等，多半做成中空的窝窝头。山芋窝窝头在江南城里叫作山芋丝饼，路遥可能还不知道这种饼比高粱面做的黑馍还要黑，他更不会知道城市里搭配供应的粮食，那连皮带泥一起刨丝生晒的山芋丝或晒干后磨成的粉末等杂粮比率远远多于生虫子的陈年旧米，那是平凡世界之内或以外难熬的"社初阶段"。那是整个华夏大世界不同程度的穷酸煎熬样。

路遥这个"平凡"世界不大，在陕西某一山区之间，那里的居民大多住窑洞。从双水村到这个县的唯一高中，或从石圪节公社到县城，是这个世界的主要范围，除个别工作或参军在外。

县高中食堂大院上空，是鸟瞰这个世界的切入点，在这个露天的大院里，无论大雨或狂风暴雪每天就餐时间总会排起十几个行列的学生长龙，为领取自己那份头一天预订的白面馍、玉米面馍或高粱面黑馍及甲、乙、丙三类菜中的一种。在这里读高中的双水村孙少平，就是其中一员，当然属于领取三色馍中的最后者即吃"黑馍丙菜"的。他衣着破烂寒酸，羞于排队，总是远远地站着，等排队者领完散去后他才最后一个去领取自己那一份。不过他不是唯一的晚领者，还有一位女同学郝红梅也总这时来打同样的黑馍与丙菜。

乙菜的价格是甲菜的一半，每份1角5分，其中也是以土豆、白菜、粉条为主，只是没有"叫人馋嘴的大肉片"。丙菜每份5分钱，只有清水煮萝卜，上面那几星辣子油也只是"象征性"地漂着。乙菜用"大脚盆"盛着，甲菜、丙菜都是在"小脸盆"里盛一点，说明吃头等菜与吃末菜都"没有几个"，吃二等菜的才是"大众"。在这个校园里，阶级的划分已不是革命与反革命或牛鬼蛇神、地富反坏右等，而是以三种不同粮食做成的馍本质的天然颜色为区分依据，即学生们戏称的欧洲、亚洲、非洲。但是在家庭成分或出身上，无论校内还是校外依然是老讲究，比如郝红梅就是"地主成分"，因为她爷爷被定为"地主"，尽管她家里穷得很，她与孙少平一样吃黑馍、穿七拼八凑的补丁衣服。

打同样的黑馍吃同样的丙菜，且总在同一时间领取自己的"非洲"让孙少平和郝红梅这两个不同"成分"，但境遇相同的同班同学有了更多的接触机会，他们从偶尔交换同样穷酸羞涩的眼神到简单交谈及至互换课外书而逐渐成为恋人。

郝红梅后来还是移情别恋投到班长顾养民的怀抱，因为顾家在县城，又有名医世家的好条件，更指望做顾家媳妇还有可能得到城里工作等等。顾班被少平的好同学金波他们暴打一场，还是照样与郝红梅好，直到高中毕业时因红梅的"手绢事件"而告吹。

毕业时互赠笔记本、手绢等礼物是这个学校极盛很火的风气，对毕业生来说那实在是一笔大开支，尤其是对那些吃黑馍丙菜的学生，更是沉重的负担。少平早一个学期就抽时间到城里打零工做苦力准备了这笔钱。郝红梅差一点断送在"手绢事件"上，买手绢时她趁人不注意多拿了几条，被门市部的工作人员金光明当场扣押。这事上报到门市部领导侯主任那里被侯家那腿脚不灵便的女儿侯玉英知道，侯女也是少平、红梅这个班里的同学。侯女如获至宝，她一脚高一脚低地拼尽所有力气跑到孙少平面前向他"报喜"，以为少平听到这个把自己甩了的女孩子"犯事"一定会很高兴。没想到少平说："这事你没有告诉别人吧？"答复是肯定的，侯女还没来得及告诉别人，她好不容易拿到讨好同学少平的"材料"却苦于使不上。孙少平拉起侯玉英直奔侯家，见到侯主任时，侯女、店员金光明都在场，少平说大家都是同学，不能把她交给学校，这事由他孙少平处理，手绢算他买了。孙少平掏出买礼物剩下的钱，他请侯父发誓永远不对别人透露此事，从侯家出来少平还亲自到那个门市部把关在那里的郝红梅领出来。侯主任不得不答应，因为孙少平是他女儿的"救命恩人"，侯玉英有一次掉到水里是孙少平救的，从那以后侯女一直暗恋少平，毕业之后还给他写了好几封情书，虽总不见回信。侯女写信特有耐心，尽管总写错字，但还能表达意思；她很自信，她认为自己虽然有残疾，但有一"门市"之主的老爸可以弥补，她口口声声说娶她可以得到"城里工作"的好处等。当然，在那样的年代，不仅仅《平凡的世界》里的侯玉英会那样说，有点芝麻官沾边或有个工位待转待"赐"的凡俗之辈也都会这样说。

一门之长的侯主任还是没有遵守他的誓言，为了讨好顾老名医，以便让自己的爱女的腿脚得到更尽心的医治，侯父在顾家要确定孙子顾养民与郝红梅的关系时向顾老透露了这个秘密。对郝红梅来说，就像一棍子被打入地狱，原本她希望通过顾家能过上安稳的好日子，却一切都落空了，后来她嫁给一位乡村教师，她丈夫建屋"砸新窑"时出事亡故，她背着儿子种地、摆面食摊等艰难度日，旁边很多烂仔围着她想占便宜、打坏主意，等等，甚至其中一个还欺负了她，最后一名叫润生的同班同学用真挚的爱抚慰了她，那是几年以后的事。郝红梅在高中毕业的当口出了"手绢事件"很可能因这事毕不了业，幸亏有孙少平的解救。郝红梅如果因这事不能毕业，那她可能连做人都没有脸面了，从这一点来说，孙少平更是给了她顺利踏出校门步入社会乃至人生的机会。孙少平的气度及他那江湖式的特殊处理方法，让手绢门市部职员即与他同村的金光明眼前生光，他觉得这后生不简单，还很有领袖风范。被关的郝红梅看到少平来解救她时，更羞得无地自容，她可能还不知道，连金波打顾养民，也是他们背着少平干的。

班长顾养民被打，是高中一年级的事，在毕业之前他还一直当他的班长，挨打没有耽误他什么，表面上好像什么也没有发生过，可见顾的气度，再说挨了一顿拳脚也是借别的名义的，他心里明白，只是装糊涂，他对孙少平、金波等班里同学也似乎没有什么仇视或成见或隔阂，在他们毕业之前，这个平凡世界之外的华夏大世界的"心脏"还发生过震惊地球村的"TAM事件"，少平从田晓霞那里借到天安门诗抄，还与顾养民"分享"，两人都激动不已，各自都冒险抄了一份。顾养民后来考上省医科高校，还与之后考到那里的金波的妹妹金秀做朋友。顾不是金秀心目中的"他"，但秀的"他"是谁还不怎么明晰，直到秀毕业前在医院实习时碰巧参与救治及护理在矿上受重伤的孙少平。金秀的"他"此时变得清晰可见，这个他就是秀从小就熟悉的同自家哥哥金波一样亲的"少平哥哥"。在双水村这两家亲如一家，少平和他妹妹兰香上学时晚上都住在金波家里，因为他们自己家的窑洞小不够住。

秀在少平的心目里一直是亲妹妹的感觉，他不可能有非分之想，更不愿意秀为了他到矿区当个小医生而埋没一辈子。让少平觉得颇有戏剧意味的是，从前顾养民"抢"了他的郝红梅，如今作为顾的女友的秀却主动要投进他少平的怀抱。真是"三年水流东三年水流西"的。从秀的眼里，少平又一次发现自己的魅力，而且是在已经"伤了脸，残了容"，自己连镜子也不敢照的当今。少平感到欣慰和满足，出院之后他给秀留了一封信悄悄走了，一边走一边回味这个亲切的省城，这里有与他相爱热恋、因舍身救人而永远离开人世的省报记者田晓霞的身影，有在医院病榻边细心照顾了他的亲同手足的秀妹妹，有在这里读宇宙物理专业的他家的亲妹妹兰香，还有妹妹身边的男友吴仲平。几年不见，秀和兰香都长成大姑娘了，他们都希望少平能在省城工作；吴仲平也很想帮助这位准舅子，吴父的官位不小，还可能让少平谋到"好差事"。然而这个省会却似乎与少平无缘，或者他的想法与别人不一样，他是属于大牙湾的，那里被煤尘熏黑了的每一寸土地都在向他召唤，那里的一山一树都在向他招手，还有他师傅的亡灵，师傅的家人惠英嫂及他们家的可爱儿子明明和小狗小黑子等都在等他。

孙少平对进省城工作没有多大兴趣，他要自己奋斗，从他当初的进县城"揽小工"做苦力直到有机会进铜城大牙湾煤矿当一名工人，可说是上了一个台阶；他没有停留在这个台阶上，他思想活跃，动作灵敏，苦干加巧干，且善于琢磨思考，尤其关注报刊书籍上有关国内外矿业技术工艺流程之差距的报道或资料记载，时刻捕捉有关知识，以备有朝一日能为国内矿业进行合理有效的革新、改进等而发挥作用。少平还保持着上高中时的习惯——爱看小说、名著，即使是在做苦力小工背石头的时候，他也总挑夜灯看书。为了能有一个看书的自由空间，他竟搬到一个正在建的没门没窗的屋子里住。那时他还买不起书，更没有什么图书馆或资料室能让他有资格或条件进去，田晓霞家的县委大院成了他的图书馆，从晓霞那里可以源源不断地借到有分量的好书。泡图书馆，买好书，是少平当矿工之后的快乐业余生活，此时的他也开始重拾课本，准备报考矿业学校。他很珍惜自己能有安定的工作，有稳定的生活后盾，有饭吃，有业余时间可看书及复习功课。下井还有补贴，只要不放过每个班次，还可以拿到可观的高工资，虽说随时有生命危险。与少平同一批到矿上的新工人则每月只得十几元的生活费，因为他们不愿下井上班卖命，这批青年大多是干部子弟或有背景有后台的，进大牙湾奔的是能取得国家工人"铁饭碗"的资格包括能解决户口问题等等，再等家里把他们弄回去，做轻松舒适的工作。

矿上伤亡常见，生活区不远处就是死亡矿工的坟冢，女工几乎一律是寡妇。师傅王世才就死在少平身边，老王是为了抢护一个头脑有点闷的矿工安锁子而死的；后来少平为抢护一个临时工免受意外，也差点丢了命。矿领导甚至觉得为护一个临时工有点不值得，所以贬批与褒奖公文一起发给他。这样的"意外"总是屡屡发生，设备的落后与工作条件的恶劣很让少平揪心。在那里，一个矿工的生命不如一车煤，矿工们大多是光棍，那里女人比国宝熊猫还稀有。寡妇们被安排最轻松的工作发矿灯，这些"美女"的工作平台只能是小小的窗口，以免矿工们围睹芳容影响工作。不上班的时候在广场、路边看个把女人走过，成为矿工见怪不怪的习惯与特权。王世才算是幸运的，老大不小时还能娶到同乡惠英，还给他生了儿宝宝明明，只是王师傅觉得母子跟他在矿区上不了户口，吃不到供应粮，成为"黑户"有些委屈。家属区的女人也都是这样的"黑户"，除非男人"永远献身"黑炭。王师傅曾经说过，除非他死在班上、井台，自己的妻儿就不用当"黑户"，谁知这句不吉利的话没过多久就应验了。

…………

在路遥的《平凡的世界》里，读者们还可以感悟出作者漏写或省略的情景。伤残后回到大牙湾煤矿继续下井上班的孙少平，下班之后的闲暇时间里，除了看书或复习，他还会到处逛逛，或到废煤坡摊上碎步慢走，边走边回味他与自己心爱的女友田晓霞心心相印，齐步踏过的一晚一路碎步，一起说过的话。记得他对晓霞说过，自己要给双水村家里"砸一孔新窑"，要让父母活得有尊严，每当他心里反复念叨着他哥哥少安从双水村寄到大牙湾的"家书"里的一句话"咱家新窑砸成了"时嘴角会漾出了笑意与欣慰，但一想到再也不能与晓霞分享，他那晴朗的笑脸会马上晴转多云，尽管他自己不会觉察到，但悄悄跟在不远处的工友安锁子透过树叶间露出来的花格子月光看得清清楚楚。少平已经习惯了有这位粗中有细的师兄安大哥的保驾或护卫，他不忌讳自己下意识或有意无意地用手指擦眼角，拿手心来回揉搓眼旁伤疤的动作被安大哥瞧见；他可能会说，幸亏晓霞看不到自己这张变得可怕的脸，又紧接着说，不，不，宁愿她还鲜鲜活活地站在自己的面前。

安锁子可说是野汉子中的大野汉子，不仅语言粗野，动作或态度都野蛮，甚至还欺负新手新工人等，孙少平就被他欺负过，后来被少平的一顿重重的"教训"却被制服得乖乖的。让安锁子大开眼界的是，同样挖煤的师弟孙少平却有在大省城当记者的天仙似的女友，那轰动大牙湾的采访场面与迎候规格，那夜晚上走在黑煤疙瘩上美妙动听的双人碎步。田晓霞以省报记者的身份走访一趟，确实给孙少平长了脸，那差不多是迎候省或国家领导的规格。孙少平与田晓霞走在大牙湾的街头更成为美丽的风景，那天安锁子远远悄悄地跟着，还拿手电给他们两人照路，当少平发现他时还以为这大汉子要撒什么野、做出不能忍受的事呢，原来安师兄是真心要"关照"他们俩，他安老兄生怕黑炭渣子割着"弟妹"的嫩脚或绊倒什么的。安锁子不会意识到自己干涉或妨碍了别人，好在少平已经理解安锁子的好意，包括安兄对少平时而照看王师傅家孤儿寡母的误解与瞎猜瞎忙等。安锁子还认为照顾寡嫂惠英，原本应该是他自己大弟子的分，尽管被少平抢了，但却很服，不仅服还要时刻保护这个小师弟。只要看到孙少平走进了惠英嫂家，安锁子总是远远等着，即使有要紧事他也不进去，问他为什么，他说"等你们办完事"。少平听了哭笑不得，但也习惯了，因为矿上的黑炭哥儿们也都这样论事看事甚至做事的，只是他少平人格不同罢了。孙少平可说是黑炭哥中的另类，他以挖黑炭为荣，他还给大牙湾乃至整个铜城煤矿的矿工黑哥们争取到乒乓球冠军的荣誉。在孙少平丰富的内心世界里黑炭很美很亲切，他还不知道恋人田晓霞把他称作"黑炭丈夫"，直到他从她的日记遗作里读出这亲切又温馨的字句；难过的是他的晓霞不在人世了，两颗相爱的心连相遇的机会都没有了，何谈结合？真是天公不作美，有缘无分。

有缘无分的，不仅是孙少平与田晓霞，少平的哥哥孙少安与晓霞的堂姐田润叶也是有缘无分，不同的是，少安与润叶的爱长期处于朦胧、压抑与无奈之中，不像少平那样轰轰烈烈地爱过，除了村支书润叶之父田福堂极力反对之外，主要是少安太愣，不敢爱，不敢说，连问都问不出只言片语，苦了润叶一辈子。在双水村润叶与少安从小一起长大，一同去村小学上学，还是同班同桌。

少安读书很好，因家里太穷，他只读到小学毕业，考上重点中学也只是检验自己的实力。为了弟弟少平及妹妹兰香能继续上学，少安主动跟父亲孙玉厚种地挣工分，以分担孙父肩上的重负。润叶读到高中毕业，凭她二爸（叔叔）县领导的关系进县城小学当教师，也就是吃商品粮的城里干部，从此成为特殊阶层，尤其是其父田福堂视野里的包括他福堂自己在内的特殊阶层。田福堂虽然没吃到商品粮，也不是城里干部，但好歹也是一村之主——村党支部书记，村里事凭他一人调配，谁说了都不算，村民们穷得吃不饱饭，只有他一家过得很滋润。

润叶并不觉得自己很优越或高高在上，当小学老师后的她依然爱着少安，只是少安不敢接受这份厚爱，他又愣得不敢表态，两人在田头难得的一次见面被田福堂发现后，以少安给社员多分饲料地的罪名把他告到上级部门，然后在村里批斗他一次。少安心里明白，他如果敢爱田家姑娘润叶，还不知会怎样被往死里整呢！他想到的唯一办法是赶快娶妻成家。可孙家一贫如洗，缺吃少穿的，哪里有条件娶媳妇？孙老汉只得找他弟孙玉亭商量，在少安他二妈的牵线搭桥之下，从山西贺家娶到不用财礼的"媳妇"，总算排解了担惊受怕的危机。

村民们对批斗看多见惯了，但对孙家老父孙玉厚来说是天大的灾难，孙家人挨批斗已是第二回，虽说少安是为替生产队饲养牲畜的社员着想，多分给这些人家少许饲料地可种些瓜菜什么的，改善一些。上次是少安的姐夫罐子村的"二流子"王满银因贩卖几包老鼠药被拉到双水村批斗，还被指定在其岳父的"监督"下与其他"牛鬼蛇神"一起"劳教"拉土。老岳父孙玉厚脸羞得不知往哪儿搁，强忍着给这个"不争气的"女婿铲土装车，装快了怕这小子一天要多拉几趟会累瘫了，装慢了怕人说他不配合对阶级敌人的教育或阶级立场不坚定什么的，孙老汉不仅陪着受气，还要让家里给这小子送"牢饭"。受劳教的不仅失去人身自由，更不得工分，由公社统一押解到最需要苦役的劳动场地，在民兵（每位劳教者配两位）荷枪实弹的监视下从天亮干到天黑地服"劳刑"。对孙家来说，女婿被劳教不仅仅是横祸与屈辱，还有更实际的问题，那就是一下子多出四张嗷嗷待哺的嘴，王满银一出这事，他家兰花早已带着一双儿女猫蛋狗蛋跑回娘家"避难"了。兰花只是哭，好像天塌了一样，到娘家来不仅是避难或蹭口饭吃，也是寻法子，希望家里人能把她丈夫"救"出来。尽管王满银不争气，更讨娘家人嫌，兰花还是很爱他。王满银的不争气，不仅是犯在卖老鼠药上，而是游手好闲，甚至长年在外面逛。为这点小事被公社执法在村里劳教，很可笑，但在物品不能私人贩卖的年代，卖点什么的都是"投机倒把"犯法。孙家人少安及他姐夫王满银挨的先后两回批斗还不算可笑，最可笑甚至很荒唐的是有名额带"指标"的批斗，双水村就"分"到一个名额，必须找出一个"坏分子"批斗一次，当然，形势需要还有新指标。双水村的唯一智障者田二就被"享受"了这个指标，因为实在找不出坏分子，好在田二什么也不知道，他只会说一句话"世道要变了"，被拉到台上还是说这句逗笑了台下观众，也蒙骗了上面派来的嘉宾高座。

孙家人的二度受批斗，最受冲击的是孙玉厚老汉的亲弟弟孙玉亭，他担心这样的事对他在官场伸展不利，虽说他只不过给村支书田福堂做做跟班打打下手，但自我感觉特好，尽管穷酸一辈子，吃穿还不如他哥孙玉厚，鞋子烂得连鞋带都绑不上，拖拖沓沓地趿拉着，点不起土烟叶吃不饱饭，总到他哥玉厚家蹭剩饭掏烟丝。孙玉亭的穷酸是他自找的，他在外地正式工人当得好好的，吃白面馍，穿工作服，偏偏要回来种地当农民。孙老二玉亭辜负了他哥孙玉厚对他的培植，他们的父亲早年过世时玉亭还是个小孩子，是他嫂子帮他们母亲把他养大的，他哥玉厚种地，也出外揽活，含辛茹苦供他吃穿，送他到山西读书，托那里贺家镇结拜兄弟照管，才有转农为工的条件与机遇。玉亭不但从来没有分担他哥的家庭重负，他的"退工还农"，还让老大玉厚负债好几年。玉厚给他娶了贺家镇姑娘贺凤英，还把祖上留下的老窑洞腾给了他，自己一家人不得不借住别人的破窑，孩子少平、兰香兄妹俩上学时还长年住在金波家。玉亭觉得自己对他哥没有什么亏欠，或欠的都还清了，因为他哥给他娶了不花财礼的贺凤英，他们也帮侄子少安娶到同样不花财礼的贺家姑娘贺秀莲，是相抵了。贺凤英远嫁到双水村孙家后当上了妇女主任，因为她读过书，还是玉亭在山西上学时的同学。在村里，孙玉亭夫妇算是有文化的了，尤其是在同辈之间。上一辈金家的金老先生还是有名的塾师，连村支书田福堂都是他的学生。他的后代们就惨了，连参军都没有资格，因为"成分"不好。孙玉亭穷酸相的另一原因是贺凤英不会打理，她一门心思做她的妇女主任，张家调解，李家劝架的，还有批斗会、选举会等群众大会的布置工作什么的，神气得很，尽管穿得同他丈夫玉亭一样破烂；她脚底生风，没有站定的时候，生了仨女孩扔在家里像饿猴似的，会蹿到大人身上搜东西吃，去他们家找大人的都害怕。他们家孩子长大之后怎么样还不清楚，只知道大女儿成为他们家的主要劳力，他们家分到的地全靠她一人种，她们父母都不怎么会种地，生产队时混工分过穷日子，包产到户后也没有好多少，孙玉亭还是穿破旧衣服，趿拉着烂鞋，因为不会经营，也懒得经营，他把主要精力用在"关心国家大事"上，每天从小学或村委会拿来一大沓报纸"研读"，梦想着有朝一日回到从前跟在村支书田福堂身边大干苦干的辉煌年代。

在辉煌年代里，山西大寨的陈永贵是田福堂的榜样，他要干出一番惊天动地的事业，幻想着或许有一天他自己也能走出大山沟，走向中南海，或至少从双水村走到地区都会。那时孙玉亭是田福堂的"高参"，他极力赞成和支持田支书的辉煌事业，包括偷水、炸山等，什么事都少不了他，或出谋划策或亲自动手。严重的旱情及上游几个村庄的霸水行为逼得田福堂发动全村人投入偷水的固坝（加高加固双水村的水坝）与豁坝（豁开上游村的水坝）大会战，由于执行豁坝"任务"的金富金强两兄弟不听从领队孙玉亭的指挥，豁口开得太大，引来了大洪水，不仅冲垮了自家村里的水坝，也冲走了本村一名会战"勇士"——金俊武的弟弟金俊斌，同时也让整条东拉河流得"涓滴"不剩。支书田福堂吓得托病躲在家里，上头怪罪下来，由他副手金俊武替他去做检讨。为偷水"牺牲"的金俊斌被村党委"定"为英雄。为了安抚死者家属，孙玉亭与贺凤英策划、组织，带领全村人为俊斌遗体举行隆重的追悼会，人们佩戴纸花，按照最高的礼仪向死者鞠躬行礼，那肃穆那虔诚那妇女主任贺凤英指挥全村姑娘婆姨们扎纸花的大场面乃至整个隆重的悼念仪式与鞠躬方式着实让双水村人大开眼界，也更显得孙玉亭夫妇有文气有水平。

孙玉亭是最爱表现的，无论是为侄子少安的砖窑开工策划点火仪式还是为少安夫妇修建村里小学策划"揭牌仪式"，他都想弄得更热闹更出格，以便彰显自己的能耐。然而孙玉亭一次一次的极力表现对他自己对别人都是不成功或帮倒忙的，点火仪式太夸张，孙少安的小砖窑刚刚开张，还处在试业阶段就引来全村的注目，成为村民心中的救星或解渴、脱贫的稻草，人们争着要到少安砖窑打工，少安只得扩大规模，以解决更多"燃眉之急者"的需求，但扩大之后的砖窑被第一窑砖没有烧好"砸"垮了。少安夫妇好不容易熬过难关东山再起，砖窑开始盈利，成功的少安面临的是投资传美名的诱惑，他差一点扔钱给人家拍什么《三国》电影，幸亏带着那姓胡的"拉赞助者"去一趟他弟弟少平工作的大牙湾煤矿"考察",被少平劝住了,少平说"白白给这些人,还不如给村里做点好事",于是就有修建村小学的事。胡某以为少平是矿上的"老大",才跟少安去的,一看是个挖煤的"黑炭哥",他原打算从少平那里再拉上一笔,想不到什么都捞不到了。少安的艰苦创业代价是累垮了妻子贺秀莲,她就倒在小学竣工后的揭牌仪式上,她得的是"绝症"。

最让孙玉亭表现自己的是帮村支书田福堂打造政绩实现梦想的宏伟工程"开山造平原"炸山。计划倒是实施了,山也炸了,平原却没有造成,不是不想造,而是赶不上,还白白耗费掉几万斤集体储备粮,搭上田二一条人命,也害得金老先生家人被迫搬离。剩下一堵被大水冲垮的带半句口号的烂墙作为双水村最辉煌工程的纪念碑。田福堂赶上时代的步伐,他也找致富门路,进县城承包工程,当过包工头,连思想都开明了,他不仅接纳地主成分的儿媳妇郝红梅,还牵着她带来的前夫的儿子逛村街瞧热闹。只有孙玉亭还是穷样子,他还梦想着回到生产队时代,依然"努力"看报,"关心国家大事","阶级分明、立场坚定"的他却不得不接受大女儿的背叛,私自"下嫁"到地主成分加"罪犯"家属人家的事实。

在田福堂的内心世界里,他还是希望回到他领着全村人大干苦干的轰轰烈烈年代,他的外表转变实属无奈,他那做县领导又上升到地区官员的兄弟田福军又不同,那可算是改革的领军人物,他那思想才是真正的开明,无论是对政治还是家庭琐事,乃至对侄女润叶的婚姻的看法都与他哥田福堂截然不同。田福军原以为润叶与他同僚的儿子李向前的婚姻很美满呢,谁知两人长年过单身日子,直到李向前醉酒开车出事没有了双腿,两人才是名实相符的真正夫妻。

李向前很爱润叶,他很可怜,也很另类,他喜欢自由自在的职业,所以当了司机,凭他的高干家庭完全可以谋得好工作,但他不愿意,他总算赢得润叶的"接纳",这一天他等了好久好久,甚至以失去双腿为代价,虽然不是直接关系,但喝闷酒及酒后的自言自语还是被他舅子润叶的弟弟润生听得明明白白。润生跟李向前学开车,他很理解也很同情出事前的还没有与他姐姐做过真正夫妻的"姐夫",却帮不上忙,他曾劝过他姐,但起不了作用,润叶叫他不要管。田福堂不理解女儿润叶为什么不同女婿过日子,他更弄不懂润叶会跟没了腿的李向前过。看来,润叶也很另类,包括她的堂妹田晓霞、他弟润生或孙少平或金波等。没有了双腿的李向前还是选择自由职业,他学会了修鞋,开了一家"李记修鞋铺",与已经是"团委书记"的润叶成为鲜明的反差;润叶不觉得难堪或没有面子,每天下班她会去接向前,推着轮椅上的他回家。李向前对他小舅子润生的影响很大,润生不仅跟他学会了开车技术,也领悟了人生。润生与寡妇郝红梅的爱情与婚姻是真诚的,更是超俗的。

进入20世纪80年代的"平凡世界"内外,年轻人有更多的诱惑乃至不良风气的影响,作家、文人等稀罕得如宠物,甚至被捧到天上,其接待规格不仅高,还很温馨;男作家或诗人由美女全程陪护,以致宠爱出像"牛仔诗人"之类的红紫了的"随意"文人雅士。润叶的朋友丽丽就很崇拜这样的人,她以被指派接待这样的人为荣,更不在乎她与"牛哥"算作什么关系。当然,这陪护或接待本来没有"出格"的意义或用意,只是丽丽等人把这类词歪曲了、丑化了,甚至利用了。

至于政界人物、派别、势力争斗等有关细节,还有很多精彩生动的景观与看点,有兴趣的"观光者",请务必亲自到路遥先生的《平凡的世界》细看慢游……

# 飞吧，阿米！

——纪录片《39磅的爱》

看了美国纪录片《39 Pounds of Love》，让人深感震撼的不仅仅是主人公阿米·安卡列维兹（Ami Ankilewitz）这名以色列34岁青年那副空壳般的细瘦身子顶着V字形三角大头颅，从小与病魔抗争的故事，或他与女看护克莉丝蒂娜的一段难以割舍的爱，抑或是他那千里迢迢、千辛万苦地奔赴美国寻访幼时曾判定他活不过6岁的医生科尔多瓦，更是他活出了自己3D作品中那个快乐飞翔的蓝小鸭阿米……

与其说阿米是青年，还不如说他像五十开外的糟老头儿，他那副吓人长相，嘴边胡子经常拉拉碴碴，且已掺白点霜花。在同龄朋友之间更像大叔，可他那能说会笑、很投入、很开心与逗人开心的样子，却像小青年，喝饮料、唱歌、晃身子等与别人没有两样。他能用好几种语言交谈。朋友相聚时，他时而蹦出英语、西班牙语等佳句，穿插在母语希伯来语之间，除了发音有些迟缓之外，就像一名健谈的老中青。生活中的阿米像一个快乐的大孩子，他身边充满着温馨和爱，这个一岁时被确诊患有肌肉萎缩症，只长头脑、不怎么长身子的小阿米，在亲情和友爱，尤其是母爱的呵护和关怀里迎来了他34岁生日。这时他有了想法——走出去看世界，把身边的爱传递给更多的人，告诉人们要热爱生命，热爱爱；心中有爱，没有做不到的事，要找到科尔多瓦医生，告诉他自己还活着，对他说：人不能判定人能活多久。这是他唯一想做的事，可在旁人包括他母亲眼里，却是不量力、不可行的疯狂想法。连站都站不了，还要出国远行，还想穿越美国，他这样的身体经得起旅途奔波折腾吗？家人和朋友纷纷规劝。可他铁了心要做成这事，哪怕倒在半途都要尝试。这可比他只用坐在电脑前，用一根唯一能动的指头创作出3D动画，成为动画师难得多的一件大事。他不仅仅为了传递爱，或证明自己坚强，更是为了告别34周岁前有克莉丝蒂娜护理的昨天吧！从此他要把这位温柔美丽的姑娘装在心里，揣着，爱着，作为心灵鸡汤永远回味！

克莉丝蒂娜是阿米家雇用的一名看护，在两年的护理相处中渐渐对他有些朦胧的爱意罢了，也只是把他当作一般朋友，可他却爱得不能自拔，最后那姑娘不得不辞他而去。阿米痛苦了一阵子，他觉得做一般朋友没劲。后来还是想开了，他把对克莉丝蒂娜的思恋融进3D新作品，自己是里面的丑小鸭，追着一只美丽的金丝雀。在他母亲的支持和安排下，由好友陪护，还真的穿越了美国。

在寻访科尔多瓦医生的途中，阿米还休克过一次，费了很多的波折，终于打听到早已不当医生的科尔多瓦的住址，寻到那里，敲开了房门。开门的正是科尔多瓦，已80多岁，但还很精神，老先生神情严肃地让他们进了屋，没有说一句话，像被怪物吓着似的，他拉过椅子坐在阿米面前，直到阿米说明了来意和说出了憋在心里几十年的话，老科尔多瓦才开口说了几句敬佩话。

科尔多瓦的冷漠，也是人之常情。平时阿米出现在公园、休闲处等公共场所，人们总躲之不及，除非在朋友或家人之间。让人感到温馨的是他和家人之间的温情，就连好久不见的小侄子、小侄女也没有嫌弃他，只是不习惯他的发音，听不懂他说的话；哥嫂俩见着他时还都和他行了贴面礼。

阿米希望自己来生换一副模样，与心爱的姑娘克莉丝蒂娜比翼双飞，永远快乐地活着，那才是翱翔的阿米。

飞吧，阿米！

# 荷田晨歌

## ——读越华诗人广健先生的《青春起点》

　　诗文并茂的《青春起点》可说是越华诗人广健先生继诗集《美丽岁月》之后的另一个里程碑，或这一阶段的总里程碑，其中的诗文则是诗人的脚步、旅程，思绪、记忆等。翻开叶脉清晰透亮的封面，犹如走进晨露荷田；那短诗片片，似小花、细叶、星点；那散文，飘逸、素雅、清丽，如翩翩莲叶，淡墨素彩，娓娓道来⋯⋯

　　走进这片田园，最先映入眼帘的是一个个小巧诗园、场景、画面：骑木马无忧无虑的天真童年、骑瘦铁马求学"追寻书香"的少年、骑摩托铁马"背着憧憬"赶朝夕、闯风雨的阳光青年，巧妙地蒙太奇在《骑马》主题诗园；画面很美，很有质感，且形声并茂，如第一段："嘻嘻哈哈骑着的木马 / 摇来摇去 / 摇落了童年"；这朴素的句子恰好起到开篇启题、引人入胜的效果；整篇诗意恰似诗人的另一首诗《翻开明天》：

　　　　翻去昨天 / 再翻出今天 / 竟然翻起了满是 / 风霜雨露
　　　　跌落仆仆尘埃的弥漫 / 心仍守候 / 明天翻开是一片 / 艳阳

　　艳阳，也是诗人的心态和神采及至笔下主人公的意境和神态。在《爷孙雨中行》中，小主人公是爷爷背上的"一朵蓓蕾"，那亲情和爱意读来很温馨。童年，是昨天的前夜、昔日、过去，或闽南语的"古早日"。人人有不同的童年，青年诗人与我们分享他那有木马的快乐童年，奋发向上的少年，努力耕耘和坚守进取，乃至憧憬期盼的成年。

友情与爱心及悲悯、世态冷暖，岁月、景物、乡土、爱情，致友人、贺刊物，影片、科幻，等等，则是广健先生诗文的其他主题。如《给云南消防员》《小帅》《给海子》《你》《推车苦力》《友情今夕》《岁月把再见埋葬》《桐花情》《相约》《心事》《秋雨》《婚纱背后》《邂逅》《老街秋夜三重奏》《狮城感受》《新加坡日记两则》《新华文学情结》《致寒川诗人》《〈锡山文艺〉半年刊》《圣淘沙的"南柯一梦"》《菲律宾美军纪念园》（以下简称《菲园》）等，题材方方面面，有些还配有珍贵的插图。在诗歌字句的排列上，诗人很有创意，如《菲园》里与照片插图中一个个十字架墓碑画面相配的诗句排做四个十字架；在《老街》里有一句排成梯形台阶；在《圣淘沙》里穿插着直线细柱和"之"字形阶梯等。

走完篇幅不多的诗园，再逛诗人的文苑，那里的散文随笔无不闪烁着作者心中的阳光和敢于探索、锤炼的行影足迹以及亲情、友情、淳朴、正直、正义、善意，咏物抒情等等，如《海的情怀》《妈妈的牙齿》《当我重返母校时》《竹趣》《不再看到它们了》《迁居》《一株梅花的故事》《昨夜的雨》《圣诞情暖了人间》《鸡蛋花的联想》《外宿小花絮》《幸福中度过的伤痛》《上海行脚的变奏》等。

在《不再看到它们了》一文里，诗人以满怀哀伤的笔调抒写了对一群熟悉的蝙蝠的怀念之情，以及这群蝙蝠的来历和最后惨遭赶尽杀绝的灭顶之灾等。蝙蝠有难闻的异味，被绝大多数人厌恶，人们避之不及，可在儿童们的眼里都会觉得可爱，更何况是有诗心慧眼的小广健！那时他天天看着这群蝙蝠像小鸟飞来飞去，从高大的老库房进进出出，养育、觅食，忙忙碌碌，那情景每天如诗如画。这样可爱、可叹、可怜的小动物岂能容忍其遭残酷捕杀？

诗人笔下的动物或植物都很有灵性，如《"来有"——我家的自来狗》，还有以上提到的《竹趣》《梅花的故事》《迁居》等。《迁居》里，鱼的对话很精彩，其中不乏作者对鱼的悲悯与关怀；鱼的处境，鱼的生存空间，鱼的生

存环境，想象中鱼的求雨心情等，让鱼自己说话，别有意趣，把这篇看作是
童话也未尝不可。

对弱者的关怀与温暖，始终洋溢在作者笔端的字里行间，且付出了如
《圣诞温暖了人间》所述的爱心善意行动，在以捧星、追风、赶潮为时尚的当
今，身为报刊文字工作者的诗人能有如此超凡脱俗的善心，真是难能可贵，
很值得赞叹、学习。

《青春起点》里可品可读、可圈可点处还有很多，包括附录里品读者的评
语文论等，有待细品慢读。

合上书，同样透绿叶脉图纹的封底映入眼帘……


（写于2016年秋，发表于越南《西贡解放报》2017年1月8日）